Segundo volume da série Hereafter

ARISE

Reviver

TARA HUDSON

Tradução de Camila Werner

iD editora

Coordenação editorial – Lenice Bueno da Silva
Assistente editorial – Janette Tavano
Tradução – Camila Werner
Preparação de originais – Jéssica Scrivano
Revisão – Adriana C. Bairrada
Edição de arte – Camila Fiorenza
Diagramação – Michele Figueredo
Pré-impressão – Alexandre Petreca, Everton L. de Oliveira Silva,
Fabio N. Precendo, Hélio P. de Souza Filho,
Marcio H. Kamoto, Rubens M. Rodrigues, Vitória Sousa
Impressão e acabamento – Ricargraf

Dados Internacionais de Catalogação na Publicação (CIP)
(Câmara Brasileira do Livro, SP, Brasil)

Hudson, Tara
Arise : reviver / Tara Hudson ; tradução de
Camila Werner. — São Paulo : Moderna, 2013.

Título original: Arise
ISBN 978-85-16-09082-1

1. Ficção norte-americana. I. Título.

13-10747 CDD-813

Índice para catálogo sistemático:
1. Ficção : Literatura norte-americana CDD-813

DE ACORDO COM AS NOVAS NORMAS ORTOGRÁFICAS

Editora Moderna Ltda.
Rua Padre Adelino, 758, Belenzinho
03303-904 — São Paulo, SP
Vendas e atendimento: Tel.: (11) 2790-1300
Fax: (11) 2790-1501
www.editoraid.com.br
Impresso no Brasil, 2013

Para Wyatt, meu filho recém-nascido.

Você é o meu maior desafio, e minha maior recompensa.

Capítulo UM

O mundo inteiro havia ficado escuro, eu não fazia ideia do motivo.

Por mais que eu abrisse os olhos, por mais que esticasse o pescoço ou procurasse por uma nesga de luz, eu não encontrava nada. Não havia nada além da escuridão densa e impenetrável.

Antes de abrir os olhos para toda aquela escuridão, tive a vaga impressão de que estava em algum lugar acolhedor, familiar. Em um lugar seguro.

Mas onde quer que eu estivesse agora, não me sentia nenhum um pouco segura. Sentia-me cega e presa. Como se estivesse a ponto de ser consumida pela escuridão... como se ela estivesse tentando me engolir inteira.

Apesar de não conseguir enxergar, ainda podia ouvir: o sussurrar do meu longo vestido enquanto andava em círculos inúteis, o chiado da minha respiração cada vez mais assustada.

Também ouvia mais alguma coisa. Um som que não conseguia identificar muito bem. Não de cara.

Ele começava de maneira suave, quase abafada. Um barulho estranho que ecoava debaixo de camadas e camadas de algodão. Mas conforme o volume aumentava, o som também se aprofundava. Lentamente, transformou-se em algo mais forte. Algo que lembrava batidas contínuas.

Quando esse ruído alcançou uma certa frequência — um ritmo — respirei fundo.

Agora reconhecia o som, e ele me fez querer gritar.

Se eu fosse outra pessoa — qualquer uma — provavelmente não teria reagido daquela maneira. Afinal de contas, as batidas ritmadas de um coração eram algo positivo. Significavam vida.

Mas, para mim, ouvir o batimento de um coração só podia significar uma coisa: alguém perto de mim estava morrendo.

Não eu, claro. Não sinto um pulsar verdadeiro do meu coração desde o dia em que me afoguei, na noite do meu décimo oitavo aniversário, há mais de dez anos.

O som que ouvia agora definitivamente era produzido por um coração vivo. E não podia deixar de ter a terrível suspeita de que ele pertencia a alguém que eu amava.

Joshua Mayhew, por exemplo. Ou mesmo sua irmã mais nova, Jillian. Ambos muito vivos, e cujos corações eu monitorava cuidadosamente depois de ter tido tanto trabalho para protegê-los.

Agora, ouvindo aquelas terríveis batidas, esforcei-me para ficar calma e me concentrar de maneira mais atenta à escuridão. Tencionei e enruguei meu rosto, observando a escuridão até que, finalmente, uma luz fraca começou a brilhar nas bordas do meu campo de visão. Olhei cada pedacinho com atenção, rezando em silêncio para que ele revelasse o dono daquele coração. Rezando de maneira egoísta para que não fosse Joshua. Enquanto esperava impacientemente, me dei conta de outra coisa: eu podia usar outros sentidos que não a visão e a audição. Isso era estranho, se levarmos em consideração que fantasmas não têm olfato ou paladar, e não conseguem sentir nada que seja exterior a eles. Pelo menos não com muita frequência.

Ainda assim, podia sentir uma podridão doce ao meu redor. Ela se sobrepunha ao odor do ar úmido. Combinados, os cheiros tinham um efeito quase desorientador. Isso, as batidas do coração, a escuridão movediça — tudo me deixava tonta e desconfortável.

Felizmente, a luz ficou mais clara e finalmente pude ver que estava em uma sala escura. À minha frente, persianas pesadas iam do chão de tábuas de madeira até um teto com vigas. As persianas bloqueavam a maior parte da luz do que poderia ser o sol, brilhando do lado de fora de uma parede de janelas.

A sala estava cheia de móveis: cadeiras espalhadas de maneira aleatória e mesinhas de canto, além de uma mesa de centro baixa que ladeava um sofá. Estendido sobre o sofá, como se fosse uma capa improvisada, havia um lençol branco. E estendida sobre ele estava uma pessoa.

Primeiro achei que poderia ser uma criança. Porém, olhando mais de perto, percebi que a minúscula figura na verdade tinha quase a minha idade. Ela estava enrolada em posição fetal de maneira defensiva sobre o sofá, com as costas pressionadas contra as almofadas e o osso do quadril se projetando no ar. Sua cabeça pendia de lado sobre um dos braços do sofá, e seus cabelos castanhos escuros desciam em cascata até o chão.

Mesmo na escuridão do quarto, eu conseguia ver que o brilho de sua pele não era saudável. O suor reluzia em suas bochechas e seus olhos tremiam por trás de suas pálpebras fechadas.

Algo no rosto daquela menina me deu arrepios. Algo em suas feições...

Inclinei-me próximo a ela para ver melhor e, naquele momento, a garota abriu os olhos para ficar com o olhar perdido pela sala. Eles estavam avermelhados e fora de foco, confusos pelo sono ou por algum tipo de substância química. Provavelmente a segunda coisa, a julgar pelo vidro de remédios com a data vencida que tinha espalhado um arco-íris de pílulas na mesa diante dela.

Em circunstâncias normais — como se alguma coisa nessa cena pudesse ser classificada como normal — eu teria ficado preocupada com a garota. Por mais que não funcionasse, teria tentado encontrar alguém para ajudá-la ou a teria segurado com as minhas mãos mortas e incapazes.

Mas aquelas não eram circunstâncias normais.

Pois apenas um olhar da garota me trouxe à realidade. Aqueles olhos, apesar de avermelhados e embaçados, ainda brilhavam verdes e luminosos em um rosto que eu conhecia muito bem.

O meu.

Capítulo DOIS

M*orte*, uma voz sussurrava na minha cabeça. *Sempre começa com morte.*

Levantei-me com um grito.

Imediatamente, senti a pressão de uma mão sobre a minha. A adrenalina em meu corpo aumentou com o toque inesperado e me mexi para afastá-la. Quem estava pressionando minha mão, pegou-a ainda mais forte e segurou-se firmemente no lugar. Ainda me debati por alguns segundos até ficar calma o suficiente para olhar para o rosto do meu captor.

Ele me encarava com as sobrancelhas franzidas sobre seus olhos azuis escuros. Com uma das mãos segurando a minha, ele passou a outra por seus cabelos negros e então colocou a mão atrás da nuca — um gesto nervoso e preocupado.

Sem avisar, joguei meu braço livre em volta do pescoço do meu captor e pressionei meus lábios contra os dele.

Naquele momento, eu não me importava de estar morta e de não estar dormindo, muito menos sonhando; não me preocupava de ter sonhado comigo mesma em um certo estado desconhecido de quase morte; nem ligava para o fato de que devia me comportar com mais cuidado perto do garoto que agora beijava, já que eu era invisível e ele não.

Eu só me importava com o fato de Joshua me beijar.

Sempre que suas mãos tocavam minha pele nua — meus braços, ombros, as coxas expostas —, acendiam uma chuva de faíscas ardentes. Até mesmo meus lábios queimavam em contato com os dele.

Esse pequeno milagre acontecia todas as vezes que nos tocávamos. Sempre que minha pele fantasmagórica encostava na dele, Joshua e eu experimentávamos ondas de sensações que, com o contato prolongado, transformavam-se na sensação real da pele um do outro.

Talvez isso só acontecesse comigo e com Joshua, talvez não. Até onde eu sabia, toda interação entre fantasmas e seres humanos com consciência espiritual aconteciam desse jeito. Seja qual for o caso, tinha certeza de uma coisa: nunca me cansava dele.

Suspirei em silêncio quando Joshua tirou seus lábios dos meus. Apesar de ter suspirado de decepção por nosso beijo ter acabado, também havia um alívio. Enquanto Joshua se inclinava para longe de mim, pude ver que estávamos sozinhos no quarto dele, deitados na cama. Ninguém tinha visto nosso beijo.

Mas meu alívio se transformou em constrangimento quando percebi que, durante o beijo, devo ter rolado por cima dele. Joshua agora estava embaixo de mim, e as minhas coxas pressionavam os dois lados da sua cintura. Meu vestido branco e vaporoso — com o qual havia morrido e estava fadada a usar para sempre — havia subido até uma altura bastante inapropriada das minhas coxas.

Boquiaberta, olhei envergonhada para Joshua. Seu cabelo desarrumado e o fato de ele estar sem camisa me diziam que o grito que eu tinha dado no final do sonho também o havia acordado. E seu sorriso aberto me dizia que ele não estava nem um pouco constrangido pela nossa posição atual.

— Opa — murmurei. Quis rolar para o lado, mas ele me segurou no lugar passando um braço em volta da minha cintura.

— Ah — Joshua protestou. — Nada de 'opa', Amélia. Por que você não fica à vontade aí em cima? — Seu sorriso ficou sugestivo enquanto ele passava o outro braço ao meu redor.

Franzi o rosto.

— Joshua Mayhew, por mais que eu esteja todas as noites na sua cama, não sou... qualquer uma.

Apesar de o relógio na mesa de cabeceira marcar 3h da manhã, Joshua riu tão alto que toda sua família poderia tê-lo ouvido, se estivesse acordada.

— Amélia Ashley! — Joshua me provocou. — O fato de você estar na minha cama todas as noites significa que eu não acho que você seja qualquer uma. E, só para ficar registrado, acho adorável você usar a expressão "qualquer uma". Você sabe que estamos no século XXI, certo?

— O que posso dizer? Sou uma garota do século XX — resmunguei, mas deixei ele me puxar para perto dele, até soltar meus braços ao lado dele para ficar reta.

Flutuando ali, estudei o rosto de Joshua por um momento: os olhos da cor do céu à meia-noite, a boca carnuda, as maçãs do rosto salientes. Então dei uma espiada no corpo praticamente nu que se estendia abaixo daquele rosto. E embaixo de mim.

— Bem — murmurei —, já que estou aqui...

Então mergulhei e pressionei meus lábios contra os dele.

Sob o meu beijo, senti Joshua sorrir de maneira triunfante. Enquanto ele movia sua boca contra a minha, colocou as pontas dos dedos na pele delicada debaixo do meu queixo. Então desceu pelo meu pescoço até o colo, onde passou os dedos levemente para lá e para cá.

Gemi em silêncio e, em um instante, Joshua nos fez rolar de maneira que ele se esticou sobre mim. Fechei meus olhos e coloquei minhas mãos nas suas costas nuas, ansiosa pelo momento em que poderia sentir sua pele: macia, quente e real. Estiquei uma perna para cima e a enrosquei em torno da cintura de Joshua.

E com esse gesto, parei de sentir qualquer coisa.

Abri meus olhos e suspirei, sem me surpreender muito com o que via agora acima de mim. Ao invés do teto do quarto de Joshua, um labirinto de galhos de árvores — nuas, exceto por uma grossa camada de gelo — emaranhados. Um misto de chuva e granizo caía ao meu redor fazendo barulho. Felizmente, não podia sentir o gelo quando ele batia nas minhas costas.

Sentei e observei o resto do meu entorno, porém não achei que estava com muita sorte. À minha direita, uma estrutura de tijolos abandonada — uma chaminé, talvez — erguia-se em direção ao céu. Abaixo, fileiras e fileiras de pedregulhos escorregavam precariamente em direção a um quintal muito conhecido.

Ótimo. Sempre quis saber como era o telhado da casa dos Mayhew.

Com esse pensamento sarcástico, encolhi minhas pernas até o peito, passei os braços em torno delas e depois apoiei minha cabeça nos joelhos. Então soltei um grande suspiro enraivecido.

Acho que deveria dar graças a Deus, se levarmos em consideração a pequena distância na qual me materializei naquela noite. A última vez que isso acontecera, eu tinha aberto os olhos e visto o que tenho quase certeza que era um país completamente diferente.

Antes de materializações como essa começarem a acontecer, sinceramente pensei que tinha aprendido a controlá-las — entendido como prevenir os desaparecimentos fantasmagóricos que me transportavam, contra minha vontade, para outro lugar, outro tempo.

Eu estava errada, obviamente.

Não é que eu *quisesse* me materializar longe de Joshua naquela noite. Longe disso. Mas ao longo dos últimos meses, tinha chegado à triste conclusão de que nós não poderíamos ir muito mais longe do que já tínhamos ido, fisicamente, sem que eu desaparecesse no ar. Toda vez que nos beijávamos por muito tempo, ou ficávamos muito próximos, eu sumia. Se os dedos de Joshua iam muito além do meu pescoço — *zap*, lá ia eu para um estacionamento deserto. Se eu abrisse apenas um de seus botões — *puf*, para o alto de uma mesa de piquenique em alguma parada de beira de estrada.

Cada vez que eu desaparecia, podia me materializar de volta instantaneamente, sem gelo ou qualquer outro machucado. Mas o clima sempre esfriava, para dizer o mínimo.

E quando isso acontecia, aos poucos ia aprendendo minha lição: a menos que eu prestasse muita atenção nas minhas emoções e nas minhas ações com Joshua, não tinha controle sobre o que acontecia com o meu corpo.

Acho que ainda não tinha aprendido muito bem essa lição. Ainda não.

Não pude deixar de suspirar em voz alta. Essa situação era tão injusta que eu quase podia sentir seu sabor, amargo, na minha língua. Afinal de contas, meu desejo não era tão maluco, tão escandaloso, que precisasse ser negado de maneira tão dura. O que eu queria — o que Joshua e eu desejávamos — era simples, normal e genuíno.

E obviamente impossível.

Levantei a cabeça dos joelhos e suspirei novamente. Não havia nada que eu pudesse fazer sobre o problema naquele instante, exceto voltar para o Joshua e tentar consertar as coisas. O melhor que pudesse.

Fechei os olhos e me concentrei na casa abaixo de mim. Ouvi uma leve rajada de vento e, quando abri os olhos, estava sentada em uma cama, olhando fixamente para o brilho conhecido da luminária da mesa de cabeceira do Joshua.

Se todas as minhas materializações pudessem ser controladas dessa maneira...

Ouvi atrás de mim o som de molas mexendo. Olhei com cuidado por cima do ombro e vi Joshua. Ele tinha se levantado, estava encostado contra a cabeceira da cama e olhava para a frente, com o rosto franzido e perdido em pensamentos.

Esperava encontrá-lo frustrado, ou bravo, ou talvez um pouco triste. Ao invés disso, Joshua parecia... absorto. Como se tentasse resolver um problema difícil.

Ao perceber minha presença, ele se virou e fitou-me nos olhos. Sem se afastar da cabeceira, esticou seu braço para mim.

— Ei, desconhecida — disse, com um leve sorriso.

Gemi, virando mais na direção dele antes de pegar a mão que me oferecia.

— Quanto tempo fiquei longe dessa vez?

— Não muito... só alguns minutos. Está melhorando, acho.

Bufei: — Melhor? Sério? Não muito se simplesmente continua a acontecer.

Joshua balançou a cabeça e abriu o sorriso, sem se intimidar.

— Você está errada, Amélia. Os desaparecimentos estão durando cada vez menos. Aposto que vão parar de acontecer em breve. Vai ficar mais fácil... prometo.

Diante do seu eterno otimismo, mordi meus lábios para ficar com a boca fechada. Ou para reprimir minha reação, para dizer melhor.

Como eu podia dizer a verdade para Joshua a respeito do que realmente estava pensando nos últimos tempos: que nosso relacionamento *nunca* ficaria mais fácil? Que se as coisas eram difíceis agora, quando nós dois éramos jovens, elas ficariam instransponíveis conforme Joshua envelhecesse.

Por que, inevitavelmente, Joshua *iria* envelhecer. Logo ele terminaria o Ensino Médio no Colégio Wilburton e iria para a faculdade. Em algum momento, ele provavelmente vai querer uma garota que possa apresentar à família, uma que todos possam ver e metade deles não queira exorcizar. Uma garota que ele possa beijar por mais do que dez minutos. Com quem ele possa formar uma família, um dia.

Uma garota que eu nunca poderei ser.

Ainda mordendo os lábios, encarei Joshua mais de perto. A expressão suave e esperançosa em seus olhos me disse que ele não compartilhava dos meus pensamentos atormentados. Pelo menos, não neste momento.

— Então, para onde você foi dessa vez? — ele perguntou, tirando sua mão da minha e afastando uma mecha de cabelo do meu rosto.

Soltei meus lábios e inclinei a cabeça para um lado.

— Na verdade, para o seu telhado.

Os olhos de Joshua se abriram. Depois de uma longa e perplexa pausa, ele limpou a garganta. Com uma voz intencionalmente calma, perguntou:

— Ah, é? E como é lá em cima?

— Gelado. Provavelmente congelante.

Joshua fez uma careta, para a ideia da tempestade do lado de fora ou para a ideia de eu estar sentada nela.

— Isso não foi como nenhum dos seus antigos pesadelos, foi?

— Não, graças a Deus — eu disse, sentindo um calafrio.

Eu não tinha um pesadelo de verdade há muitos meses, pelo menos não da maneira como defino a palavra "pesadelo".

Antes de conhecer Joshua e de salvá-lo no mesmo rio em que me afoguei, minha vida após a morte era controlada por pesadelos terríveis. Durante o dia, assim como na escuridão, às vezes eu perdia a consciência e então revivia parte da minha morte. Depois de acordar, eu me via em outro lugar que não era o que eu estava antes do pesadelo acontecer. Aprendi que esses sonhos eram materializações involuntárias, parecidas com as que eu experimentava agora, mas piores.

Ainda não estava completamente segura de que os pesadelos houvessem acabado. Suspeitava que isso tinha alguma relação com o fato de que agora eu lembrava dos detalhes da minha morte. Ou talvez porque eu havia lutado contra os espíritos sombrios que haviam planejado aquela morte.

Seja qual for o caso, o final dos pesadelos significou o começo de um conjunto de confusões completamente novo. Essas novas, mas ainda indesejadas, materializações, por exemplo. E havia os sonhos esquisitos, como o que eu tivera naquela noite.

Eu não gostava de pensar a respeito disso, mas depois de um desses sonhos acontecer, simplesmente não conseguia parar. Ficava obcecada com os detalhes, tentando — sem muito sucesso — encontrar um padrão neles, ou um motivo.

Até agora cada sonho tinha o conteúdo diferente do outro. Mas todos tinham um tema bastante comum. Sempre aconteciam à noite, quando eu não devia estar dormindo, e todos eram incrivelmente perturbadores.

Em cada um, via pessoas das quais gostava, mas não podia falar com elas, não podia tocá-las. Às vezes encontrava Joshua observando-me com uma expressão fria e impassível enquanto eu lhe implorava por ajuda. Às vezes, via Jillian cair de joelhos de dor enquanto Eli — o fantasma cruel que havia tentado levar minha alma para seus mestres demoníacos — arrancava a vida de dentro dela.

Ou então avistava o fantasma do meu pai, vagando perdido abaixo das ruínas da ponte que eu tinha destruído meses atrás em uma tentativa de proteger Joshua e Jillian de Eli. Nesses sonhos, meu pai me chamava. Perguntava em uma voz rouca por que eu não o libertara do submundo escuro que estava logo ao lado dos limites dos vivos na Ponte Alta.

Esses eram os que eu mais odiava.

O de hoje, no entanto, era novo. Eu nunca tinha me visto como uma espécie de observadora exterior, nem ferida, talvez até morrendo, em um ambiente que não reconhecia.

Não tenho memórias muito claras da minha vida antes da morte, mas a maioria das coisas de que me lembro tem pelo menos um toque de familiaridade. Naquele sonho, no entanto, nada parecia familiar, nem a sala escura, nem os móveis gastos. O único aspecto daquela sala que eu reconhecia era o sofá. E eu, talvez.

Então... que diabos eu devia fazer com isso?

Sacudi minha cabeça e enrolei-me ao lado de Joshua sem tocá-lo. Joshua imitou minha posição, de frente para mim. Meu longo silêncio não parecia incomodá-lo, provavelmente porque ultimamente eu fazia isso muito.

— Bem — ele disse, finalmente —, pelo menos a materialização desta noite não foi um pesadelo. Mas você sentou e começou a gritar mais cedo. Você quer me dizer o que foi aquilo?

Meus olhos se viraram rapidamente para o travesseiro sob a minha cabeça, para longe do olhar decidido de Joshua. E levantei os ombros.

— Outro daqueles sonhos estranhos que ando tendo. Mas esse foi diferente. Mais esquisito.

Senti Joshua ficar tenso ao meu lado. — Como assim?

Continuei a estudar o travesseiro enquanto descrevia os misteriosos detalhes do sonho. Quando terminei, Joshua expirou fortemente.

— Isso é... bem, isso é assustador, Amélia.

— Muito. E a questão ainda maior é que não durmo. O fato de eu estar sonhando me faz pensar que essas visões são... não sei... importantes talvez? Esse último sonho realmente me fez pensar. Tudo parecia tão real: os sons, os cheiros.

— E você tem certeza de que se viu viva nesse sonho?

— Bom... não tenho cem por cento de certeza. A garota se parecia muito comigo, mas havia algo mais a respeito dela. Algo que não saberia dizer o que é.

Joshua franziu a testa, pensativo.

— Talvez a garota seja apenas algum tipo de manifestação. Das suas preocupações.

Apesar do meu humor apreensivo, não pude deixar de rir.

— Uau, Dr. Mayhew, alguém anda caprichando na lição de casa de psicologia.

— Minha matéria predileta —, Joshua gargalhou animado. Então bocejou.

Apoiei-me sobre os meus cotovelos, olhei por cima do ombro dele para o relógio e caí de novo sobre a cama.

— Podemos falar sobre isso mais tarde — eu disse. — Já passa das quatro e você tem prova final de cálculo amanhã.

— Nem me lembre. — Ele gemeu, puxando o travesseiro e tampando as orelhas com ele. — Pra que dormir? Provavelmente tirarei uma nota melhor se simplesmente tiver alucinações com as respostas.

— Não vou deixar você ter alucinações para passar na sua prova final. Estamos estudando há semanas. Então... durma.

Com o travesseiro ainda pressionado contra as orelhas, Joshua balançou a cabeça. Mas mesmo através do tecido, ouvi o som abafado de outro bocejo.

Acho que não precisava dar mais nenhuma ordem ou aviso a ele, pois logo, sem reclamar, ele começou a apagar. Sua respiração ficou profunda o suficiente para eu saber que ele havia adormecido novamente.

Com um enorme suspiro, virei para olhar para o teto. Por um tempo, tentei ficar calma e descansada. Fazer algumas das equações com as quais Joshua tinha tido mais dificuldades. Mas logo, ao invés de números, comecei a ruminar todas as questões insistentes que não saíam da minha cabeça.

Meses atrás, achei que finalmente tinha resolvido os meus maiores problemas. Comecei a juntar os pedacinhos do meu passado e a ganhar controle sobre os meus poderes de fantasma. Evitei que Eli me prendesse no submundo escuro e me forçasse a virar uma espécie de ceifadora nefasta como ele. Mesmo a avó de Joshua, Ruth, e seu bando de caçadores de fantasmas tinham me deixado em paz como uma forma de retribuir o fato de eu ter salvado a vida da Jillian.

Então eu tinha direito a curtir o tempo que restava com Joshua, certo? Errado.

Ao invés disso, minha nova existência livre de Eli e Ruth havia apenas se tornado tranquila o suficiente para permitir que surgisse outra montanha de problemas. Havia muito sobre o que pensar, várias questões que eu não conseguia resolver. Da mesma maneira que a inesquecível imagem da minha *doppelgänger*[1] deitada naquela sala escura. Ou minha total falta de habilidade de beijar meu namorado por mais de alguns minutos. Ou... ou...

— Ah — murmurei indignada, mas então apertei os lábios quando ouvi uma pequena alteração na respiração de Joshua.

Quando ele começou a respirar normalmente de novo, escorreguei com cuidado para fora da cama e fui, nas pontas dos pés, até o banco em frente à grande janela do outro lado do quarto. Enrolei-me sobre as grossas almofadas azuis, enfiando meus pés sob elas e pressionando minha testa contra o vidro.

Naquele instante, daria tudo para sentir o vidro, gelado e tranquilizador, contra a minha pele. Mas não tinha essa sorte. Sentia apenas a pressão dormente da vidraça diante de mim e das almofadas sobre as quais estava deitada.

Apenas mais dois objetos do mundo dos vivos que eu não podia tocar de verdade.

Com a testa ainda encostada na janela, o cabelo caindo sobre o rosto para que eu não pudesse ver nada além da vista gelada e escura do lado de fora, sacudi minha cabeça. Então, afundei ainda mais nas almofadas, preparando-me para mais uma noite atormentada que passaria obcecada com coisas que eu nunca poderia mudar.

---

[1] Segundo lenda de origem germânica, *doppelgänger* é uma espécie de sósia da pessoa que ela passa a acompanhar, imitando inclusive suas características internas mais profundas. (N.E.)

Capítulo TRÊS

Um barulho seco e agudo soou debaixo de mim como se alguém tivesse batido com o pé em uma das pernas da cadeira de madeira na qual estava sentada. Olhei para cima a tempo de ver os olhos culpados de Jillian observando sua tigela de cereais.

Olhei rapidamente para Joshua. Ele também deve ter ouvido o som, pois olhou para sua irmã do outro lado da mesa de café da manhã. Eu, no entanto, apenas balancei a cabeça e tirei meus cotovelos de cima da mesa. Obviamente não iria conseguir passar a manhã com a cabeça enfiada entre as mãos como tinha planejado. Ao invés disso, mais uma vez tive de bancar a intermediadora entre alguém pouco disposto e alguém pouco receptivo. E ultimamente não sabia dizer qual irmão Mayhew era o quê.

Coloquei minha mão sobre o braço de Joshua na esperança de acalmá-lo, mas ele já havia começado a grunhir um aviso para sua irmã caçula.

— Jillian, eu juro...

— Não jure, Joshua — ela provocou com os cantos da boca tremendo. — Mamãe e papai não gostam quando você jura.

Joshua franziu o rosto.

— Sério, se você não parar com isso...

— Parar com o quê? — Jillian interrompeu, levantando as sobrancelhas de maneira inocente. Ela virou para um lado e depois para o outro como que pedindo ajuda dos pais. Eles, no entanto, não podiam estar menos interessados nas brigas de seus filhos. O pai de Joshua continuava enterrado atrás do jornal e a mãe completamente concentrada em seu café da manhã — de maneira tão intensa que era quase como se ela estivesse evitando, de propósito, qualquer envolvimento com as eternas discussões de seus filhos.

Então Joshua poderia, ou deveria, ter deixado o incidente esfriar. Poderia ter ignorado Jillian, se fosse o irmão mais velho e maduro que deveria ser. Infelizmente, nossa noite difícil deixara Joshua tão de mau humor quanto eu, e ele tinha decidido reagir.

Antes que eu conseguisse pronunciar as palavras *Deixa pra lá, Joshua*, ouvi outro estalo debaixo da mesa. Quando Jillian gritou e abaixou-se para segurar a canela, Joshua sorriu triunfante. Obviamente o chute dele a acertara em cheio, ao contrário do de Jillian.

Ao ver o sorriso do irmão, Jillian urrou.

O rugido ecoou pela cozinha e quase chacoalhou os talheres e as tigelas com sua força. O som foi tão penetrante que os pais de Jillian não tiveram outra escolha a não ser prestar atenção. Os jornais e as xícaras de café foram colocados sobre a mesa enquanto eles soltavam gemidos frustrados quase idênticos.

Rebecca prestou atenção, em primeiro lugar, em Joshua, olhando-o de maneira tão fixa que poderia até congelar lava.

— Uma manhã — ela disse, empurrando sua caneca para longe de si. —, eu queria ter pelo menos uma manhã sem ter que separar uma briga entre vocês.

Olhei para Jillian, que continuava a gemer de dor, apesar do toque de felicidade em seus olhos amendoados.

— Desculpe se a gente atrapalhou, mamãe — ela balbuciou, fazendo seu lábio inferior tremer de propósito. — Mas o Joshua não me deixa em paz.

— Você tem certeza, Jillian? — Rebecca perguntou. — Porque posso jurar que ouvi o primeiro chute vindo da sua direção.

Tive de soltar uma gargalhada. Jillian, no entanto, não se divertiu tanto com a habilidade da mãe de ignorar e monitorar os filhos ao mesmo tempo. Jillian começou a gaguejar sem palavras, suas bochechas começaram a ficar cor-de-rosa enquanto ela se dava conta de que suas reclamações não haviam enganado ninguém. Enquanto ela patinava para encontrar uma resposta, seu pai tamborilava os dedos de maneira impaciente sobre o jornal. Ele olhou para a mulher e encolheu os ombros. — O que você acha? Vamos ignorar essa bobagem ou colocar os dois de castigo e não deixá-los ir à festa?

— Ignorar? — Joshua sugeriu, mas não alto o suficiente para competir com os gritos de protesto de Jillian.

Suas bochechas ficaram vermelhas com a ideia de que não poderia ir à festa daquela noite, que prometia ser a maior do semestre. Pior, essa era a primeira festa que seus pais finalmente tinham dado autorização para ela ir. Permissão que só deram depois que Joshua e Jillian prometeram, com o risco de irem para a escola militar ou para um convento, ficar longe da Ponte Alta.

Essa punição era o equivalente a um homicídio social, e Jillian sabia disso. Então ela soltou o que deve ter sido a primeira defesa que lhe passou pela cabeça.

— Não sei por que você está me punindo se não fiz nada! — gritou. — Foi Joshua que fez a vovó Ruth ir embora... ele merece coisa muito pior!

No momento em que as palavras saíram da sua boca, todo o rubor desapareceu do rosto de Jillian. E com a mesma velocidade, um silêncio desconfortável caiu sobre a mesa. Cada par de olhos se voltou lentamente, incrédulo, para Jillian.

Para Jeremiah e Rebecca, tal acusação deve ter soado ultrajante, para não dizer completamente injusta. Até onde sabiam, Joshua não havia feito com que sua avó arrumasse suas poucas coisas de maneira abrupta no mês passado e se mudasse para Nova Orleans para viver com a irmã de Jeremiah e sua família.

Mas Jillian e Joshua sabiam o verdadeiro motivo que tinha feito Ruth sair daquela casa.

Eu.

Apenas alguns meses atrás, sem querer, tirei quase tudo o que Ruth possuía de mais valioso. Ao fazer isso, aparentemente acabei com qualquer motivo para que ela ficasse em Oklahoma.

Assim como Joshua, Jillian e um surpreendente número de pessoas em Wilburton, Ruth era uma vidente — uma pessoa viva que, depois de algum evento transformador, era capaz de ver fantasmas. Mas ao contrário de Joshua (e, até agora, de Jillian), Ruth transformou o exorcismo dos mortos em sua missão. Para bani-los do mundo dos vivos para sempre.

Ruth e muitos outros videntes haviam se mudado para Wilburton exatamente com esse objetivo, pois a Ponte Alta e o rio que passava por baixo dela eram um foco de atividade sobrenatural. Com o tempo, Ruth conquistou seu lugar como a fria e implacável líder da comunidade de videntes, um papel que cumpria com satisfação.

Até que eu apareci e estraguei tudo.

Antes do meu confronto com Eli sobre a Ponte Alta, Ruth estava sempre ocupada. Sempre cercada por uma massa de amigos e seguidores obedientes. Mas, quando ela cancelou meu exorcismo para que eu pudesse salvar sua neta, as coisas mudaram, de uma maneira que me fez pensar que sua piedade não caiu bem entre os seus companheiros.

Logo depois, Ruth começou a passar a maior parte de seus dias sentada de maneira ressentida na mesa da cozinha dos Mayhew e durante as noites ficava enfurnada em seu quarto. Quase não saía de casa e o telefone nunca tocava para ela. Na verdade, ela praticamente não falava mais. Às vezes, lançava um olhar ressentido na minha direção; mas, em grande parte, sofria com seu aparente banimento da comunidade sobrenatural em um silêncio raivoso e inquieto.

Ela só quebrou esse silêncio mês passado quando anunciou seu desejo de mudar-se para Nova Orleans. Ruth colocou suas poucas coisas em caixas de papelão e contratou uma tropa de mudança profissional. Ela havia dito que o tédio em Oklahoma havia inspirado a mudança repentina. Mas Joshua, Jillian e eu sabíamos o que realmente estava acontecendo.

Em questão de dias, ela foi embora sem nada a não ser um adeus cortante para seu filho e a família dele.

Inicialmente os Mayhew não acreditaram. Até acharam engraçado. Mas logo depois que a *van* da mudança desapareceu entre a densa fileira de árvores no final da entrada da casa dos Mayhew, uma espécie de vazio começou a ecoar pela casa. Como se faltasse alguma coisa.

Não, não "como". Algo realmente *estava* faltando. Por pior que Ruth tivesse me tratado, ela ainda era parte essencial da família, e sua ausência tinha um efeito profundo no restante dos membros. O fato de Jillian fazer uma acusação daquelas — de que seu irmão havia causado uma fissura dramática na família — era coisa muito séria. Não era um assunto para ser usado, na mesa do café da manhã, como última tentativa para não ficar de castigo. Em especial quando a família estava prestes a passar dez horas apertada dentro de um carro, no dia seguinte, em direção ao bairro francês de Nova Orleans, para passar o Natal com Ruth.

Então, se alguém aproveitasse a oportunidade para responder à acusação de Jillian, o dia seguinte provavelmente daria um novo significado à expressão "viagem para o inferno". Sabiamente, no momento mais tenso de uma manhã já difícil, Joshua decidiu agir de maneira civilizada. Limpou a garganta e sorriu para os pais.

— Olha, esquece — ele lançou um olhar fulminante para a irmã, que pedia: "pare de agir como uma idiota ou nós dois vamos nos ferrar". Em voz alta, ele disse: — Desculpe pelo chute, Jill. Tá bom?

Em seu primeiro movimento inteligente do dia, Jillian entendeu o recado e balançou a cabeça.

— Tá bom — ela respondeu. E então, relutante, acrescentou: — Desculpe, também.

O pedido de desculpas não era sincero, mas o fato de ela ter feito isso deu aos dois alguns minutos para escapar.

Joshua levantou seu pesado casaco de inverno da cadeira e jogou-o sobre os ombros com uma mão. Depois de pegar a mochila do chão com a outra, ele praticamente saiu correndo da mesa. Jillian se apressou para segui-lo. Jeremiah e Rebecca nem tiveram a chance de repreender Jillian por seu comentário agressivo. Seus dois filhos já estavam saindo pela porta de trás. E eu também.

Do lado de fora, Joshua e Jillian trocaram olhares rápidos antes de correrem para seus respectivos carros. Eu fiz uma prece em silêncio agradecendo pelo frio brutal que evitou que eles continuassem brigando. Em questão de minutos, Jillian deu a partida em seu pequeno carro amarelo e saiu desembestada pela estrada congelada, sem se preocupar em deixar o para-brisa descongelar completamente.

Joshua já tinha destravado a porta do lado do motorista e se abaixado para ligar o aquecedor antes de perceber que eu não havia saído da varanda dos fundos. Ele olhou para mim confuso por um momento, mas então entendeu: sabia que eu não iria à escola com ele naquele dia.

Ele suspirou e colocou uma mão no teto da sua caminhonete.

— De novo, Amélia? Sério?

— Eu preciso, Joshua. Você sabe que eu preciso.

— Não, eu não sei — ele disse, franzindo muito o rosto. — Além disso, hoje o dia está congelante.

Levantei os ombros.

— E daí? Não sinto nada mesmo.

Dessa vez ouvi um tom de derrota no suspiro de Joshua.

— Tá bom. Mas tenha cuidado lá fora, ok? Não chegue muito perto.

Eu sorri, mas não muito.

— Eu nunca chego.

Abrindo completamente a porta, Joshua apenas balançou a cabeça. Ele nem tentou disfarçar sua decepção enquanto entrava na caminhonete.

Um pouco antes de bater a porta e ligar o motor, eu gritei:

— Vejo você aqui hoje à tarde!

Entre o gelo no para-brisa, vi seu rosto de relance pela última vez — ainda com aquela expressão de frustração — antes de sair de marcha a ré e desaparecer pela rua principal.

No final daquela tarde, bati meus pés na grama cheia de gelo e passei as mãos pelos meus braços nus algumas vezes. Então, fiz uma concha com as mãos e coloquei-as na frente da minha boca para soltar ar nelas, como se pudesse esquentá-las com a minha respiração. Como se precisasse esquentá-las. Ainda assim, os gestos fizeram com que eu me sentisse normal. E esse era um sentimento de que eu precisava desesperadamente agora.

Diante de mim, o rio parecia mais nervoso do que o normal, com águas agitadas e barrentas por causa do granizo de ontem à noite. O rio, no entanto, não era a parte mais feia daquela cena. Essa honra ia para os restos da Ponte Alta, a apenas alguns metros de mim.

As ruínas da ponte se espalhavam pelas águas sombrias e nuas como a floresta que as cercava. Dali, podia-se ver as vigas despedaçadas e lugares em que grandes pedaços de concreto haviam caído, deixando buracos em torno dos quais alguém havia colocado cavaletes e tiras de fita amarela. Mais cavaletes protegiam cada ponta da ponte, avisando aos motoristas para que encontrassem outro caminho se não quisessem que seus carros se tornassem anfíbios. Ao longo da beirada, os corrimões de metal se inclinavam em ângulos malucos como se uma força enorme tivesse tirado toda a estrutura do eixo. O que, em essência, havia mesmo acontecido.

Sorri com esse pensamento. Não sentia um pingo de arrependimento por ter arrebentado essa ponte. Esperava que um forte vento levasse a coisa inteira aos pedaços para a água que passava embaixo dela.

Franzi os olhos para ela mais uma vez e coloquei minha atenção nas árvores estéreis do outro lado do rio. Algo naqueles galhos esqueléticos, arranhando o céu cinzento, combinava com o meu estado de espírito no momento. E com a minha atual tarefa.

Fechei meus olhos e comecei a respirar pesadamente, devagar, em uma tentativa de me acalmar. Para me concentrar. Sobre o painel negro das minhas pálpebras, imaginei uma cena parecida como a do mundo dos vivos naquele momento, só que mais fria. Um lugar também muito mais escuro e ameaçador. Um lugar indescritível, em que fantasmas solitários, espíritos escravizados e demônios esperavam.

O submundo de Eli.

Apertei meus olhos com força, concentrando-me nas coisas que lembrava sobre ele: o céu roxo violento; as árvores retorcidas e reluzentes; o rio de alcatrão movendo-se em direção ao abismo escuro abaixo da versão da Ponte Alta do submundo. Então imaginei as sombras negras — almas mortas presas ali por Eli sob as ordens de seus mestres — como se elas se movessem entre as árvores do submundo.

Queria tanto que elas reaparecessem que quase podia ouvi-las na escuridão. Suplicando, em vozes sussurradas mas apressadas, para serem libertadas. Mantive os olhos fechados por mais alguns instantes, desejando, rezando.

Mas quando abri meus olhos, meu coração doeu. Nada havia mudado ao meu redor, nem o céu cinzento e gelado, nem a grama congelada ou rio lamacento.

Caí no chão, deixando que o vestido se espalhasse ao meu redor. Não queria admitir a derrota, mas estava começando a ficar sem desculpa para mim mesma. Todos os dias eu tentava reabrir o submundo, e sempre fracassava. Por que naquele dia seria diferente?

Quando decidi realizar essa tarefa há vários meses, Joshua achou que eu estava louca. Afinal de contas, eu tinha escapado por um triz de passar a eternidade presa no submundo. Ele não entendia por que eu queria gastar mesmo que um segundo tentando voltar para lá.

Mesmo naquele momento, parte de mim se perguntava se Joshua não tinha razão: talvez o que eu estava fazendo há meses nessa ponte *era* loucura ou, na melhor das hipóteses, um descuido completo com minha segurança. Mas, sinceramente, nada disso me importava. Não quando isso dizia respeito ao meu pai.

Fiquei desolada quando descobri que ele tinha morrido não muito tempo depois de mim. Mas não saber o que tinha acontecido com o seu fantasma doía ainda mais, principalmente porque eu sabia o que esperava por ele após a morte.

Se minha experiência como fantasma era alguma referência, meu pai agora podia estar perdido como eu ou preso por Eli na escuridão do submundo. Como nunca encontrei meu pai durante meus anos de peregrinação, imagino que ele tenha sido vitima de Eli — um destino que eu obviamente não podia permitir que ele sofresse.

Mas nenhuma das minhas tentativas de ajudá-lo tinha funcionado.

A essa altura, eu não podia negar minhas fortes suspeitas de que havia perdido qualquer poder sobrenatural que descobrira na noite em que derrotei Eli e seus mestres sombrios. Claro, ainda podia tocar Joshua e (às vezes) controlar minhas materializações no mundo dos vivos. Mas não conseguia mais criar aquele brilho sobrenatural sobre minha pele ou sentir sua força, e não conseguia me materializar no submundo.

Claro que o que fiz no rio, naquela tarde, não tinha sido mais produtivo do que o que vinha fazendo durante todas as manhãs, nos últimos dois meses: sentar na varanda da frente da casa que morei durante a infância e observar, invisível, minha mãe se preparar para o dia.

Apesar das minhas visitas serem esporádicas, memorizei sua rotina diária com facilidade. Todas as manhãs ela tomava duas xícaras de café na sala da frente, com o olhar perdido na fumaça que saía da xícara ou nas fotos, minhas e do meu pai; não sabia dizer o quê. Depois disso, ela saía — normalmente se esquecendo de trancar a porta da frente — e dirigia até o trabalho em um carro caindo aos pedaços.

Eu sempre a via cansada e solitária; vê-la toda vez assim me enchia de uma culpa enraivecida e impotente. Era por isso que não conseguia visitá-la todos os dias. Eu simplesmente não tinha forças.

Mas hoje eu tinha.

Naquela manhã, depois de deixar Joshua, segui minha mãe até o trabalho e a observei em seu emprego cansativo como funcionária do depósito de uma loja de ferramentas. Quando seu turno finalmente acabou, às 15h, materializei-me perto do rio, determinada a fazer alguma coisa — qualquer coisa — por pelo menos um dos meus pais.

Agora, inutilmente de pé ao lado do rio, suspirei. Por mais que não estivesse ajudando a minha mãe, certamente também não estava ajudando meu pai. As atividades daquela tarde haviam provado isso.

Passei uma mão pelos cabelos, puxando as pontas castanhas, como se a pressão me forçasse a me concentrar mais. Partindo do princípio de que minha concentração tivesse alguma coisa a ver com minha habilidade de reabrir o submundo. E que eu não tenha sido completamente banida dele.

Soltei a pobre mecha de cabelo, que eu tinha torcido com força em volta do meu dedo indicador, e gemi de frustração. O som ecoou de volta na linha de árvores estéreis, tirando sarro de mim.

Esforcei-me para levantar e bati minha saia levemente, apesar do gelo não a ter amassado muito. Então virei de costas para o rio e andei em direção às arvores. Ali, no tronco do hibisco, estava pendurado um relógio de pulso. Joshua o havia colocado ali há algumas semanas, depois de eu ter voltado tarde para casa, muitas vezes seguidas.

Inclinei-me perto o suficiente para conseguir ver os ponteiros grande e pequeno descansando perto das cinco horas.

— Droga — murmurei. Atrasada de novo.

Tentei colocar a culpa no céu cinzento — muito mais escuro, me dei conta, do que normalmente estava quando eu ia embora. Mas e daí? Não importa qual fosse minha desculpa, eu ainda iria encontrar Joshua decepcionado, mas não surpreso quando eu me materializasse de novo na casa dos Mayhew. O lado positivo é que ele quase não teria tempo para ficar obcecado com sua prova final de cálculo, e menos tempo ainda para argumentar que não iria à festa que eu finalmente conseguira convencê-lo a ir.

Dei mais uma olhada no relógio e tive um pensamento. E se cada segundo que passava no pequeno mostrador do relógio *significasse* alguma coisa? E se aqueles segundos, reunidos em minutos e depois em horas e dias, tivessem começado a criar alguma coisa?

Como uma fissura. Uma crescente distância entre Joshua e eu, prolongada por cada segundo que vivíamos separados — eu atrás dos meus pais e Joshua vivendo a vida dele como deveria.

A fissura já havia começado a se formar, eu tinha certeza. Mas quando se tornaria larga demais para ser atravessada? Talvez antes do que eu imaginava...

De repente, um sopro do ar gelado de dezembro me atingiu. Senti o frio nos meus ombros nus, e a seda gelada da minha saia arrepiava minha pele sempre que tocava minhas pernas. Antes que eu pudesse reagir, ouvi um leve estalo em algum lugar dentro da floresta.

Assumi imediatamente uma postura defensiva, com os ombros tensionados e os pulsos cerrados. O frio repentino, os barulhos misteriosos... experiências passadas ensinaram-me o que — ou quem — eles precediam.

— Eli? — suspirei, observando a escuridão da floresta.

Então pisquei surpresa comigo mesma.

Pois, ao dizer o nome dele, minha voz havia soado *esperançosa*. Estava tão desesperada para reaver meus poderes, tinha tanta vontade de entrar novamente no submundo, que receberia bem a reaparição do meu inimigo? Do meu assassino?

Eu *devia* estar maluca para querer vê-lo de novo.

Felizmente ou não, nada respondeu ao meu chamado. Esperei, imóvel, mas não vi nenhum movimento na floresta a não ser pelo balançar ocasional de um galho pelo vento.

Muito provavelmente, eu tinha me apavorado com algo inofensivo como um esquilo correndo sobre um pequeno galho. Essa explicação fazia muito mais sentido do que o retorno do meu inimigo sobrenatural que, até onde eu sabia, estava preso em algum lugar mais escuro do que eu podia imaginar. Além disso, a sensação de frio havia desaparecido quase tão rapidamente quanto surgira, mesmo antes de eu pronunciar o nome de Eli.

Mas ainda assim, eu tremia — seja com a lembrança do frio, ou por causa dos pensamentos sombrios que passavam pela minha cabeça pessimista. Eu não sabia. Eu só tinha certeza de que queria ir embora, agora. Então fechei os olhos, pensei em Joshua, e rezei para que essa materialização me levasse para onde realmente queria ir.

Capítulo QUATRO

Entre todas as coisas em que não confiava, uma enorme fogueira no meio de uma estrutura fechada estava no topo da lista. Ainda assim, estava agachada perto de uma naquela noite, tentando desesperadamente manter um sorriso aberto.

À direita, um casal desconhecido tinha praticamente virado uma coisa só no monte de feno perto do nosso. À esquerda, perto da entrada do celeiro, um grupo de caras trocava socos falsos. Agora eles pareciam estar brincando, mas provavelmente não estariam depois de tomar mais alguns drinques.

Com os olhos fixos nas chamas em frente a nós, Joshua tomou outro gole da sua garrafa de cerveja. Ele engoliu e então limpou a boca com as costas da mão.

— Se mais alguém vomitar em uma baia, vamos embora.

Forcei uma risada.

— Pelo menos eles estão mirando nas baias e não na fogueira.

Joshua arqueou uma sobrancelha e olhou pra mim com o canto dos olhos. Eu suspirei e levantei as duas mãos em sinal de derrota.

— Eu sei, eu sei. Mas você disse que ia tentar se divertir hoje à noite. E tudo o que você fez nas últimas duas horas foi beber e falar comigo.

— Falar com você é *divertido*. — Ele deu aquele sorriso charmoso para mim, que fazia meu peito arder. Naquela noite, no entanto, eu não iria cair nessa.

— Você não me engana, mocinho — avisei. — Não vou ficar aqui sentada vendo você perder seus amigos por minha causa.

O sorriso de Joshua mudou de atrevido para doce. Ele esticou uma das mãos sobre o feno e colocou sobre a minha.

— Você vale a pena — disse. Mesmo com o rugido da fogueira e o barulho da festa, sua voz parecia calma, sincera.

Pude sentir o ardor no meu peito aumentar quando, como se tivesse ouvido a deixa, o melhor amigo de Joshua, David O'Reilly, tropeçou sobre nós. Com um enorme jato de vômito, O'Reilly despencou sobre o feno perto de Joshua, forçando Joshua a chegar tão perto de mim que quase caí no chão.

— Fique à vontade, O'Reilly — balbuciei, mas depois fechei a boca. Lembrei-me de que não podia realmente culpar nenhum dos dois: O'Reilly não fazia ideia de que havia duas pessoas no feno, e Joshua não tinha como dizer para O'Reilly abrir espaço para mim, pois ele nem sabia que eu existia.

Suspirando, levantei-me do feno e fiquei de frente para eles. O que vi não me surpreendeu, infelizmente.

Joshua e O'Reilly estavam sentados um ao lado do outro, sem se mexer ou falar. Os dois olhavam fixamente para a fogueira como se ela fosse falar por eles.

Os olhos de Joshua se encontraram com os meus. Ele parecia querer estar em qualquer lugar, menos ali.

— O que você está esperando? — perguntei, dando um sorriso encorajador. — Ele é o seu melhor amigo, e essa é a festa dele, no celeiro dele. Diga alguma coisa.

Joshua balançou a cabeça de leve. Então falou, mantendo os olhos fixos na fogueira.

— E aí, O'Reilly?

— E aí, Mayhew?

As saudações ficaram suspensas no ar como balões esperando para que algo os prendesse. Mas conforme os segundos passavam sem nenhuma resposta, percebi que a conversa entre esses garotos obviamente não aconteceria sem ajuda.

Suspirei, dessa vez realmente irritada. Não conseguia acreditar que Joshua deixaria as coisas chegarem a esse ponto. O'Reilly era o seu amigo mais antigo no mundo. E fazia semanas que não se falavam.

O estranho cumprimento que eles trocaram naquela noite era apenas mais um exemplo de por que eu praticamente forçara Joshua a ficar na festa mais tempo do que ele gostaria. Porque, tanto quanto as minhas atividades diurnas o preocupavam, o contrário também era verdadeiro. Ou, para ser mais exata, eu estava aflita com sua falta de compromissos.

Ao longo de apenas três meses, Joshua deixou de ser a pessoa mais amigável do Colégio Wilburton para se tornar a mais reclusa. Assim como a avó Ruth, Joshua havia cortado sua vida social; mas ao contrário dela, a perda foi imposta por ele mesmo.

Primeiro achei que ele apenas precisava passar um tempo longe dos amigos. Afinal, ele tinha visto esses mesmos amigos tentarem matar sua irmã sob o encanto sombrio de Eli. Quem não precisaria se recuperar depois de algo assim?

Joshua, no entanto, recuperou-se do choque mais rapidamente que qualquer outra pessoa, incluindo Jillian. Apenas alguns dias depois, ele parecia iluminado e obstinadamente otimista como sempre.

Mas ainda assim, continuava a evitar seus amigos, muito depois de eu ter destruído a Ponte Alta. Joshua não almoçava mais com eles, não atendia suas ligações. Quando um deles tentava conversar com ele na escola, Joshua olhava para mim e pedia licença, criando a maior distância possível entre eles e nós.

Sempre que eu falava sobre esse estranho comportamento, ele simplesmente dava de ombros e soltava aquele sorriso charmoso:

— Não há nada de errado — ele me garantia.

Mas eu não me deixava enganar, e nem era a única a perceber a mudança. Em outubro, os amigos tiraram sarro dele sobre sua nova reputação de solitário. Em novembro, ligaram algumas vezes por dia, deixando mensagens preocupadas no celular dele. No começo de dezembro, pararam de se incomodar em fazer isso.

Se Joshua continuasse assim, não teria mais nenhum amigo quando chegasse a hora da formatura.

Observei-o se contorcendo de maneira desconfortável sobre o feno por mais alguns segundos. Então cruzei os braços sobre o peito, ergui os ombros, e lancei o melhor olhar de comando que pude.

— 'E aí, O'Reilly?' não é o suficiente, Joshua. Fale com ele. Por favor. Por mim.

Joshua se remexeu mais um pouquinho, mas balançou a cabeça novamente. Limpou a garganta, como se qualquer coisa que não fosse um cumprimento casual exigisse um grande esforço, e perguntou:

— Então... de barba, hein?

O'Reilly passou a mão na barba grossa e ruiva sobre suas bochechas.

— Sim, eu tive de comemorar 'Novembro sem Navalha'.

— E agora você está festejando... o quê? 'Dezembro Sem Pegar Ninguém?'

— Cara — O'Reilly protestou —, como se você pudesse falar alguma coisa. Você não tem uma namorada, tipo, há milênios.

Os olhos de Joshua encontraram-se com os meus por um segundo. Então ele desviou de volta para a fogueira.

— Tanto faz, barbudão. Parece que um urso morreu na sua cara!

O'Reilly soltou uma gargalhada e, antes que tivesse tempo de se lembrar do quanto estavam distantes, deu um soco no ombro de Joshua. Joshua também riu, e o som saiu de sua boca com se fosse um suspiro de alívio.

Meninos, pensei, balançando a cabeça. *Um xingamento e um soco, e tudo está perdoado.*

Então abri um sorriso, sentindo muito alívio quando eles começaram a conversar como se os últimos meses não tivessem existido. Se continuar assim, não precisarei me preocupar se Joshua vai ficar sozinho.

Porque você vai *deixá-lo, não vai?*

Outra voz interrompeu aquele pensamento sombrio, chamando Joshua.

— Graças a Deus, cara. Achei que a gente ia precisar organizar uma intervenção. Estava com medo de que você ia se tornar um daqueles caras que se muda para o sótão e começa a colecionar unhas do pé ou algo assim.

Uma figura veio se arrastando na nossa direção, com o rosto obscurecido pelas sombras e por cabelos castanho-claros bagunçados. Eu sabia o que encontraria se pudesse vê-lo direito: um sorriso genuíno e olhos amigáveis. Scott, o segundo amigo mais próximo de Joshua, era um cara legal. Alguém que eu normalmente receberia bem. Mas meu sorriso desapareceu quando vi quem vinha atrás dele, atravessando o celeiro.

Jillian e a amiga dela, Kaylen, estavam atrás de Scott, as duas cambaleando à luz da fogueira. Quando se aproximaram, vi que Kaylen havia colocado um braço em volta do ombro de Jillian. Em sua mão livre, Kaylen trazia uma garrafa marrom, que caiu no chão do celeiro e derramou seu conteúdo espumante sobre o feno e a poeira.

Jillian estava com os braços ocupados, no esforço de manter Kaylen em pé. Assim que chegaram perto o suficiente do feno, vi a expressão frustrada de Jillian, a mesma que ela sempre tinha quando estava com Kaylen. Isso me fez pensar por que Jillian passava o tempo todo com sua suposta melhor amiga.

Ainda lutando para segurar Kaylen, Jillian bateu sem querer seus joelhos em O'Reilly.

— Pode me ajudar? — ela reclamou.

— Sempre, Jilly-jujuba — O'Reilly disse, reforçando o "sempre" de maneira sugestiva. Ele se esticou para pegar Kaylen pela cintura; mas no último momento, Kaylen pareceu recobrar um pouco da compostura. Assim que Jillian a soltou, Kaylen escorregou quase que graciosamente no espaço entre Joshua e O'Reilly.

Ela fez um pequeno barulho — uma mistura de soluço e risada, acho — e de alguma maneira irritante, conseguiu soar mais agradável do que bêbada. Mesmo seus grossos cabelos loiros ainda estavam bonitos, despenteados nos lugares certos. Ela se inclinou, colocando os braços para trás e fazendo com que seus *shorts jeans* impossivelmente curtos subissem mais ainda nas suas coxas.

— Argh —, murmurei. Em um raro momento de reconhecimento, os olhos de Jillian se encontraram com os meus e ela bufou levemente concordando. Ela logo virou para o outro lado, de volta para a multidão sobre o feno.

— Ela é toda de vocês, meninos — Jillian disse. — Venham me buscar quando ela estiver pronta para ir para casa. Ou quando vocês se cansarem dela.

Com um leve sinal com a cabeça para Scott (que obviamente estava muito interessado nela), Jillian virou e caminhou de volta para a escuridão do celeiro. De soslaio, vi Scott suspirar pesadamente, sem dúvida seguindo-a com os olhos.

Mas as três figuras sobre o fardo de feno chamavam mais a minha atenção. Bem, duas das três figuras.

Agora Kaylen já havia se inclinado para a frente novamente e colocado as mãos sobre um joelho de cada garoto. Mas apenas sua mão esquerda, que tocava Joshua, se movia. Ela subiu a mão até a coxa dele e depois voltou para o joelho, falando rapidamente como se para distraí-lo de seu toque não solicitado.

— Josh, querido — ela murmurou. — Isso quer dizer que somos amigos novamente?

Um grunhido involuntário escapou dos meus lábios.

Joshua me olhou preocupado e tentou se afastar dela o máximo que pode sem cair do fardo.

— Sim, somos amigos de novo. Não somos, O'Reilly? Por que você não conta pra Kaylen o quanto sentiu minha falta?

O'Reilly ficou mais do que feliz em assumir a conversa. Ele se inclinou na direção de Kaylen, com o sorriso aberto.

— É, cara. Eu senti muita falta dele, não conseguia comer, não conseguia dormir... não conseguia me barbear.

— Tum-tum-turun-tá! — Joshua cantou, movendo as mãos no ar como se tocasse uma bateria imaginária.

Infelizmente para O'Reilly, Kaylen não estava muito interessada na performance. Ela nem olhou para ele. Ao invés disso, chegou mais perto de Joshua.

— Bom, o que eu sei é que *eu* senti sua falta — ela disse. Então baixou a voz apenas para Joshua ouvir e, sem saber, eu também. — Posso mostrar o quanto?

Senti uma repentina onda de calor penetrante vinda da fogueira, queimando as minhas costas. A sensação foi tão forte que virei meu pescoço para trás. Ela rapidamente se espalhou por todo o meu corpo, até minhas bochechas ficarem vermelhas e eu ter de abanar meu rosto com uma das mãos.

Quando Joshua pegou na mão de Kaylen — para afastá-la dele, tenho certeza — o calor ficou ainda mais intenso. Sem pensar, afastei-me do fogo e me aproximei do fardo de feno. Cheguei perto o suficiente para ouvir Kaylen sussurrar:

— Me beija, Josh.

Minhas mãos se enrijeceram e preparei-me para balançar as vigas do celeiro, ou talvez até para causar um terremoto sob os pés de Kaylen.

Mas ela foi mais rápida do que eu. Joshua tinha acabado de colocar a mão de Kaylen de volta no colo dela quando ela se esgueirou como uma cobra e colou seus lábios nos dele. Ela enfiou seus dedos nos cabelos dele tão rapidamente que quase não a vi se mover, e o puxou para perto dela.

Joshua fez um leve barulho, de prazer ou protesto, não tive certeza. Mas eu nem pude perguntar. Naquele momento incrivelmente inconveniente, o celeiro desapareceu das minhas vistas.

Capítulo
CINCO

Pela segunda vez naquele dia me vi observando as ruínas da Ponte Alta.

Na escuridão sem lua, ela parecia mais assustadora do que naquela tarde. Destruída e vazia, como o esqueleto de alguma criatura gigante e mítica. Acima de mim, as fitas de aviso contra o perigo balançavam ao vento. Fora isso, o lugar estava tão silencioso que quase podia ouvir meu sangue — que nem existia — correndo nas veias por causa da emoção que tinha acabado de sentir.

Sem querer, me materializei aqui no momento em que vi Joshua beijando Kaylen. Ou Kaylen beijando Joshua. Os detalhes não importavam muito nesse instante.

Mordendo meus lábios furiosamente, virei-me para olhar para o rio escurecido. Mas ao invés de água, via apenas uma confusão de imagens mentais.

A mão dela na perna dele. A mão dele segurando a dela. Seus lábios unidos.

Se eu estava brava? Ah, sim. Brava e com ciúme.

Porém, quanto mais eu olhava para o rio, mais percebia que meu ciúme não se parecia com o de uma garota viva normal. Nem de perto.

Afinal de contas, uma garota viva não ficaria com ciúme pelo fato de sua concorrente poder *sentir* de verdade o que tocava. Nem por sua concorrente não desaparecer quando beija o cara. E uma menina viva não se preocuparia com o fato de seu namorado poder — na verdade, precisar — escolher outra pessoa porque, pelo menos, essa outra pessoa poderia envelhecer com ele. Mudar junto com ele.

Mil anos poderiam se passar e eu não mudaria ao lado de Joshua. Eu nunca mudaria, nunca.

Senti minha respiração se acelerar, mas não conseguia tranquilizá-la. Não pude parar de ter esses pensamentos. Pois, por mais que não gostasse dela, Kaylen era uma garota viva e normal. Na verdade, ela provavelmente nem devia ser tão irritante depois que alguém a conhecesse melhor. E ela não estava indo atrás do namorado de alguém *de propósito*. Pelo que ela sabia, Joshua estava bem disponível.

E por mais que Joshua não quisesse nada com Kaylen agora, ela ou alguém como ela acabaria superando as suas defesas. E como não? Garotas como Kaylen podiam tocá-lo por mais de dez minutos, ir à escola com ela, conhecer a família, rir com seus amigos...

Garotas como eu não podiam fazer nada disso. Apenas estragavam as coisas para as pessoas vivas e amadas. Era só ver a atual vida social de Joshua.

As evidências estavam por todos os lados: a maneira com que Joshua olhava para mim antes de dizer a alguém, "Desculpe, agora não posso";

a frequência com que se afastava de seus amigos, como se tivesse medo que qualquer minuto passado perto deles revelasse minha presença.

Joshua havia limitado nossa exposição ao mundo dos vivos de maneira intencional. Para evitar que ele parecesse maluco caso alguém o visse de mãos dadas com o ar. Para me manter a salvo de qualquer Vidente desconhecido.

Ao se afastar das pessoas vivas de quem gostava, Joshua achou que podia nos proteger. E nesse processo, se machucou.

Acho que eu deveria ficar agradecida por ele não ter levado essa missão tão longe a ponto de também evitar sua família. Mas esse dia chegaria? Será que Joshua descobriria daqui a cinco ou dez anos que não tinha mais como explicar para os seus pais por que eles não podiam conhecer sua namorada? Por que ele não podia se casar com ela e formar uma família?

Essas questões não importavam, não hoje. Sabia o que Joshua diria se pudesse ouvir meus pensamentos.

Mas essas dúvidas se tornariam mais intensas em breve. Quando você namora uma fantasma, acaba precisando escolher entre os vivos e os mortos. Entre uma vida normal ou uma assombrada.

Ele já havia começado a fazer essa escolha com seus amigos. E suspeitava que ele continuaria a fazê-la — com sua família e seu futuro — se eu deixasse.

O que eu não conseguiria. E não iria fazer.

No final das contas, eu teria que fazer alguma coisa para que Joshua parasse de me escolher.

De repente senti o ardor no meu peito aumentar, sufocando-me. Precisava parar de pensar sobre isso. Tinha de me concentrar em outra coisa, rápido. Tentando me distrair, olhei ao meu redor pela primeira vez desde que me materializei nesse lugar. Então pisquei, surpresa.

A Ponte Alta estava bem na minha frente, tão perto que quase podia tocá-la.

Sem querer, devia ter escalado a ribanceira íngreme e chegado ao alto da estrada da Ponte Alta. Agora os dedos dos meus pés estavam sobre o asfalto enquanto meus calcanhares continuavam sobre a grama, como se soubessem muito bem como me manter longe daquele lugar.

De perto, qualquer pessoa em sã consciência veria a ponte como ela era: perigosa. E eu tinha todos os motivos para temê-la agora tanto quanto no passado.

Mas, inesperadamente, não tive medo. Não temia nem um pouco aquele lugar.

Enquanto eu continuava a observá-la, senti meus olhos se apertarem. Meus pés começaram a se levantar completamente da ribanceira e colocar-se na estrada. Devagar, de modo mecânico, minhas pernas me levaram adiante até cruzar a ponte. Fazendo uma tranquila caminhada.

Por dentro, no entanto, eu não estava nem um pouco calma. A cada passo, minha raiva crescia. Raiva de Kaylen, Eli e até de Joshua. Raiva da minha existência estúpida. Mas especialmente da Ponte Alta. Ela arruinou minha vida e a de muitas outras pessoas.

— Quer saber? — disse em voz alta, dirigindo-me para a ponte, com um sorriso histérico no canto da minha boca. — Você realmente me enche o saco!

— Ainda?

A palavra voou até mim tão baixa quanto um sussurro. Mas no momento em que a ouvi, quase pulei da minha pele. Dei voltas em mim mesma de maneira frenética, procurando por quem havia dito aquilo; mas até onde podia ver, eu era a única ali.

A não ser...

Apertei os olhos, olhando para o caminho que tinha acabado de fazer. Algo a respeito da aparência de um lugar em particular parecia... esquisito. Enquanto eu observava, o ar começou a reluzir e mexer-se até que, flutuando sobre o que até agora pouco era uma estrada vazia, algo tomou forma. A princípio, flutuou como uma névoa: pálido e não muito translúcido. Mas logo se solidificou, e consegui identificar os contornos de uma figura humana.

Um homem, sentado encurvado, perto da ponta da ponte. Seus braços estavam sobre seus joelhos, sem vida. Os cabelos longos e cacheados tinham caído para a frente, cobrindo seu rosto.

Mas não precisei ver. Nem precisei que ele sussurrasse outra palavra. Pois eu sabia exatamente quem tinha acabado de aparecer a pouco mais de um metro de mim.

— Eli — disse boquiaberta, dando um pulo para trás.

— Espera — ele respondeu no mesmo tom sussurrado. — Espera.

Eu não queria esperar. Queria sair dali. Mas fiquei paralisada enquanto Eli dirigia sua cabeça para mim e, numa lentidão terrível, virava seus olhos para encontrar os meus.

Um leve som contido escapou dos meus lábios.

A névoa borrava o restante das suas feições, mas os olhos de Eli eram de um azul eletrizante, como o centro de chamas incrivelmente quentes. Brilhantes e horrorosos.

Senti uma onda de adrenalina sobrenatural dizendo-me para correr. Mas não podia deixar de olhar.

— Eli — repeti. — É... é você?

Quando ele assentiu com a cabeça, o gesto pareceu feito com esforço.

Minha mente começou a correr. Eli ainda devia estar em algum lugar na escuridão além do submundo, preso pelos demônios que outrora chamara de mestres. Se ele apareceu aqui agora, no mundo dos vivos, comigo, então isso significava que seus mestres estavam...

Minha cabeça girava freneticamente, vasculhando a ponte ao nosso redor.

— Onde eles estão? — disse respirando fundo. — Diga-me.

— Não. — Pelos cantos dos olhos vi que ele balançou a cabeça. — Não, Amélia, não aqui.

— Diga-me — exigi, com a voz mais aguda. — Diga-me agora, Eli.

— Aqui não — ele respondeu. As palavras pareciam se arrastar para fora dele. — *Ali*.

— Ali? — repeti, ainda em busca de algum outro sinal de movimento na ponte. — Onde é 'ali', Eli?

— O submundo.

Virei minha cabeça novamente para encará-lo.

— Se isso é verdade, então como *você* está aqui?

— Eu também não estou aqui — ele disse, ainda com dificuldade para falar, mas ganhando mais força a cada palavra. — Não de verdade.

Virei minha boca para baixo, confusa.

— O que você está dizendo? Que você está... o quê? Ainda está no submundo nesse momento?

— Sim, estou me projetando.

— Projetando?

Ele balançou a cabeça.

— Não tenho tempo. Eles vão me encontrar logo e...

— Eles estão a caminho? — interrompi. — Então acho que você não vai se importar se eu não ficar por aqui para colocar a conversa em dia. A gente se vê, Eli.

— Amélia, não! Por favor, espere... escute!

Virei-me para a frente, pronta para sair em disparada, correr, *voar* para longe dali se precisasse. Mas a urgência no pedido de Eli me fez hesitar. Parei por tempo suficiente para ver um toque de medo verdadeiro naqueles olhos azuis irreais. Então jurei sob a minha respiração.

— Tá bom — disse em voz alta. — O que quer que você precise dizer, diga rápido.

Deixei escapar um suspiro fundo que soou quase como um alívio.

— Estou aqui para alertá-la, Amélia.

— Sobre o quê?

Os olhos de Eli vagaram em volta, em busca da ponte como eu tinha feito. Então ele encontrou meu olhar e abaixou o tom de voz.

— Eles estão fracos agora, sem um espírito como eu para se apoiar. Mas eles *estão* vindo, Amélia; e estão atrás de você.

Algo dentro de mim se apertou.

— Mais uma razão para dar o fora daqui, certo?

Eli balançou a cabeça novamente.

— Exatamente o que queria te dizer. Não vai acontecer hoje à noite, mas vai acontecer. Logo. Eu os ouvi conversando. Querem você. E dessa vez estão dispostos a fazer eles mesmos o trabalho sujo para pegá-la.

— Trabalho sujo?

— Matar — ele disse. — Eles vão matar todos nessa cidade se for preciso para fazer com que você os ajude.

Ouvi meu próprio sussurro aterrorizado antes de ter tempo de pensar.

— Joshua.

Apesar da névoa que movia, pensei ter visto Eli franzir a testa.

— Sim, ele. E todos os outros de quem você gosta. Quanto mais pessoas queridas eles levarem, melhor. Pense nelas como reféns, usadas para forçar você a se entregar.

Rostos passaram pela minha cabeça: Joshua, minha mãe, Jillian e até mesmo os pais e os amigos de Joshua. Tão fáceis de encontrar nessa cidadezinha quanto uma igreja evangélica.

— Ai, meu Deus — gemi, e Eli respondeu com uma risada que mais parecia uma tosse.

— Deus não tem nada a ver com essas criaturas, Amélia. Pelo menos, não mais.

Comecei a sentir um pânico no peito, o pulso acelerando.

— Então o que faço? O que devo fazer exatamente?

— Você precisa se afastar daqui — Eli se apressou a dizer. — Hoje à noite, se possível.

— Da ponte? — perguntei, com a voz mais aguda. — Apenas me afastar desse lugar?

Senti um aperto no peito quando imaginei o rosto do meu pai. Como eu poderia abandoná-lo? Mas como *não* ir embora, se isso significava proteger todos os outros?

Lentamente e de maneira relutante, acenei com a cabeça.

— Eu... eu posso fazer isso. Posso me afastar. Por um tempo, pelo menos.

— Não, Amélia, não é o suficiente — Eli disse. — Você precisa se afastar de Wilburton. De Oklahoma.

— Tá bom, tá bom — continuei a balançar a cabeça de maneira automática, com os pensamentos a mil por hora. — Também posso fazer isso. Vamos viajar amanhã para as festas de final de ano. Isso deve me dar algum tempo.

— Ainda não é o suficiente, Amélia. Você precisa se afastar *para sempre*, especialmente das pessoas de quem gosta. Se não, a ligação delas com você pode fazer com que sejam mortas.

— Ligação? Eu... eu não entendo.

— Meus antigos mestres não são oniscientes, Amélia. Eles não sabem cada passo que você dá, ou todos os detalhes sobre a sua história. Tudo o que podem fazer é segui-la, estudá-la e então agir de acordo com isso. O que ou quem quer que seja visto com você, será atacado por eles. Mas se você não der a eles ninguém para caçar, então... bom...

Meu estômago revirou.

— Então você quer dizer que preciso me afastar de todos... para sempre? Abandonar Joshua?

— Se você quiser que ele sobreviva a isso. Se você deseja a liberdade dele, e a sua...

Enquanto Eli falava, sua voz foi sumindo. Depois de um momento de silêncio, sua cabeça virou bruscamente para a direita. Ele olhou fixamente para trás de nós, para a ponte vazia, como se alguém que só ele podia ver estivesse se aproximando.

O que, percebi, era provavelmente o que estava acontecendo.

Quando ele voltou a cabeça para mim, seus assustadores olhos azuis estavam esbugalhados.

— Preciso ir embora. Pelo seu bem, Amélia, espero nunca mais vê-la.

Talvez tenha sido minha imaginação, mas pensei ter visto um traço de tristeza em todo aquele azul enervante.

— E você, Eli? — perguntei suavemente.

— Temo que seja tarde demais para mim — sussurrou. Então seus olhos voltaram-se mais uma vez para a direita; e, sem outra palavra ou gesto, ele desapareceu como fumaça no vento.

Capítulo SEIS

Não esperei para agir. Assim que Eli desapareceu, eu o imitei, materializando-me na casa de Joshua no mesmo instante.

A próxima inspiração que dei foi engasgada, que entrou ruidosa em meus pulmões enquanto me curvava e me encolhia no jardim da casa dos Mayhew. Passei os braços ao meu redor com força, mas o gesto não me trouxe nenhum conforto, nenhum calor. Apenas fez com que me sentisse menor e mais solitária.

E se Eli estivesse mentindo? Se estivesse tentando me enganar para fazer algo que eu não queria fazer? Não seria a primeira vez.

A diferença é que agora eu não duvidava dele. Nem por um segundo. Pois tudo o que ele dissera fazia sentido de maneira perfeita e horrível.

Que ingenuidade, que *besteira* pensar que eu conseguiria ficar fora do radar dos espíritos malignos. Não tenho certeza do porquê — talvez exposição demais ao otimismo cego de Joshua —, mas pensei que, depois que Eli fosse embora, os espíritos ficariam presos à Ponte Alta até outro servo se juntar a eles por livre e espontânea vontade.

Se Eli me contou a verdade, então eu havia me enganado. E muito.

Ao fazer isso, colocara todos em grande perigo. Não que eles já não estivessem em perigo pelo simples fato de viver perto daquele lugar horrível. Mas agora, graças a mim, eles eram alvos em potencial de uma espécie de expedição demoníaca de caça.

Ficava enjoada só de pensar que algum deles poderia se ferir por minha causa. E a ideia de que deveria seguir o conselho de Eli e partir? Isso me aterrorizava quase na mesma medida.

É isso que devo fazer? — Perguntei a mim mesma. *Deixar todas as lembranças da minha antiga vida, como essa cidade e a casa onde nasci? Abandonar as pessoas que amo?*

Como minha mãe. Como Joshua.

— Não — murmurei baixinho, lutando contra uma nova onda de náusea.

Como poderia fazer isso? Como poderia realmente abandoná-los?

E como poderia deixar de fazer isso, se isso significava mantê-los seguros? Meu brilho protetor, meus poderes de fantasma tinham desaparecido. Se ficasse, se tentasse lutar contra as criaturas do submundo novamente, certamente perderia. A única defesa que poderia dar a eles seria me afastar o máximo possível.

Mas ir embora? Não conseguia nem imaginar tal coisa. De verdade.

Uma coisa era pensar que um dia teria de abandonar Joshua. Ficar ansiosa com um dia sombrio, no futuro, em um momento indeterminado, quando não pudesse mais vê-lo. Pensar que este momento poderia ser amanhã era uma coisa bem diferente.

Tentei imaginar: um retorno voluntário para minha antiga existência. Dias e noites idênticos, vagando por lugares desconhecidos. Sem rir com Joshua, sem ver seu rosto. Tentei imaginar seus olhos azuis escuros quando contasse a ele que tinha de ir embora para nunca mais voltar. Só de fazer isso já fiquei enjoada de novo.

Esforcei-me para levantar e respirar lentamente. Depois de algumas respirações regulares e metódicas, pude pensar de maneira mais clara. Racional.

E seu eu não *precisasse* fazer isso amanhã? Eu poderia ir com a família Mayhew para Nova Orleans, para bem longe da ponte. Não importa o que Eli disse, isso pelo menos me faria ganhar alguns dias para pensar em como agir a seguir.

E me daria tempo para pensar no que diria para Joshua. Quais palavras eu usaria para partir seu coração e mantê-lo a salvo.

Tinha acabado de deixar esse pensamento de lado para lidar com ele mais tarde quando outro ocupou seu lugar.

Minha mãe.

Meu estômago se embrulhou novamente quando pensei nela, sozinha e desprotegida, vivendo tão perto da ponte. Quanto tempo os espíritos sombrios levariam para encontrá-la depois que eu partisse?

Ela obviamente também precisava ir embora. Pelo menos por um tempo. Mas não fazia ideia de como fazer isso acontecer. Dificilmente eu poderia dizer isso a ela, e duvido que ela desse ouvidos ao Joshua — um estranho de dezoito anos de idade — se eu pedisse a ele que a avisasse.

Quase aos prantos, subi os degraus de madeira para a varanda dos fundos da casa dos Mayhew e comecei a andar de um lado para o outro, pisando duro nas tábuas do assoalho. Ao meu redor, caiam gordos flocos de neve, indiferentes aos meus movimentos. Enquanto continuei a andar para lá e para cá, batia inutilmente neles. Deveria haver outra solução para minha mãe; era *preciso* que houvesse.

De repente, lembrei-me de algo que Eli disse na ponte: apesar de poderosos, os demônios não eram oniscientes. Eles não conheciam tudo a meu respeito. Na verdade, talvez não soubessem nada sobre mim, pelo menos por enquanto. Então, nem imaginavam que minha mãe existia. Talvez Eli estivesse certo — ao abandonar a cidade e as pessoas que amava, poderia mantê-las a salvo. Sem a minha presença para entregar suas identidades, minha mãe, Joshua, todos permaneceriam anônimos, escondidos dos espíritos sombrios.

E tudo isso exigiria um grande sacrifício da minha parte.

Balancei a cabeça com força. Não tinha tempo de sentir pena de mim mesma; precisava gastar cada segundo que me restava curtindo meus últimos momentos com Joshua ou planejando como acabar com eles.

Acima de tudo, não podia deixar Joshua saber o que eu pretendia fazer. Ele se afastaria da Ponte Alta por conta própria depois da minha partida, então não me preocupava com isso. Mas se ele soubesse que eu planejava partir, ele poderia tentar me deter, ou me seguir.

— Que Deus não permita — murmurei, apesar do meu cérebro saber que essa era a única saída. A certa.

— Que Deus não permita o quê?

O som da voz de Joshua, nervoso e inseguro, levou-me até ele.

Olhei para cima e o vi encostado contra o batente da porta dos fundos contra a luz do corredor. Em meio à escuridão, pude ver apenas algumas de suas feições: uma ruga de preocupação entre suas sobrancelhas, o canto dos seus lábios carnudos virados para baixo. Deus, eu amava aquele rosto. Não queria pensar sobre o quanto sentiria falta dele.

Ele obviamente ainda estava preocupado com o que havia acontecido naquela noite entre ele e Kaylen. Apesar de tudo, uma leve risada atravessou meus lábios. Em uma questão de horas, meus problemas com Kaylen tinham deixado de ser monstruosos e ficado do tamanho de uma mosca. Insignificantes, perto de todo o resto.

— O que é tão engraçado? — Joshua perguntou baixinho.

Sabendo que Joshua podia me ver claramente, forcei um sorriso.

— Na verdade — disse em um tom casual —, estava rindo de mim mesma.

— Estava?

Abri meu sorriso até doer.

— Claro. Estava rindo da forma exagerada como reagi mais cedo. Como foi o resto da festa?

— Exagerada? — ele disse, ignorando minha pergunta. — A respeito de Kaylen? Acho difícil. Você tinha razão em ficar brava comigo por ela ter me beijado. Foi completamente...

— Não foi sua culpa — interrompi.

No escuro, vi Joshua balançando a cabeça.

— Mas eu conheço Kaylen há anos. Eu deveria prever suas intenções.

Dei uma risadinha.

— Eu espero certas coisas de você, mas a habilidade de ler a mente maluca da Kaylen não é uma delas.

— Você... tem certeza, Amélia? Você não quer gritar comigo por uma ou duas horas?

Apertei os lábios num beicinho falso.

— Uau, Joshua. Posso ser um pouco ciumenta, mas não sou doida.

Pude ouvir o sorriso em suas palavras quando ele respondeu.

— Ahã. Bem, na minha experiência, uma garota ciumenta é a mesma coisa que uma garota doida.

— É mesmo? — aticei. — Segundo a sua vasta experiência?

— Ei — ele protestou, desencostando do batente e vindo em minha direção. Aproximou-se e hesitou, apenas por um instante, antes de me puxar para os seus braços. Quando me derreti, ele soltou uma risada baixinha.

— Não acabe com os sete encontros que tive no ano passado. Eles me ensinaram muito sobre a cabeça das mulheres.

— Mais do que você aprendeu nos últimos três meses? — disse, apoiando minha cabeça no peito dele, desejando desesperadamente que pudesse sentir seu calor agora. Apenas uma pequena sensação física que me ajudasse a manter a aparência feliz, para evitar que eu revelasse agora como realmente me sentia: amedrontada, derrotada, triste.

Para minha sorte, Joshua não podia ler meus pensamentos. Sua mão passou para minhas costas e ele começou a traçar círculos nelas. Lentamente, os lugares tocados pelas pontas dos seus dedos começaram a queimar.

— Espero que você saiba — sussurrou —, que existe apenas uma garota que eu quero beijar. E ela nunca teve cheiro de cerveja quente.

— Não na última década, pelo menos — sussurrei de volta, dando um leve sorriso. Quando cheguei ainda mais perto dele, Joshua apoiou o queixo no alto da minha cabeça.

— Você não faz ideia de como estou aliviado. Eu realmente estava achando que teríamos uma briga enorme essa noite.

Inclinei-me para trás e olhei bem para ele. No escuro, seus olhos azuis escuros pareciam quase pretos.

— Você não estava planejando brigar comigo, estava? — perguntei, ainda sorrindo.

— Não. Eu tinha pensado em ficar de boca fechada enquanto você falava.

— Sábio. Muito sábio, na verdade.

Ele sorriu de volta para mim por um instante, mas a expressão desapareceu repentinamente. Ele parecia querer dizer alguma coisa... algo que eu provavelmente não gostaria.

Inclinei minha cabeça para um lado.

— O que foi?

Ele fez uma careta, claramente tentando decidir se ia ou não falar o que estava pensando.

— Não tem nada de errado, na verdade — ele começou hesitante. — É que, bem...

Quando ele baixou o tom de modo estranho, franzi a testa.

— É que *o quê*, Joshua?

Ele soltou um suspiro forte e então começou a soltar uma enxurrada estonteante de palavras.

— É só que você tem agido de um jeito bem estranho ultimamente, Amélia. Toda depressiva e quieta. Vivo pensando que às vezes faço coisas que a deixam brava, mas você nunca diz nada. Então aconteceu isso hoje à noite, e fiquei imaginando se você ia explodir. Por que é isso que as pessoas fazem quando guardam tudo por muito tempo: elas explodem. Então, eu estava apenas... esperando, acho. Por uma explosão nuclear.

Quando ele terminou, estava ofegante, como se tivesse ficado exausto com o esforço.

Fiquei apenas olhando para ele, imóvel, sem palavras. Eu não sabia o que fazer com aquela confissão, com exceção de que ele realmente me conhecia melhor do que eu esperava.

Distraia-o, pensei. *Senão ele vai te sacar antes de vocês chegarem em Nova Orleans. Ele saberá que você está tentando partir. E daí como conseguirá protegê-lo?*

Empurrei-o para longe, cruzei meus braços sobre o peito, e forcei minha boca a fazer uma careta.

— Você está dizendo que sou a única que está se comportando de maneira estranha? E você?

— Eu? — ele perguntou, pego de surpresa pelo meu tom frio.

— Da última vez que verifiquei, o Sr. Popularidade tinha acabado de ter a primeira conversa de verdade com seus amigos depois de meses. E eu praticamente o *obriguei* a isso.

Joshua também cruzou os braços, ficando na defensiva de repente.

— Sim, e daí?

— Então sei o que você está fazendo.

— E o que estou fazendo, exatamente?

— Evitando os vivos, Joshua. Escolhendo os mortos.

Seus braços caíram. Mesmo no escuro era possível ver sua expressão aflita.

— Não fale assim, por favor.

— Mas é o que sou — respondi apressada, suavizando um pouco o tom. — Estou morta. Não há porque me chamar de outra coisa que não seja isso, há?

Ele balançou a cabeça.

— Não importa. Vivos, mortos... não me interessa. Estou com você. E vou fazer o que for preciso.

Suspirei.

— Essa é uma das coisas que tem me incomodado ultimamente, Joshua. Entendo por que você acha que precisa fazer isso, mas... *não*, tá bom? Não deixe seus amigos de lado porque você acha que isso me fará algum bem.

— Bem para nós — ele corrigiu.

— 'Nós' é bom — disse, lutando contra a vozinha cruel que me lembrava da mentira que tinha acabado de dizer — Vamos ficar bem. Na verdade, vamos ficar ainda *melhor* se você voltar a viver a sua vida como fazia antes de me conhecer. A não ser, você sabe... com a minha presença nela.

As sobrancelhas de Joshua se juntaram em dúvida.

— Você tem certeza, Amélia?

Joguei as mãos para o alto.

— Você fica me perguntando isso como se tivesse alguma razão para achar que não é verdade.

— Você está dizendo que eu não acho...? — ele esboçou um pequeno sorriso questionador.

— Estou dizendo que você não acha.

Na minha cabeça, pensei. *Na verdade, estou dizendo que seria melhor se você começasse a viver sua vida como se eu não fizesse parte dela. Mas deixa pra lá.*

— E se a gente fizesse um acordo? — Joshua disse. — Eu me esforço para passar tempo com meus amigos, e você tenta ser...

— Mais feliz? — sugeri.

— Isso, mais feliz.

— Tá bom — respondi, acenando com a cabeça.

Joshua riu.

— E agora que eu pensei que não iriamos ter nossa primeira grande briga.

Cheguei mais perto dele.

— Consigo pensar em vários jeitos de fazer as pazes. Quero dizer, você não estava pensando em dormir essa noite, estava?

— Claro que não. Pra isso que serve a viagem de carro amanhã.

Ele abriu aquele sorriso que eu amava tanto, e parei, apenas por um segundo, para memorizar cada detalhe. Então caí nos seus braços novamente.

Capítulo SETE

Depois de cerca de seis horas de viagem a caminho de Nova Orleans, desejei *ter* dormido na noite anterior. Pesadelos, materializações involuntárias, qualquer outra coisa desagradável teria sido melhor do que aquele tempo dentro de um carro.

Sobrevivi àquela viagem no interior da SUV dos Mayhew com os olhos embaçados. Apesar de parecer espaçoso, o veículo já tinha se mostrado muito pequeno para acomodar este grupo específico de pessoas.

Na frente, Jeremiah e Rebecca continuavam a trocar de posição entre os bancos do passageiro e do motorista. Apesar da divisão de tarefas, os dois não pareciam conseguir parar de discutir sobre quem sabia o melhor caminho. Como resultado, passamos metade da viagem na rodovia e a outra metade em um labirinto de pequenas estradas. Então, ao invés de faltarem apenas quatro horas de viagem, ainda tínhamos seis diante de nós.

Joshua e Jillian também não estavam lidando bem com a claustrofobia infindável, o que não surpreendeu ninguém. Como bons filhos adolescentes, eles gastaram *horas* da viagem com comentários sarcásticos, chutes nos bancos e suspiros passivo-agressivos. Agora, em um raro, porém maravilhoso momento de silêncio, Jillian estava esticada na primeira fila de bancos, ouvindo em silêncio seu *iPod*, enquanto Joshua tirava uma soneca ao meu lado no banco de trás.

Enquanto ele dormia, sua cabeça caiu para trás e ficou apoiada no banco, o que me deu uma boa visão do seu perfil. Observei-o por um momento e então suspirei. Se eu conseguisse encontrar uma maneira de dormir sem ter pesadelos, poderia esquecer o pouco tempo que ainda tinha para admirá-lo.

Virei-me para olhar pela janela, para outro problema que estava atormentando nossa viagem. Aparentemente, a tempestade de inverno havia decidido nos seguir para o sul. Apesar de estarmos a centenas de quilômetros de Wilburton, a neve continuava a cair, acumulando-se nas valas ao longo da rodovia e movendo-se como fantasmas finos e imateriais sobre a superfície da estrada. Flocos voavam contra as janelas, distorcendo a paisagem que passava por nós.

Sem a responsabilidade de atravessar essa tempestade, eu teria achado esse cenário tranquilizador. Mas a minha cabeça ainda estava a mil por hora como na noite anterior. Na verdade, não tinha parado nem por um instante. Por muitas horas alternei entre tentar encontrar uma saída para o meu exílio e lembrar-me de que, ao fugir dos espíritos sombrios, eu evitaria que eles machucassem alguém.

Também gastei muito tempo pensando onde me materializaria depois que os Mayhew voltassem para casa. Não conseguia decidir se deveria escolher o lugar com antecedência, caso eu estivesse muito chateada para tomar uma decisão quando chegasse a hora, ou se deveria apenas desaparecer para um lugar desconhecido. Tão distante de Wilburton que eu não encontraria mais o caminho de volta.

Enquanto eu olhava pela janela, com a minha cabeça pulando de uma opção ruim para outra, meus olhos acabaram se fixando em um floco de neve em particular, que segui distraidamente até o vento o levar embora e outro ocupar o seu lugar. Quanto mais eu observava os flocos, mais eles me fascinavam, como se fossem milhares de pequenos hipnotizadores querendo me distrair dos problemas.

Enquanto a tempestade chamava minha atenção, outra parte da minha mente captava *flashes* da paisagem por trás dela. Montanhas e vales brancos — impossíveis de distinguir entre si por causa da neve pesada — passavam rapidamente por nós. Comecei a desconfiar de que um mundo vazio nos esperava além desse carro. Um mundo intocado e branco: não para que eu escrevesse minha história nele, mas para que eu sumisse nele.

Balancei a cabeça levemente, tentando me concentrar, mas eu não conseguia distinguir nada em todo aquele branco infinito. Logo meus olhos ficaram perdidos e minha visão embaçada até eu ver mais daquele vazio brilhante do que poderia aguentar. Virei-me para o interior escuro da SUV para ter algum alívio.

Então engasguei.

Os bancos estofados, o teto baixo da SUV, tudo tinha desaparecido. E sido substituído pela neve brilhante e ofuscante.

Olhei para baixo para encontrar minhas pernas, que, ao invés de estarem enroladas debaixo de mim no banco de trás da SUV, estavam enterradas até os tornozelos na neve. De maneira inexplicável, eu havia saído da segurança do carro para o centro da tempestade. Pelo que podia ver — que não era muito — a SUV havia desaparecido, exterminada pela tempestade.

Depois de me dar conta disso, eu pude realmente *sentir* a tempestade: as rajadas de vento gelado ao meu redor, batendo contra meus ombros e soprando meus cabelos escuros pelos ares; o chão congelado queimando a sola dos meus pés descalços; a neve encharcando a barra do vestido até ele grudar, molhado e desconfortável, nas minhas pernas.

Mas de maneira tão abrupta quanto eu havia entrado na tempestade, ela acabou.

Assisti, impressionada, às nuvens escuras se separarem e revelarem um suave céu azul de verão. O último suspiro do vento de inverno desaparecera no ar e uma brisa morna tomou seu lugar. Então, como se fosse o grande final de uma peça fantástica de teatro, a grossa camada de neve derreteu e revelou a grama verde e viçosa — que deveria ter morrido há meses e não devia brotar agora com um tapete de flores do campo.

Em questão de segundos eu havia saído do Círculo Polar Ártico e caído em algum campo paradisíaco.

Levantei um pé e fiquei maravilhada com a margarida que tinha acabado de brotar debaixo dele.

— O que é... — murmurei em voz alta.

— A pergunta certa seria 'onde' — uma voz agradável piou de algum lugar atrás de mim.

Dei meia volta, soltando uma quantidade incrível de sementes de dentes-de-leão pelo ar. Por um momento, não vi nada exceto seus fios tênues de algodão. Apenas quando eles se dispersaram contra o céu claro é que pude vê-la.

Ela estava apenas a alguns metros de mim, com as mãos diante de si. Seus pés descalços eram como os meus, e ela balançava para a frente e para trás sobre seus calcanhares como se tivesse novidades que não via a hora de me contar. Seus olhos verdes pareciam brilhar por causa do mesmo segredo empolgante. Ela passou uma das mãos pelos cabelos ruivos e então, inacreditavelmente, *acenou* para mim.

— Oi, Am... a.

Sua voz tremeu como se houvesse estática no meio do meu nome. O estranho barulho obviamente não a incomodava, pois ela abriu um sorriso caloroso.

Espantada demais para fazer outra coisa, sorri de volta.

— Hum... oi — disse. — Quem é você? Onde estou?

Seu sorriso ganhou covinhas e ficou mais faceiro.

— Não... mais tarde... Alguém quer... falar com você.

Suas palavras quebraram-se novamente, como se ela estivesse tentando falar por meio de uma conexão ruim. Ela balançou a cabeça e seus cachos ruivos bateram nos ombros. Então, sem mais nenhuma palavra estática, ela desapareceu.

Fiquei olhando boquiaberta para o espaço vazio que ela deixara. Não havia nenhuma evidência de que ela estivera ali, a não ser por algumas flores do campo que pareciam um pouco mais densas onde ela havia estado.

— Não, sério — falei para o campo vazio, tonta com tantas coisas estranhas. — Onde estou?

— Você não sabe? — outra voz desconhecida me provocou, não muito mais alta do que uma brisa.

Dei meia volta procurando o novo interlocutor. Dessa vez, no entanto, não encontrei ninguém me observando. Não havia nada ao meu redor além de flores, da grama que ia até o tornozelo e do céu azul sem nuvens.

— Quem está ai? — chamei, ainda rodando em volta de mim mesma sem encontrar nada.

— Eu — a voz sussurrou novamente.

— Eu quem? — exigi saber com a voz aguda e impaciente. Mais um segundo nesse lugar assustador, com esses visitantes misteriosos e eu precisaria reavaliar minha sanidade mental.

— Você sabe quem é, querida.

Minha boca se fechou e depois se abriu em uma careta de descrença.

Querida.

A maneira como essa voz sem corpo pronunciava o "da" e dizia a palavra com afeto... apenas uma pessoa no mundo me chamava de querida e falava daquela maneira.

Meu pai.

A voz era parecida com a que aparecia em todos os meus pesadelos com ele. Mas aqui, nesse lugar lindo, ela também parecia mais forte. Mais clara. O que não podia acontecer, pois meu pai estava preso no submundo sombrio.

Senti os músculos do pescoço ficarem tensos.

— Na verdade, não — quase rosnei, de maneira defensiva por razões que não podia entender bem. — Quem é você?

— Não temos muito tempo — a voz avisou. — Preciso que você me escute. Você precisa parar de envesgar os olhos, querida.

Congelei. Nenhuma parte do meu corpo se mexeu, talvez exceto pela careta, que liberou minha boca.

A imagem surgiu na minha mente antes que tivesse tempo de pensar. Um *flash* de memória. Fazia meses que eu não tinha um desses, não desde as dificuldades na Ponte Alta. Mas, de repente, sem aviso, pude lembrar das minhas mãos segurando o livro de matemática. Cálculo, a julgar pelas letras e números dançando de maneira impossível em voltas uns dos outros pela página.

— Ai! — gemi na minha memória. — Isso está me deixando vesga.

Ouvi meu pai falar de algum lugar à minha direita:

— Então você precisa parar de envesgar os olhos, querida.

Ele já havia dito isso mil vezes antes, e sabe-se lá quantas vezes depois. Essa era nossa rotina, nosso esquete de comédia boba. Sempre que algo me incomodava, eu dizia que estava ficando vesga; e todas as vezes meu pai sugeria que eu deveria parar de envesgá-los, como se o problema pudesse ser resolvido com essa facilidade.

Apenas pare de envesgar os olhos, querida. Nada mais.

Besteira. Coisa sem sentido, mesmo. Mas isso sempre me fez rir, e até ajudava a me concentrar, porque a frase era *nossa*.

Além da minha mãe e eu, apenas uma pessoa conhecia aquela frase, sabia seu significado.

— Pai?

Suspirei a palavra como se fosse uma prece. Recebi uma palavra como reconhecimento:

— Amélia?

Talvez eu devesse ter sido mais cética, exigido mais provas. Ao invés disso, comecei a chorar. Porque sabia como era o som da voz do meu pai quando ele dizia o nome que havia ajudado a escolher para mim.

— Pai — chamei novamente, desesperada. — Pai, onde você está? Eu estava tentando te encontrar. Eu estava tentando...

— Não há tempo, Amélia — ele interrompeu. — Você precisa me ouvir. Eles estão chegando.

Imediatamente soube a quem ele se referia. E o aviso me deu arrepios assim como quando Eli fez a mesma coisa na noite anterior. Mas, dessa vez, enfrentei o medo e mantive a cabeça erguida para que meu pai pudesse ver — se ele pudesse me ver naquele momento — que a coragem de sua filha havia sobrevivido à morte.

— Eu sei, pai. É por isso que estou indo embora de Oklahoma.

— Não é o suficiente — ele disse. — Você precisa... mas não sem...

A mesma estática que havia interferido na voz da garota agora distorcia a voz do meu pai. Como se os dois falassem na mesma frequência de rádio.

— Eles querem... mas é difícil... os rios... não devem subir.

— O quê? Pai, não consigo entender. 'Os rios não devem subir'?

Andei para a direita e para a esquerda como já havia visto Joshua fazer quando queria receber um sinal de celular melhor. Então estiquei meu pescoço para cima, com o rosto voltado para o céu, como se a figura do meu pai pudesse surgir ali.

Não tive tal sorte. Meu pai continuou a falar, mas, irritantemente, eu só podia compreender algumas palavras por vez. E o pior, sua voz começou a desaparecer e o volume baixou até que eu praticamente não conseguia ouvi-lo.

— Querida, você precisa... por favor... logo...

Sua última palavra sumiu completamente e, depois de um longo silêncio, percebi que ele havia ido embora.

Permaneci imóvel, olhando para o campo de flores sem vê-las. Meu pai tentara me avisar a respeito de alguma coisa, isso eu sabia. Algo que tinha a ver com os demônios da Ponte Alta. Alguma coisa urgente.

Uma pequena onda de medo passou pelo meu coração. Eu tinha tentando entrar em contato com meu pai por tanto tempo. Mas essa visita — se é que foi isso mesmo o que houve — não me trouxe conforto algum. Mas ainda assim, eu queria muito que aquilo acontecesse. Então por um breve instante, antes de eu tentar analisar as poucas palavras dele, repassei seu aviso, apenas para ouvir sua voz.

Quando abri meus olhos, tive o segundo choque do meu dia que já estava estranho.

Sem nenhum esforço da minha parte, saí novamente do lugar. Ao invés do campo florido, a janela da SUV estava à minha frente. Conseguia ver outros carros através dela, tão próximos da SUV que poderia tocá-los se alguém abrisse a janela. Mas esses carros não estavam nos ultrapassando na estrada. Estavam estacionados do lado de fora de uma longa fileira de prédios antigos e amontoados. Inclinei-me para perto da janela, apenas o suficiente para ver o topo dos prédios contra o céu escuro e estrelado.

Os carros, as construções, o céu — todas essas coisas não deveriam estar ali, se levarmos em consideração que a última vez que sentei nesse carro não havia nada do lado de fora a não ser uma tempestade soprando no meio do vazio, no Texas.

Fiz uma careta e então me virei para o interior da SUV. Ali, dois rostos espantados me encaravam: Jillian, sentada boquiaberta e com os olhos esbugalhados na minha frente; e Joshua, basicamente com a mesma cara, ao meu lado.

Outra materialização sem controle, imaginei.

Suspirei cansada e olhei para ele.

— Por quanto tempo me afastei dessa vez? — perguntei.

— Afastar? — ele sussurrou, franzindo o rosto. — Amélia, você esteve ao meu lado nas últimas doze horas.

Capítulo OITO

Abri minha boca para responder para Joshua, mas fechei rapidinho. O que ele queria dizer com eu não ter saído do lado dele? Isso não era *possível.* Não depois de tudo o que vi e ouvi.

Inclinei minha cabeça para um lado, estudando a expressão confusa de Joshua.

— Eu... dormi de novo?

Ainda olhando fixamente para mim, ele balançou a cabeça.

— Sim, por duas horas na verdade. Mas nos últimos minutos você estava... gritando.

— Hã?

— Gritando. Muito alto — seus olhos vagaram para a parte da frente do carro e voltaram para mim. — Até meu pai disse que achava ter ouvido alguma coisa. Acho que é a coisa do vidente inativo, sabe?

— Ah — minha voz soava monótona. — Desculpe. Eu não sabia. Devia estar... falando enquanto dormia.

Ou gritando com o meu falecido pai.

Na minha frente, Jillian sacudia a cabeça de um lado para o outro, obviamente tentando afastar o fato de eu tê-la assustado. Então ela virou os olhos, colocou uma expressão de desaprovação mais comum no rosto e voltou para o seu lugar. Antes de desaparecer da minha vista, ouvi-a murmurar:

— Meu deus, você me assusta.

Antes de ontem, suas palavras teriam me incomodado. Magoado, como sempre. Naquela noite, no entanto, não tinha energia para ligar para o que Jillian pensava sobre mim.

Olhei de novo para Joshua. Ele ainda me observava com a expressão levemente abalada.

— Desculpe — repeti com o mesmo tom frio que usara antes.

Ele deu um pequeno sorriso incerto.

— Sem problemas. Só foi um pouco, você sabe...

— Assustador — suspirei.

Então, levantei os ombros e desviei o olhar dele para analisar o tecido do descanso de cabeça na minha frente. Naquele momento, tudo o que queria era afundar nos meus pensamentos. Mas Joshua se inclinou para a frente, tentando recuperar o meu olhar.

— Você quer conversar sobre isso? — ele ofereceu calmamente.

— Na verdade, não. — Depois de um segundo, acrescentei: — Não me leve a mal.

Com o canto dos olhos, vi que ele balançou a cabeça como se dissesse *Tudo bem*. O que provavelmente não era completamente verdade.

Senti uma pontada de arrependimento, tão intensa que me feriu. Eu não *queria* magoar Joshua. Desejava contar tudo o que tinha acabado de ver a ele. Mas não devia. Não podia. Não agora, quando nossa data de validade parecia tão próxima de expirar. Além disso, eu não conseguiria dizer mais do que algumas palavras por causa do gosto amargo da decepção que sentia na boca.

Simplesmente não podia acreditar: a coisa toda não havia passado de um sonho inútil e inesquecível? Estar no meio do campo, ver a garota, falar com meu pai, tudo isso fora uma ilusão? Parecia impossível.

Mas se Joshua estava dizendo que eu não havia saído dali, então acho que não saí. Ao invés disso, meu cérebro havia criado tudo em uma espécie de tentativa frenética e tentadora de realizar meus desejos. Depois de dez anos separados, depois de meses à sua procura, acho que fazia sentido de maneira cruel que eu imaginasse um tipo de interação esotérica entre mim e meu pai.

Queria gritar, protestar sobre o quão injusto era tudo isso. E mais ainda, queria contar tudo ao Joshua. Não gostaria de passar meus últimos dias com ele presa em uma espécie de prisão secreta criada por mim mesma.

Dane-se, pensei e virei-me para ele, com a boca aberta. Mas a voz de Rebecca me interrompeu.

— Aleluia — ela cantarolou no banco da frente. — Avenida Ursulines. Conseguimos.

— Nunca disseram palavras mais verdadeiras — Jeremiah concordou e então parou o carro do lado de fora de um prédio de tijolos aparentes. — Tropa — ele comandou —, preparar para desembarque.

— Com prazer — Jillian gemeu, enquanto seu pai desligava o carro.

Ouvi os cliques dos cintos de segurança e então o ruído da maçaneta da porta de alguém. Imediatamente, as luzes do teto invadiram a SUV. No escuro, não havia visto Jillian sentar-se novamente. Agora, apenas por um instante, seu olhar se encontrou com o meu enquanto as duas estranhavam a repentina luminosidade. Talvez tenha sido minha imaginação, mas achei ter visto algo estranho no fundo dos olhos dela. Curiosidade? Ansiedade? Ela olhou para o outro lado muito rápido para que eu pudesse decidir.

— Pronta?

O sussurro de Joshua no meu ouvido me fez dar um pulo.

— Si-sim... — gaguejei. — Desculpe.

— Pelo quê? — ele riu e então se inclinou sobre mim para empurrar parte do banco de Jillian para a frente para que pudéssemos sair.

Sem olhar direito para mim, Jillian escalou por cima do banco inclinado e saiu pela porta do passageiro. Joshua tocou meu braço levemente, indicando que devíamos segui-la. Olhei para o lugar em que sua mão estava — onde minha pele já havia começado a formigar e a queimar. Então suspirei tão baixo que Joshua provavelmente não me ouviu, e saí.

Depois de ter saltado da SUV, caminhei até a calçada irregular e esperei até que Joshua também viesse. Enquanto isso, meu olhar se distraiu com a paisagem, observando os prédios que cercavam a rua estreita na qual tínhamos estacionado. Cada estrutura — feita de tijolos aparentes ou tábuas coloridas — fluía naturalmente para a outra; suas varandas de ferro forjado quase se ligavam umas às outras sem se tocar, cheias de flores e plantas penduradas. Abaixo delas, a maioria das janelas parecia escura e sem luz por trás das grandes venezianas de madeira. Algo a respeito das casas passava a impressão de que eram bem cuidadas, mas não estavam ocupadas.

A casa diante de nós, no entanto, estava com as venezianas abertas e uma luz amarelada e acolhedora saía das janelas, iluminando a rua. Por trás das cortinas era possível ver figuras em movimento. De ambos os lados da porta da frente, alguém havia acendido os lampiões a gás do lado de fora. Suas chamas piscavam vivamente, criando sombras na calçada e nos cantos em que a casa encontrava as construções vizinhas.

Antes de eu ter tempo de analisar o restante da casa, a porta da frente se abriu e uma enorme multidão de pessoas saiu apressada para nos saudar. Na dianteira estava uma mulher morena e bonita, que poderia ser a irmã gêmea de meia-idade de Ruth. Atrás dela, vi o que parecia ser outros cinquenta parentes reunidos, todos sorridentes e falando ao mesmo tempo.

— Uau! — exclamei. Joshua veio atrás de mim, com a mala na mão, e sutilmente colocou alguns dedos nas minhas costas.

— Esses são os Mayhew — ele falou com o canto da boca. — Todos os 975.

— Sem brincadeira. A sua família inteira resolveu passar o Natal aqui?

— Basicamente — Ele me olhou de lado, envergonhado. — O quê, hum... tipo, significa que vamos dormir no sótão.

— Por mim tudo bem — levantei os ombros e lutei contra a vontade de acrescentar, *Eu não durmo mesmo.* Mas obviamente aquilo não era verdade.

Enquanto eu continuava a olhar para todos os rostos novos ao meu redor, Jillian caminhou até o meu lado e sussurrou:

— Ei, Gasparzinho... você esqueceu sua mala ou *gosta* de usar a mesma coisa todos os dias?

Levantei uma sobrancelha.

— Achei que eu não existia no seu mundo.

— Obviamente eu não tenho essa sorte — ela sussurrou, e então foi em direção a um grupo de tias e tios.

Com um suspiro cansado, virei para o Joshua:

— Por favor, diga que ninguém mais na sua família pode me ver. Acho que não suportaria mais elogios hoje.

Ele sorriu como quem pedia desculpas.

— Segundo a Ruth, não. Quando ela me contou sobre essa coisa dos videntes, também disse que éramos os únicos que havíamos passado por experiências que despertaram isso. Ah, e agora a Jillian. Então você está a salvo.

— Graças a Deus.

A alguns metros dali, vi Jeremiah abraçar uma morena bonita. Enquanto o abraçava, ela se inclinou por cima dos ombros dele e abanou para nós. Bom, para o Joshua.

— Essa é minha tia, Patrícia Comeaux... Trish — Joshua disse com o canto da boca, acenando de volta. — Não estou vendo a Annabel ou a Celeste... acho que estão lá dentro.

Joshua tinha me dado uma pequena aula sobre a história da família Mayhew durante a primeira hora de viagem. Mas só consegui guardar alguns poucos detalhes importantes.

Ruth Mayhew — que se chamava Ruth Angeline quando solteira — havia crescido em Nova Orleans. Ela também havia conhecido e se casado com o falecido marido ali. Eles tiveram um filho e duas filhas antes de se mudarem para Oklahoma, aparentemente por causa dos negócios do marido (apesar de Joshua saber o verdadeiro motivo: Ruth queria liderar seu próprio grupo de videntes). Depois de adultos, apenas Jeremiah decidiu ficar em Oklahoma; suas duas irmãs voltaram para Louisiana e criaram suas famílias no próprio Bairro Francês ou perto dele, onde muitos de seus parentes ainda moravam.

Observando os descendentes dos Angeline e dos Mayhew se reunirem na calçada naquela noite, os únicos nomes que conseguia lembrar eram os associados diretamente a Ruth: tia Patrícia e suas filhas, Annabel de 21 anos e Celeste, de 10; tia Penélope e seu filho Drew, de 19 anos. Mas eu ainda não os havia identificado no meio daquela multidão.

Mas havia uma ausência notável: Ruth. Não que eu estivesse reclamando.

— Josh — Trish chamou. — A maioria das crianças está na sala de estar. Por que você não vai até lá dizer 'oi' antes de arrumar as suas coisas? Acho que Annabel planejou alguma coisa para vocês.

— O que é dessa vez? — ele perguntou. — Noite de filmes? Ritual de sacrifício?

Trish gargalhou, soltando Jeremiah e incluindo Rebecca no abraço.

— Na verdade, ela deixou esse último para a manhã de Natal.

Quando Joshua riu alto, ela sorriu para ele mais uma vez antes de se voltar para os seus pais. Joshua esperou até que todos estivessem distraídos com outra coisa e olhou para mim. Ele inclinou a cabeça em direção à porta de entrada e mexeu a boca, dizendo: *Vamos?*

Senti uma repentina tensão. Mas balancei a cabeça e estiquei meu braço, apontando para o sobrado.

— Eu te sigo.

Com um último toque leve de dedos nas costas da minha mão, ele passou por mim e foi em direção à porta. Respirei fundo, disse a mim mesma que nem toda casa de um Mayhew guardava uma surpresa desagradável para mim e o acompanhei.

Normal, lembrei a mim mesma. *Esses são os últimos momentos em que você vai se sentir normal. Aproveite.*

Mas quando passei pelos lampiões na entrada da casa, as chamas se apagaram, deixando a calçada às escuras. Atrás de mim, um coro de vozes protestou. Depois disso, posso jurar ter ouvido sussurros de algum lugar próximo... talvez da família do Joshua... ou não.

Parei, com um pé na calçada e o outro prestes a pisar no batente da porta. Então, sem pensar, deixei esse pé pisar no tapete de boas vindas dentro da casa. No momento em que fiz isso, ouvi dois estalos suaves, e os lampiões se acenderam novamente.

Apertei os dentes e balancei a cabeça com força. *Isso não significa nada. Esses lampiões provavelmente têm um século de idade, tenho certeza de que apagam a toda hora.*

— Amélia — Joshua sussurrou de dentro da casa — , você vai entrar?

— Sim — respondi baixinho, como se fosse eu quem precisasse se preocupar com o volume da minha voz. Então dei uma risadinha.

Você sabe, disse a mim mesma, *que para um fantasma você se assusta com muita facilidade.* Então deixei minhas costas retas e entrei na casa completamente.

Ali, no pequeno *hall* de entrada, a luz estava tão fraca quanto do lado de fora. A única luminária do ambiente estava pendurada sobre uma escada que descia para o *hall* e das salas que davam para ele. Pelo arco à nossa direita, pude ver uma mesa de jantar minúscula, ainda meio coberta com os restos da refeição daquela noite. À esquerda, um conjunto de vozes juvenis filtradas pela abertura entre duas portas francesas. Joshua inclinou sua cabeça entre elas.

— Parece que a Annabel e o Drew estão aqui. Quer conhecer o restante da minha família?

Soltei um suspiro forte e disse:

— Tá. Claro.

Ele parou por um segundo para estudar o meu rosto. Então sua expressão se suavizou.

— Você sabe que estou muito feliz por você estar aqui, não sabe?

A pequena dor no meu coração aumentou e eu tive que apertar o punho de uma das mãos para não colocá-la sobre o meu peito.

— Obrigada! — disse, conseguindo sorrir um pouco. — Eu também.

Ele me devolveu aquele sorriso de menino com seus lábios grossos, cheio de covinhas, que inevitavelmente acabava comigo, e então abriu uma porta. Ouvi uma garota gritar um cumprimento, e me escondi atrás de Joshua, sentindo-me estranhamente tímida enquanto entrávamos juntos na sala.

Lá dentro, Joshua moveu-se rápido demais para que eu pudesse me esconder. Naquele momento, tive uma visão completa da sala. Por todas as paredes, desde o alto dos móveis antigos até a base da moldura do teto, havia uma centena de fotografias emolduradas. Eu só conseguia reconhecer o sorriso de Joshua em algumas que estavam penduradas perto da lareira. Mas fora as fotos atuais da família, a maioria parecia antiga, reunida em grupos de retratos preto e branco ou em sépia. Gerações de videntes da família Angeline, todos olhando para nós de maneira misteriosa.

Do outro lado da sala, dois adolescentes estavam sentados juntos, jogados em um sofá de veludo vermelho. O garoto olhou rapidamente para Joshua e fez um gesto com a cabeça que podia ser um aceno de reconhecimento ou apenas uma tentativa de tirar seu cabelo moreno dos olhos. Quase que imediatamente, ele se virou para a acompanhante, uma loira com um corte chanel que estava enrolada perto dele, quase sufocando-o.

À nossa frente, outro casal estava amontoado em duas poltronas forradas perto da lareira. Eles estavam tão perto um do outro, que achei que estavam se beijando. Mas quando se voltaram para Joshua, pude ver que estavam apenas conversando, muito próximos, em um bate-papo intenso.

A menina se mexeu primeiro, inclinando-se de volta para a poltrona e abrindo um grande sorriso para Joshua. Ela jogou o cabelo para trás — preto como o dele, mas muito curto de um lado e bem comprido do outro. A parte comprida voltou-se para a frente, mas não antes de eu ver que ela tinha os mesmos olhos azuis que Joshua.

Como Joshua havia prometido, a garota parecia não me ver. Mas quando nos aproximamos, o amigo se levantou de maneira abrupta como se alguém o houvesse beliscado. Ele colocou as duas mãos sobre os joelhos e então virou seu tronco lentamente na nossa direção.

Ele olhou para Joshua por um minuto inteiro. E enquanto fazia isso, um silêncio estranho recaiu sobre a sala. Olhei em volta e percebi que todos os outros — a garota de cabelo preto, os dois passarinhos apaixonados no sofá — o observavam, como se esperando por uma espécie de sinal.

Além de esquisito, seu comportamento também não fazia muito sentido. Afinal, o garoto não parecia ser alguém que aquele pequeno grupo seguiria. Em primeiro lugar, ele era bem mais velho — tinha pelo menos 22 anos. Os outros vestiam roupas cuidadosamente desarrumadas e exibiam penteados da última moda. O garoto na poltrona parecia mais um jovem político, com sua camisa branca e seu terno cinza. Seu cabelo castanho-claro era tão curto que eu me apressaria a dizer que era um corte militar, e quase não conseguia ver seus olhos por causa do reflexo dos óculos de armação de arame.

Quando ele virou a cabeça levemente para a direita, no entanto, o reflexo desapareceu e eu tive uma visão clara. Seus olhos eram de um cinza gelado — quase de aço. E a menos que eu estivesse imaginando coisas, eles passaram de Joshua... para mim.

— Bem — o garoto disse —, é bom ver que vocês dois chegaram inteiros.

Congelei. Com o canto dos olhos, vi Joshua erguer uma sobrancelha.

— Hã... *vocês dois*? — perguntou.

— Sim — o garoto disse — , vocês dois.

— Quem... — Joshua começou, mas o garoto o interrompeu.

— Você e o fantasma ao seu lado — ele disse sem rodeios. E então fixou seu olhar em mim sem deixar dúvidas.

Capítulo NOVE

Permaneci congelada perto da entrada da sala de estar mesmo quando o garoto de terno começou a sorrir. Ele parecia verdadeiro o suficiente, e sua gentileza se espalhou até seus olhos cinzas, que perderam o toque metalizado. Mas, no instante em que ele se levantou da poltrona e ficou de pé, dei um pulo para trás, dando passos rápidos para o *hall* de entrada.

O garoto, no entanto, reagiu muito mais rápido do que eu. Quase como se previsse meu medo. Com dois grandes passos, ele ficou de pé bem diante de nós, com a mão estendida como se quisesse que eu — e não Joshua — a apertasse.

— Bem-vinda a Nova Orleans, Amélia.

Minha boca caiu.

Eu não tinha certeza sobre o que esperava quando entrei na sala, mas certamente não era uma recepção formal. Eu olhei para Joshua, que estava imóvel ao meu lado. A julgar pela expressão de seu rosto — olhos esbugalhados e a boca um pouco entreaberta como a minha —, Joshua também não fazia ideia de quem era esse garoto.

O convidado de terno podia me ver, obviamente, o que significava que ele era um vidente — alguém que já havia passado por sua experiência de despertar. Mas como ele sabia o meu nome? A única pessoa que poderia ter contado a ele sobre mim era... Ruth? Não fazia o menor sentido, já que ele me cumprimentou como se fosse um antigo amigo, e não algum inimigo sobrenatural.

De repente, senti minhas defesas crescerem. Eu não aceitava muito bem o fato de pessoas estranhas saberem mais sobre mim do que eu sobre elas. Culpa das experiências passadas com um certo fantasma loiro.

Estava prestes a dizer para ele se afastar quando Jillian entrou na sala, jogou-se sem cerimônia na poltrona que o garoto tinha acabado de liberar, e então sorriu para ele com uma espécie de superioridade.

— Tá vendo, Alex? — ela se dirigiu diretamente a ele. — Eu disse que ela era irritante.

Pisquei, perplexa. *Jillian* tinha sido a pessoa que contara a esse garoto — Alex — quem eu era? Não apenas quem eu era, mas *como* eu era?

Apesar de ter acabado de entrar, Jillian não pareceu nem um pouco surpresa por essa cena estranha. Ela se esticou sobre a poltrona, com as pernas jogadas por cima de um dos braços e com o rosto voltado de maneira ansiosa para o garoto diante de mim.

E... eu estava louca, ou ela também parecia entusiasmada? Até um pouco sedutora? Como se estivesse desesperada para que esse garoto prestasse atenção nela.

Seja lá o que Jillian queria, os olhos do garoto permaneceram grudados nos meus. Esperando que eu reagisse ao seu cumprimento. Quando não fiz nada, ele esperou por mais um segundo, com a mão ainda pendurada no ar, antes de girar seu corpo em direção a Joshua e oferecer a ele o cumprimento de boas-vindas.

— Desculpe se fui grosseiro antes — ele disse. — Acho que simplesmente senti como se já conhecesse vocês. Alexander Etienne, um amigo de Annabel. Fomos calouros juntos na Tulane, e ela me convidou para passar o Natal com sua família.

Ele virou a cabeça para o lado, apontando para a garota de cabelos negros na outra poltrona. Então ele esticou sua mão minúscula um pouco mais perto de Joshua.

— Por favor, me chame de Alex.

Joshua olhou para sua mão esticada por mais um instante antes de cumprimentá-lo de maneira hesitante.

Achei que ele fosse dizer algo defensivo para esse tal de Alex. De alguma forma negar algo em meu nome. Mas ao invés disso, ele olhou para o restante da sala e então perguntou:

— Tá bom, quantos de vocês conseguem vê-la?

— Joshua! — gritei, pega de surpresa pela sua franqueza repentina.

Do outro lado da sala, o menino de cabelos castanhos riu.

— Ai, meu Deus, eu consigo ouvi-la com certeza.

— Eu também — a loira se meteu, batendo palmas como se tivesse acabado de realizar um truque de circo.

Cruzei os braços sobre o peito e fiquei olhando para eles. Mas nenhum dos dois pombinhos olhava diretamente para mim. Ambos continuavam a encarar Joshua, com um par de sorrisos satisfeitos que combinavam.

A única que não parecia estar se divertindo de maneira irritante era Annabel. Lenta e calmamente, ela se levantou da cadeira e veio até nós.

Ela jogou suas franjas para trás, enfiou as mãos nos bolsos de trás do seu *jeans skinny* e sorriu para mim.

Bem, ela não sorriu *para* mim exatamente; foi como se ela tivesse sorrido para o lugar em que *pensava* que eu estivesse. Ela apertou os olhos, olhando em minha direção como Jillian costumava fazer antes de conseguir me ver. Mas ao contrário de Jillian, Annabel não parecia irritada ou nervosa.

Annabel inclinou sua cabeça para um lado, ainda olhando.

— Aposto que estamos te assustando, não?

— Sim — Joshua e eu respondemos ao mesmo tempo.

Annabel deu uma risada seca e amigável, e então focou em um lugar acima do meu ombro esquerdo.

— Desculpe, mas estávamos esperando por isso há algum tempo.

— Esperando pelo quê? — Joshua perguntou sem acreditar.

— Para conhecer Amélia.

Fiquei paralisada. De novo, outro vivo dizendo meu nome como se fosse um velho amigo. Parecia surreal, e tive dificuldades para manter a calma.

— Então — disse hesitante —, todos vocês conseguem mesmo... me ouvir?

— Mais ou menos — disse o garoto com o cabelo desarrumado. — Parece que você está na outra sala. Ou debaixo da terra. — Então seus olhos castanhos brilharam com uma ideia. — Como... se você estivesse enterrada?

— Cala a boca, Drew — Annabel disparou. Naquele momento ela me lembrou Ruth, com o rosto angulado, os olhos de águia e obviamente no comando de todos ao seu redor. E assim como os antigos seguidores de Ruth, Drew se calou imediatamente.

Mas sua namorada fez beicinho. E sob a respiração, murmurou:

— Não entendo por que precisamos fazer o que a sua prima diz.

Annabel deu um sorriso rápido e frio.

— Você não precisa fazer o que eu digo, Hayley. Você precisa fazer o que o Alex disser.

Alex.

Enquanto Annabel e os outros discutiam, Alex não havia se mexido. Nem falado nada. Com o canto dos olhos, ainda conseguia vê-lo me observando. Quando me flagrou olhando para ele, ele abaixou sua cabeça de modo que nossos olhos ficaram no mesmo nível, e sorriu para mim de maneira tranquilizadora.

— Sou o único que consegue vê-la — ele disse suavemente, falando apenas comigo. — Todos os outros apenas têm uma noção de onde você está. Conseguem te ouvir, graças à prática.

— Prática? Alguém pode explicar isso para mim, *por favor?*

— Estamos te deixando desconfortável, Amélia? — ele me perguntou naquele tom que dirigia apenas a mim.

— Na verdade, não — menti. Fiz uma pausa e me recompus. — É que... bem, vocês são os primeiros videntes que encontro que não tentam me exorcizar nos primeiros dez segundos. Com exceção do Joshua, claro.

Annabel soltou outra risada áspera.

— Você não será exorcizada. Prometo.

Desejei por tanto tempo ouvir um vidente falar aquelas palavras. Agora que as ouvi, fiquei um pouco tonta.

Coloquei a mão na cabeça.

— Desculpe, mas não entendo.

Annabel tirou suas mãos dos bolsos, cruzou os braços sobre o peito, e encostou-se a uma das laterais da poltrona. Perto da lareira, flagrei a expressão de Jillian: ela obviamente queria que Alex imitasse Annabel e se encostasse na poltrona dela. Quando não fez isso, Jillian fechou a cara e voltou a arrancar o esmalte da unha.

Annabel, que parecia desconhecer ou não se preocupar com a raiva da prima, balançou a cabeça.

— Acho que devemos explicações a vocês dois, não?

— No mínimo — Joshua disse. Ele se aproximou ainda mais de mim e passou o braço em volta da minha cintura.

Olhei para ele, surpresa. Ele nunca tinha tocado em mim de maneira tão descarada na frente de vivos.

Ouvi um ruído quando Drew e Hayley se juntaram ao nosso círculo em torno da lareira. Drew passou um braço em volta dos ombros magros de Hayley e os dois se recostaram, como se estivessem prontos para ouvir uma história.

Com o público preparado, Annabel acenou com a cabeça mais uma vez e começou a dar explicações.

— Não sei sobre vocês, mas sempre fui capaz de... perceber coisas esquisitas. Acho que não entendia completamente na época, e talvez agora, em retrospecto, esteja apenas imaginando. Como cresci no Bairro Francês, é difícil não pensar que tenha ouvido algo estranho, ou tenha visto algo fora do lugar de vez em quando. Mas acho que tudo começou oficialmente há cerca de dois meses, logo depois que a vó Ruth se mudou para nossa casa. Era feriado de outono, então Drew estava aqui comendo toda nossa comida.

— Ei, você quer dizer que eu estava na balada com você na Rua Bourbon — ele interrompeu.

Annabel virou os olhos.

— Como eu estava dizendo, Drew estava se esforçando para parecer uma esponja humana. Mas na nossa última noite livre, estava chovendo demais para sair. Foi então que vó Ruth nos pegou de jeito e falou conosco sobre os videntes.

Joshua balançou a cabeça.

— Aconteceu a mesma coisa comigo quando levei Amélia para casa.

— Então vocês não precisam ouvir os detalhes. O que pode ter sido diferente da sua conversa é que Ruth havia mudado de ideia. Ela nos contou sobre você e seu fantasma, e como ela não tinha conseguido fazer seu trabalho com a Amélia. Acho que foi daí que a Ruth percebeu que a *coisa* de esperar até a experiência despertar não funciona. Agora, ela decidiu contar para todo mundo que "fosse maior", o que significa ter mais de dezoito anos, acho.

— E é por isso que ela me deixou de lado — Jillian reclamou, sem deixar de olhar para suas unhas. — Odeio ser tratada como uma criança.

— Você odeia tudo. — Annabel riu. Então voltou sua atenção para nós. — De qualquer maneira, depois que ouvimos a história sobre "abelhas e flores" sobrenaturais da Ruth, ela nos apresentou a alguém.

Annabel fez uma pausa e, por uma fração de segundo, seus olhos apontaram para Alex.

Pulei para trás.

— *Ruth* te apresentou para Alex? E não é para eu ficar apavorada agora?

Alex suspirou e balançou a cabeça.

— Annabel, posso assumir?

— Mas, claro — ela disse, sorrindo e inclinando a cabeça para ele de brincadeira.

— Deixe-me começar dizendo que não acredito em exorcismo. — Alex balançou a cabeça novamente, parecendo um pouco enojado. — Acho que não é justo, sem falar que é antinatural. Deixe os mortos cuidarem dos mortos... essa é minha opinião.

Assim como Eli queria tomar conta de mim, pensei, mas fiquei de boca fechada enquanto Alex continuava.

— Quando me mudei pra cá há três anos para fazer faculdade, imediatamente procurei um grupo de videntes locais para que pudesse continuar aprendendo. Eu os conheci antes de Ruth Mayhew.

— Espera — interrompi —, como você já sabia o que eram videntes?

Talvez tenha sido minha imaginação, mas algo no olhar de Alex ficou frio novamente. Ele puxou seu colarinho com um dedo, abaixando o tecido e revelando o colo. Ali, esculpida em torno de seu pescoço, estava uma antiga cicatriz em forma de corda.

Parecia que ele não deveria ter sobrevivido a ela.

Quando o colarinho subiu novamente, escondendo a cicatriz, Alex levantou os ombros.

— Passei pela experiência de despertar.

— Como...

— Acidente de carro — ele disse secamente.

Eu podia perceber que havia mais a respeito daquela cicatriz do que ele queria contar. Mas Alex obviamente não desejava discutir o assunto. Um músculo do seu maxilar ficou tenso, apenas uma vez, antes que seu rosto relaxasse novamente. Então, com uma expressão muito mais amigável, ele continuou.

— Eu conseguia ver fantasmas muito antes de me juntar ao concílio de Nova Orleans. E para dar crédito a esses videntes, eles são muito mais progressistas do que o grupo que Ruth costumava liderar. Mas muitas de suas ideias ainda são... eclesiásticas para o meu gosto. Quando conheci Ruth e ela me contou sobre sua família, sabia que tinha uma oportunidade de fazer parte de algo diferente. Então a encorajei a me apresentar para todos os jovens de sua família no encontro seguinte de videntes.

— O que ele não disse a ela — Annabel interrompeu com um sorriso aberto — , é que ele não queria nos mostrar como exorcizar fantasmas. Ele queria nos ensinar a coexistir com eles... e a perceber a existência deles sem precisar passar por uma experiência de despertar.

— O que é incrível! — Hayley disse, inclinando-se para os braços de Drew. — Minha mãe é vidente; desde criança ela me fazia participar das reuniões. No Bairro Francês eles tinham a regra de que você precisa ter uma experiência de despertar antes de dar opinião sobre o que o grupo deveria fazer. E você acha que eu quero deixar uma torradeira cair na banheira só para poder votar contra o exorcismo? Hum, não, obrigada. Então parei de frequentar nesse ano. Quer dizer, agora tenho 18 anos, então posso fazer o que quiser, certo? Mas estou feliz por ter ido à reunião do mês passado, porque foi quando conheci todos que estão aqui.

Drew sorriu abertamente e a puxou para perto dele.

— Quando Hayley descobriu que estávamos tentando entrar em contato com fantasmas sem ter que abotoar a casaca por alguns segundos, ela quis participar.

Com uma risadinha, Hayley levantou, ficou na ponta dos pés e deu um beijinho na bochecha dele. — Eu quis participar quando conheci você, querido.

Um som de ânsia veio da direção da lareira. Olhei a tempo de ver Jillian colocando a língua pra fora como se estivesse engasgada. Um pequeno sorriso se formou nos cantos da minha boca antes de me virar novamente para Annabel, que tinha recomeçado a falar.

— Alex nos ajudou no último mês — ela disse. — Ele nos ensinou como ouvir as vozes dos fantasmas. Você não imagina o quanto é preciso se concentrar.

Drew gargalhou.

— É, a não ser quando eles estão na mesma sala que você.

— Com certeza — Hayley acrescentou. — Dá para ouvir você claramente... Amélia.

Ela experimentou dizer meu nome, com um toque de incerteza. Seus olhos focalizaram algo que estava pelo menos a 60 centímetros acima da minha cabeça, ela pressionou os lábios, à espera.

— Hum, obrigada? — experimentei.

Ao ouvir minha voz, Hayley abriu um enorme sorriso em direção àquele lugar acima da minha cabeça. Naquele instante ela me irritou um pouco menos do que antes. Havia algo de encantador em seu entusiasmo. Tipo isso.

— Tem uma coisa que não entendo: onde a Jillian se encaixa nisso tudo?

A voz de Joshua me surpreendeu.

Eu estava muito absorta para perceber, mas durante toda a conversa, ele não tinha movido um músculo. Ao invés disso, ficara ao meu lado em silêncio e imóvel. Olhei para seu rosto e vi que ele havia assumido aquela estranha máscara inexpressiva, que usava sempre que não confiava no que estava acontecendo ao redor dele.

— Jillian ligou para a Annabel há algumas semanas — Alex explicou, sem olhar diretamente para Joshua —, para reclamar sobre a sua nova namorada. Uma coisa levou à outra e... tenho dado conselhos à Jillian. Ensinando a ela o que significa ser um vidente.

Ao meu lado, Joshua ficou enfurecido. Não era preciso que ele dissesse em voz alta o que achava sobre Alex "aconselhar" sua irmãzinha.

— Ah... — a voz de Joshua era fria. — Então é por isso que a Jillian tem sido tão amável com a Amélia ultimamente?

— Isso sou eu quem decide, irmãozinho — Jillian se levantou da poltrona. — Agora aceito que consigo vê-la. Isso não significa que quero participar de uma festa do pijama com ela ou fazer tranças em seu cabelo.

Eu não consegui me segurar, gargalhei e olhei para Joshua.

— Você precisa admitir que pelo menos ela é honesta.

Ele quase não reagiu, seu olhar gelado ainda estava fixo em Alex. Estiquei o braço e passei minha mão apenas uma vez pela manga do casaco de Joshua. Não conseguia sentir o tecido sob os meus dedos e ele provavelmente não percebia o peso do meu toque sobre seu braço; ainda assim, ele podia ver o gesto, e seu rosto relaxou um pouco como resposta.

— Como você está encarando isso — ele me perguntou baixinho, apesar de todo mundo poder nos ouvir. — Você está bem com essa situação?

Olhei em volta para todos os rostos novos e estranhamente ansiosos, e então fiz uma pequena autoavaliação. O que descobri me surpreendeu.

— Sim — disse, um pouco surpresa com a facilidade com que a resposta veio. — Sim, estou.

— Tem certeza? — Joshua insistiu.

Acenei com a cabeça, sentindo uma esquisita mistura de apreensão e alívio.

— Na verdade é meio que... legal que outras pessoas saibam que eu existo. E que elas não estejam tentando me matar — ergui um ombro. — De maneira figurada, claro.

Todos riram, apesar do estranhamento. Acho que não podia culpá-los — não importa o entusiasmo com que me saudaram, a maioria deles nunca havia feito piadas sobre a morte com uma garota morta. Exceto, claro, Alex.

— Onde está Ruth? — perguntei a Alex baixinho. Parecia estranho me dirigir a ele e não a Annabel, mas obviamente ele tinha a maioria das respostas naquela noite.

Alex piscou os olhos em direção ao teto e então encontrou meu olhar novamente:

— Enxaqueca. Ela não desceu o dia todo, e duvido que venha agora à noite.

Não pude evitar um suspiro de alívio audível. Então, de maneira inexplicável, me vi dando um pequeno sorriso para Alex. Afinal de contas, era ele quem havia arquitetado esse encontro. E não importa o que soubesse, ele tinha acabado de tornar meus últimos dias com Joshua mais agradáveis: não seria preciso sussurrar demais, esconder-me pelos cantos nem evitar as pessoas que poderiam achar que Joshua tinha ficado maluco ao flagrarem ele falando sozinho.

De maneira quase imperceptível, Alex retribuiu meu sorriso, como se tivéssemos acabado de compartilhar a primeira piada interna ou se eu tivesse lhe agradecido. O que, de certa maneira, eu fizera.

Depois disso os olhos de Alex se desviaram de mim pela primeira vez desde que eu entrara na sala. Ele e Annabel se encararam rapidamente e, então, ela limpou a garganta.

— Bom, agora que está tudo arranjado — ela disse —, vão desfazer as malas. Vamos sair.

— Sair?

Joshua ainda parecia cético, apesar de sua voz ter perdido um pouco do tom frio; obviamente, o fato de eu ter concordado com a situação também o havia acalmado.

O lábio de Annabel se contorceu, divertindo-se com a reação do primo.

— Sim, sair.

Ela esticou o braço para trás e pegou algo que havia deixado na poltrona — uma folha de papel verde, que entregou para Joshua. Ele a segurou para que eu pudesse ler também. Então ele levantou uma sobrancelha e olhou para Annabel.

— *Navidad de los Muertos?* — Joshua leu em voz alta o aviso, que estava impresso com o que pareciam ser caveiras pretas.

— O Natal dos Mortos — Hayley disse. — É uma festa à fantasia no nosso novo clube preferido. Tem um tema um pouco sombrio ao invés de felicidade, presentes e Papai Noel. Totalmente subversivo, né?

Drew deu um sonoro beijo na bochecha dela.

— Bom vocabulário, baby.

Hayley sorriu abertamente na minha direção.

— Estou tentando entrar na Auburn ano que vem. — confidenciou. — Assim, Drew e eu podemos ficar juntos todos os dias.

— Tá, tá, tá — Jillian zuniu, girando suas pernas e dando um pulinho da poltrona. — Menos falação e mais balada.

— Você só tem 16 anos... Você não vai com a gente — Alex disse com firmeza.

— O quê? — Jillian gritou.— Mas Joshua só tem 18.

— Ela tem razão — Joshua disse. — Como vou entrar se ela não pode?

Annabel deu outra risada seca.

— Digamos que a política de identificação aqui é mais tranquila do que em Wilburton.

— As coisas não são tão rígidas assim em Wilburton — Jillian resmungou.

— Isso não vem ao ponto — Alex disparou. — Drew, Hayley e Joshua podem passar por pessoas de 21 anos. Você não. E, de qualquer maneira, você deve ser perfeitamente capaz de se divertir aqui sozinha.

Jillian quase urrou enquanto cruzava os braços sobre o peito. Depois de um momento de cara feia, ela se deixou cair na poltrona para observar fixamente a lareira. Parecia, para todos os efeitos, que ela iria obedecer às ordens de Alex.

Ao ouvir como aquele estranho falava com sua irmã, Joshua teve um pequeno arrepio. Mas ele deve ter decidido que Alex provavelmente tinha razão, pois não insistiu na questão. Ao invés disso, Joshua se virou para Annabel e balançou a cabeça.

— E a sua mãe? — ele perguntou. — Ela não vai ficar brava de menores de idade irem a um clube?

— Josh, eu cresci no Bairro Francês. O fato de eu não ter arranjado um emprego em um *sex shop* depois que terminei a escola já é o suficiente para ela. — Ela deu um sorriso irônico para ele, parecido com o de Jillian. Bom, quando Jillian não estava emburrada. — Além disso — Annabel acrescentou —, do que você tem medo? De que vai acordar sem um rim?

— Não, de acordar sem *nenhum* órgão interno.

Annabel gargalhou.

— Esse clube é super seguro, prometo. E de qualquer maneira, pensamos que seria o lugar perfeito para a Amélia se divertir um pouco. Nada muito assustador, cheio de gente. Ninguém vai perceber ou se importar se vocês estiverem dançando, se beijando ou fazendo qualquer outra coisa.

Eu pisquei de volta.

— Isso foi muito... gentil. Obrigada.

Todos sorriram ao meu redor, com exceção da Jillian. Alex pareceu especialmente contente, o que me fez pensar se tinha sido ele quem tivera a ideia.

Por outro lado, Joshua ainda estava desconfiado. Ele inclinou a cabeça na minha direção e sussurrou:

— Você quer mesmo ir?

— Bem... sim. Quero ir mesmo.

O louco era que eu estava falando a verdade. Naquele momento, não conseguia pensar em outra coisa que eu quisesse fazer mais do que me divertir um pouco. Queria tocar Joshua sem medo de ser descoberta, de desaparecer. Desejava passar algumas horas sem me preocupar com o que aconteceria comigo. Eu até queria *dançar*.

A ideia era tão libertadora que comecei a rir. Minha primeira e genuína risada em meses. Quando Joshua ouviu isso, um sorriso começou lentamente a aparecer em seu rosto.

— Tá bom, baladeira — disse ele. — Vamos desfazer as malas.

Capítulo DEZ

— Você deveria parar de se preocupar com sua roupa, Amélia. Você está perfeita.

O elogio me deixou desconcertada, e dei um pulo para o lado, para longe de quem o havia feito. Era algo que Joshua teria dito. Na verdade, ele *dissera*, algumas vezes. Mas naquele instante, Joshua caminhava pelo menos seis metros à minha frente. Ele estava tão absorto em sua conversa com Annabel que nem percebeu quando eu comecei a ficar para trás.

Se Joshua e eu estivéssemos no mesmo ritmo, talvez ele tivesse me visto torcer o tecido da saia com uma das mãos, ou então percebido que eu estava mordendo meu lábio inferior.

Mas é claro que Alex percebeu. E apesar de me conhecer há apenas algumas horas, obviamente se sentiu confortável para se inclinar para perto de mim e sussurrar aquele elogio na minha orelha.

Ao me ver pulando para longe, ele ergueu as duas mãos em um gesto de rendição.

— Desculpe — ele disse. — Não quis assustá-la.

Atrapalhei-me com as palavras e então inspirei rapidamente.

— Só não estou acostumada com pessoas falando comigo. Além de Joshua.

Passamos pelo círculo de luz de um lampião e vi o olhar de Alex direcionar-se para a frente, para Joshua. Um pouco antes de cairmos nas sombras, os olhos de Alex se voltaram novamente para os meus.

— Isso não te incomoda, né? — ele perguntou. — O fato de que eu também posso vê-la?

Mesmo no escuro eu podia ver o sorriso dele. Era brincalhão, provocador. O sorriso de alguém que se considerava meu amigo.

Automaticamente passei os braços em torno da minha cintura, escondendo a parte mais justa do meu vestido. Não sei por que, mas tive a estranha impressão de que Alex não somente me via, mas me *atravessava* com o olhar. Como se pudesse ler cada esperança e medo no meu rosto.

Eu dei de ombros, tentando manter uma expressão impassível.

— É um pouco inesperado. Mas não, isso não me incomoda.

— Espero que não. Você não faz ideia de como é bom finalmente conhecê-la.

Senti os cantos dos meus lábios caírem.

— Eu sou o primeiro fantasma que você vê, Alex?

Ele balançou a cabeça.

— Não. Mas com certeza você é o mais legal.

— Até agora.

O som da risada de Alex reverberou pelas paredes da rua estreita.

— Tá bom. Você é o fantasma mais legal até agora.

Estava prestes a corrigi-lo, a dizer que eu havia sido legal por precaução — até agora — quando ouvi a voz de Joshua chamando por mim.

— Amélia? Cadê você?

— Aqui atrás — respondi em voz alta. Então acrescentei: — Com o Alex.

De repente, Joshua mudou de rumo, passou entre Drew e Hayley e veio na nossa direção.

— Desculpe — ele disse quando chegou mais perto de mim.

Seus olhos miraram Alex por um instante. Por apenas um segundo, Joshua deixou sua mão pendurada no ar perto da minha cintura, como se quisesse demonstrar que era meu dono. Mas ele deve ter pensando melhor, porque então afastou o braço e colocou as mãos nos bolsos da calça.

— Perdi você de vista por um minuto, não foi?

Levantei um ombro.

— Não tem problema. Além disso, não é como se você tivesse me abandonado completamente sozinha.

Virei para Alex para pedir que ele abrisse espaço para Joshua na calçada. Mas sem avisar, Alex já havia desaparecido. Apertei os olhos na escuridão e vi que ele havia assumido o lugar de Joshua ao lado de Annabel, muito longe de nós. Eu nem cheguei a ouvi-lo se afastar.

— Estranho — murmurei.

Virei para o Joshua e vi que ele havia parado no meio da rua. Agora ele estava alguns metros atrás de mim, imóvel a não ser pela mão que passou pelos cabelos e depois pousou na nuca. Sem querer, fazendo aquela pose que eu tanto amava.

Talvez Joshua tivesse ficado preocupado por me abandonar por alguns minutos, já que as coisas entre nós andavam tão delicadas ultimamente. Ou talvez estivesse inseguro por ter me deixado sozinha com Alex por mais de alguns segundos.

Ri baixinho com a ideia de Joshua ter ciúmes mesmo que por alguns instantes. Os cantos dos meus lábios subiram um pouco, quase formando um sorriso. Uni as mãos atrás das costas e dei alguns passos deliberadamente lentos em direção a ele.

— O que você está fazendo aí, Joshua? — provoquei.

— Tentando descobrir como vou te pedir desculpas por ter te deixado sozinha — ele disse, sorrindo para mim com vergonha. — De verdade.

Meu sorriso se abriu ainda mais enquanto deslizava para o lado dele.

— Não precisa dizer nada. Você me deu a chance de te ver por trás.

Os olhos de Joshua se esbugalharam, e então ele riu.

— Não sou eu quem deveria dizer isso?

— Não hoje — eu disse, enganchando meu braço no dele. Passei os olhos pela sua roupa: calças e sapatos pretos; uma camisa branca, com as mangas enroladas até o cotovelo sob o casaco de inverno. Era a coisa mais próxima a uma fantasia que ele havia trazido na mala, e ele parecia mais preparado para uma sessão de fotos do que para esse tipo de festa.

Não que eu estivesse reclamando.

Soltei um pequeno suspiro — meio feliz, meio melancólico.

— Você está lindo, Joshua.

Ele riu baixinho enquanto seguimos em frente, obviamente sem pressa para alcançar o restante do grupo. Ele me puxou para perto; e, por um breve segundo, senti o toque da lã do seu casaco contra a parte de dentro do meu braço.

Pelo canto dos olhos, Joshua me fez um elogio lento.

— Você sempre está linda, Amélia.

Balancei a cabeça.

— Eu sempre estou igual, Joshua.

— Sim... *linda*!

— Ahã — murmurei. — Tá bom.

Sem pensar, passei a mão por cima da minha saia e os dedos pelas grossas ondas dos meus cabelos. Dessa vez foi Joshua quem percebeu minha inquietação.

— Pare de duvidar de si mesma — ele disse gentilmente. — Você é linda. Perfeita.

Perfeita.

A mesma descrição que Alex usara. Mas quando Joshua disse isso, não me senti como se estivesse sendo analisada. Na verdade, fui atingida por um calor inegável que se espalhou, a partir do meu coração, para o meu rosto. E quando chegou lá, não pude deixar de transformá-lo em um grande sorriso.

De repente, aquele impulso retornara. O que me fazia querer contar *tudo* a ele. Os avisos de Eli, o sonho bizarro com meu pai e meu plano de desaparecer.

Acima de tudo, queria dizer que o amava. Queria falar isso em voz alta, pelo menos uma vez.

Tinha acabado de abrir minha boca, preparando-me para revelar meus segredos mais profundos, quando a voz de Annabel me interrompeu.

— Estamos aqui — ela nos chamou.

Minha boca se fechou imediatamente, e senti uma estranha onda de desejo e alívio.

Eu não tinha tempo para lidar com nenhuma das duas coisas, pois o grupo havia diminuído o passo para que Joshua e eu pudéssemos nos unir a eles. Juntos, viramos a esquina, e de repente um clamor alto nos pegou de surpresa. O barulho era tanto que não sei como não havia percebido antes a confusão de gritos, risadas e batidas.

Diante de nós, cuspindo frequentadores e música no beco, estava o clube. Eu quase não conseguia ver a entrada em meio à densa massa de pessoas que pressionavam a porta. No segundo e no terceiro andares, sacadas de ferro pareciam prestes a cair sob o peso de tantos corpos e luzes de Natal.

Todos estavam fantasiados, como Hayley havia prometido. Vi tridentes, capas pretas e maquiagens elaboradas. Muitos dos frequentadores também usavam máscaras idênticas: rostos de esqueletos, vermelhos e brilhantes sob uma grossa camada de *glitter*.

Enquanto Joshua e eu admirávamos o espetáculo, um grupo de garotas nos empurrou para passar, todas vestidas com panos brancos e com os rostos pintados nessa mesma cor. Fantasmas, aparentemente.

Ao vê-las passar, Drew inclinou-se em volta de Hayley e gritou:

— Ei, Amélia... essas garotas acertaram?

— Ah, sim — gritei de volta. — Quando a gente morre, sempre recebe um lençol branco. Procedimento padrão.

Nosso grupo riu alto em aprovação, especialmente Alex, que ainda me deu uma piscadinha. Quando ele se virou, olhei para as pessoas que tinha acabado de conhecer. Drew, Hayley e Annabel estavam vestidos com fantasias nada assustadoras: uma galinha gigante, um anjo e uma ninja, respectivamente. Alex, no entanto, destacava-se na multidão pelo que ele *não* se diferenciava. A não ser por um par de luvas e um sobretudo, ele não havia trocado de roupa para a festa. Ele ainda parecia um jovem político.

Talvez essa seja a fantasia dele, pensei.

— Vamos — Annabel deu a ordem. — Antes que as candidatas a fantasma ocupem nossa sala privativa.

Todos se viraram ao mesmo tempo para segui-la até o clube. Apesar de caminharmos com eles pelo beco lotado, Joshua me puxou um pouco mais próxima dele e inclinou-se para perto da minha orelha. Ele falou em um tom normal: mas com todo o barulho, sua voz pareceu um sussurro.

— O que você está achando disso tudo?

— É sem dúvida... animado.

— Não é a mesma coisa que ficar vendo tevê e tomando chocolate quente, né? Você quer voltar para casa?

Olhando para as figuras mascaradas passeando pelo clube, fiz uma careta. Então balancei a cabeça e lembrei a mim mesma de que deveria pensar positivo. Deveria *curtir* a noite.

— Não — disse, pegando a mão dele e puxando-o para a frente. — Quero dançar.

Não esperei para ouvir a resposta dele, nem olhei para trás para ver sua reação. Ao invés disso, foquei nas enormes asas da Hayley abrindo caminho em meio à multidão a minha frente. Logo tínhamos atravessado o mar de corpos e estávamos a alguns passos da entrada.

Enquanto a maioria das entradas dos edifícios no Bairro Francês tinha sólidas portas de madeira, um par de portões de ferro preto guardava aquele prédio. Perto dele, um enorme homem musculoso estava de pé com os braços cruzados sobre o peito de sua camiseta justíssima. Ele parecia uma gárgula viva, imóvel e de cara feia. Eu até esperava que cuspisse fogo quando nos aproximamos. Mas para minha surpresa, Annabel pulou para o último degrau, usou os ombros dele como apoio e deu um beijo enorme na bochecha dele.

— Annie! — ele gritou por cima da barulheira que vinha de dentro dos portões. — Onde você estava?

— Provas finais — ela gritou de volta. — Senti sua falta.

— Eu também, *baby* — Com um dos braços musculosos, ele abriu um portão. — A Claudete disse que você viria hoje... sua sala já deve estar pronta.

Annabel deu uma batidinha no braço dele em agradecimento e fez um movimento com a cabeça que significava que devíamos entrar. Os outros a seguiram; mas Joshua e eu ficamos na entrada, que estava muito lotada para permitir qualquer visão do clube.

— Você está *certa* de que quer continuar? — ele perguntou, tentando falar mais alto que a batida de uma música nova.

Simplesmente balancei a cabeça, apertei mais a mão dele, até que o fogo se acendesse entre as nossas palmas, e então atravessei o portão.

O clube era tão escuro que quase não conseguíamos ver o caminho. Lá em cima, apenas distingui um lustre enfeitado com máscaras do Dia dos Mortos e fitas brilhantes. Alguém havia substituído as lâmpadas normais por luzes vermelhas. Além dos pequenos pontos brilhantes dos candelabros nas paredes, todo o resto resplandecia vermelho: o espelho atrás do bar, a enorme árvore de Natal decorada com esqueletos de plástico e até mesmo quem estava dançando.

Annabel virou o rosto iluminado de vermelho para nós e disse alguma coisa. Joshua levou uma das mãos até a orelha, mostrando a ela que não conseguíamos ouvir um ao outro, o que diria a ela. Então ela esticou um braço, apontando para uma escada em espiral nos fundos da sala.

Continuamos a abrir caminho entre os dançarinos que bloqueavam a pista até a escada. Eu tentei não tocar as pessoas, mas de vez em quando sentia uma leve pressão quando alguém chegava muito perto de mim.

A julgar pela expressão dolorida de Joshua, ele sofria a cada cotovelada e joelhada.

Enquanto nos esforçávamos para passar, observei o restante da decoração do clube. Por baixo da parafernália assustadora de Natal, ele até parecia bem chique. Tinha uma espécie de elegância europeia, com papel de parede adamascado e sofás aveludados ao longo de todas as paredes. O lustre, os candelabros, os espelhos dourados eram assustadores no escuro, mas aposto que à luz do dia pareciam sofisticados.

Mas, apesar de os dançarinos usarem fantasias, eu podia ver através de suas máscaras brilhantes de esqueleto e de suas maquiagens carregadas que essas pessoas não eram verdadeiros caçadores de fantasmas. A maioria devia ser tão chique quanto o ambiente ao redor, e provavelmente fazia parte da atual cena jovem e incrivelmente atraente de Nova Orleans.

De repente, parecia que o clube e seus frequentadores estavam apenas brincando com o macabro. Não havia assombrações de verdade esperando pelos cantos. Nem demônios morando debaixo da escada. A não ser pelos parentes de Joshua e seus amigos, duvido que alguém nesse prédio pudesse sequer sentir minha presença, e muito menos me ouvir ou ver.

Ao perceber que não tinha nada a temer, senti uma sensação imediata de alívio. Empolgação, até. Ela correu pela minha coluna e pelas minhas veias como se fosse adrenalina. Fez com que eu quisesse reagir. Com que eu quisesse me libertar, mesmo que apenas por alguns minutos.

Joshua tinha acabado de passar na minha frente em direção à escada, então agarrei seu braço. Ele me olhou e então inclinou a cabeça para um lado, como se fizesse uma pergunta. Dei um pequeno sorriso e usei minha mão livre para apontar para a pista lotada que tínhamos acabado de atravessar.

Dançar? Movi meus lábios.

Ele levantou as duas sobrancelhas em dúvida. Então também começou a sorrir. Ele tirou o casaco e o passou para Drew, para que ele o levasse para a sala privativa.

Sem o casaco, Joshua parecia... bem, lindo, como havia dito a ele antes. A palavra "delicioso" me passou pela cabeça, e tive de reprimir uma risadinha. Respirei fundo, tentando permanecer relaxada. Mas enquanto o observava caminhar na minha direção, fiquei mais excitada. Ele colocou as mãos nas minhas, e a sensação de calor se espalhou pela minha pele, pinicando minhas palmas e pulsos.

Àquela altura, gargalhei. Então disse uma prece de agradecimento que a música alta encobriu.

Ainda sorrindo, Joshua nos levou girando para o meio da multidão. Ele nos guiou entre os outros dançarinos e me trouxe para bem perto dele, passando as mãos pelos meus ombros e então pelas minhas costas. Seu toque era tão eletrizante que quase não percebi o esforço que tivemos de fazer para chegar ao centro da pista, bem debaixo do lustre vermelho.

Quando chegamos lá, Joshua me apertou ainda mais, e ficamos mais próximos do que costumávamos nos permitir. Senti o toque da pele dele, real e quente contra a minha, e fiquei sem ar. Ao nosso redor, a música começou aumentar. Enquanto nos movíamos de acordo com seu ritmo, fiquei tonta por causa da batida forte e da melodia sombria e hipnótica.

Meus olhos encontraram os de Joshua, e apesar de toda a luz vermelha, ainda consegui ver o azul arrebatador do céu da meia-noite. Agora suas mãos tinham passado pelas minhas escápulas, provocando uma trilha de fogo. Ele as descansou na minha cintura e então, com um pequeno movimento, trouxe-me para tão perto dele que quase conseguia sentir seus batimentos cardíacos pela camisa. Quando ele se inclinou para baixo para passar seus lábios no meu pescoço, dobrei meu pescoço e respirei fundo.

E foi então que os vi.

Rostos.

Rostos que obviamente não deviam estar ali. E com *ali* quero dizer o mundo dos vivos.

Eles estavam espalhados entre a multidão de maneira horrorosa, brancos e imóveis entre o vermelho ondulante. E todos eles olhavam para uma coisa.

Para mim.

Minha cabeça se inclinou para a frente e pressionei minhas mãos contra o peito de Joshua. Continuamos a dançar, mas agora eu encarava a multidão, com a cabeça girando para a direita e para a esquerda. Em meio à densa massa de dançarinos, vi pequenos *flashes* de um branco pálido, destacando-se em um mar de vermelho. Os rostos estavam tão isolados, tão obscurecidos pelo movimento das pessoas, que não podia ter certeza de ter visto todos.

Por um segundo pensei que estava vendo apenas candidatas a fantasmas.

Mas, não. Não quando todas as outras coisas ali, luzes, paredes, pessoas pareciam mergulhadas em sangue.

Enquanto eu continuava a procurar, Joshua começou a nos fazer dançar em círculos. Apesar de ele se mover devagar, o movimento circular logo se juntou a tantos giros que dei com a cabeça, que minha tontura voltou com força total.

Pior, na verdade. Apesar de Joshua e eu continuarmos a nos mover de acordo com o ritmo, senti como se estivéssemos girando sem controle. Minha cabeça rodava, e uma onda de náusea real e desorientadora me atingiu.

Agarrei-me a Joshua, inclinei-me sobre seu ombro, e tentei respirar. Precisava conter uma vontade incontrolável de vomitar.

E ali, a apenas alguns centímetros, um rosto olhou de volta para mim. Como se estivesse esperando por aquele momento.

Estava tão próximo que só vi suas feições principais: pele pálida, olhos negros. E fileiras de dentes afiados, brilhando em um sorriso demente e cruel.

Senti sua respiração, gelada e traiçoeira contra a minha bochecha, e gritei.

Capítulo ONZE

Depois daquilo, não pensei. Apenas reagi.

Em questão de segundos, estava com Joshua atrás de mim, meus braços esticados para trás, em torno dele, numa tentativa de protegê-lo do que quer que tivesse vindo atrás de nós. Percebi que um grunhido ferino saltou dos meus lábios, e por um breve instante, fechei meus olhos. Para me acalmar. Para me preparar.

Mas quando os abri, o rosto ameaçador havia ido embora. Nada de sorriso assustador, de respiração gelada ou de olhos negros.

Nada.

Ainda com os braços em volta de um Joshua muito confuso, fiz um círculo, procurando novamente entre a multidão. Dessa vez não vi nada além de um enorme mar vermelho. Além do meu, os únicos rostos sobrenaturais que restavam no clube eram feitos de plástico e *glitter.*

Todos os seres assustadores devem ter desaparecido em um instante. Como se nunca tivessem estado ali.

Como se eu os tivesse imaginado, assim como havia acontecido com meu pai naquela tarde.

Com esse pensamento, meus braços soltaram Joshua. Minhas mãos foram diretamente para a minha boca, e pressionei os dedos contra os lábios, tentando segurar um grito. Apesar do esforço, começou a parecer que eu estava ficando sem ar.

Durante todo o tempo, repeti a mesma pergunta: *É possível que um fantasma fique maluco?*

Se aqueles rostos não eram reais, então eu tinha tido alucinações duas vezes naquele dia. O que não era um bom sinal para a minha sanidade mental.

Mas, partindo do princípio de que não tinha enlouquecido completamente, então eu provavelmente estava numa enrascada ainda pior. Pois já vira aquele tipo de rosto antes, na noite em que finalmente enfrentei Eli na Ponte Alta.

Assisti um deles mergulhando como um morcego, levando Eli para a escuridão. Antes de fugir do submundo pela última vez, conversei com outro, que — infelizmente — me deu tempo suficiente para que sua aparência se tornasse familiar.

Pálidos como mortos e imóveis de maneira nada natural. Bonitos à primeira vista e depois horrorosos.

Esses eram os rostos dos demônios.

Esses eram os que me observavam naquela noite. Talvez não fossem os mesmos demônios que eu conhecera na Ponte Alta, mas eram parecidos o suficiente.

Como haviam me encontrado? E mais importante do que isso, como estavam ali? Se eles ficavam confinados em um lugar que imaginava ser ainda mais escuro que o submundo, então o que estavam fazendo na Nova Orleans viva e animada?

Infelizmente, essa pergunta pareceu se responder sozinha.

Um punhado de demônios — era isso o que eles eram na realidade — tinha aparecido naquela noite porque eles *nem* sempre ficavam afastados. *Nem* sempre se escondiam em lugares mais escuros do que eu podia compreender.

Às vezes, vinham ao mundo dos vivos para resolver questões com as próprias mãos.

Talvez aquela noite tenha sido apenas um gostinho do que estava por vir. Um aviso de que eles *podiam* me encontrar, sempre que quisessem.

O que significava que minha presença servia como um sinal de alerta para o mal, colocando qualquer um que estivesse por perto em risco. Mas apenas uma pessoa em particular ficava por perto, quase o tempo todo...

— Amélia?

Imediatamente, minha cabeça se ergueu e meus olhos retomaram o foco. Então dei um pulinho, chocada por me ver do lado de fora do clube com minhas costas contra a parede de tijolos aparentes. Estava pensando de maneira tão intensa que devo ter caminhado para fora e apoiado meu corpo na parede como se estivesse me agarrando à minha própria vida.

A julgar pelos rostos preocupados ao redor, eu tinha tido público enquanto fazia isso.

Joshua estava mais perto — era ele quem havia me chamado naquele tom agudo e assustado. Alguns passos atrás dele, Annabel esperava. Ela parecia preocupada, alternando olhares entre Joshua e o clube — para garantir que não fossemos pegos, apesar de provavelmente não sermos as coisas mais estranhas no beco naquela noite. Pelo menos não na aparência.

— Está tudo bem? — Annabel perguntou.

Eu acenei com a cabeça e então lembrei que provavelmente eu parecia uma parede de tijolos para ela.

— Sim — disse em voz alta. — Apenas... precisava de um pouco de ar. É por isso que eu saí.

Diante de mim, a escuridão do beco escondia parte das feições de Joshua. Quando dei minha desculpa esfarrapada, a metade iluminada do seu rosto se contorceu.

— É mesmo? — ele disse, com a voz cheia de ceticismo. — Você gritou, depois você enlouqueceu, e então saiu do clube sem me ouvir... porque precisava de ar?

Fiquei um pouco chocada, não tinha me dado conta de que meu comportamento havia sido tão descontrolado.

— Ah... é? — Minha voz não parecia muito segura, mas fui em frente, esforçando-me para soar convincente. — Você não percebeu que eu estava... ficando enjoada? Tinha gente demais lá. Eu não conseguia respirar.

— Você não conseguia respirar! — ele repetiu em uma voz monótona e cada vez mais baixa. Ele foi muito gentil em não destacar o fato de que eu não *precisava* respirar.

Como resposta, simplesmente levantei os ombros de maneira defensiva. Joshua me observou por um instante, esperando por uma explicação plausível, ou pelo menos mais honesta. Quando eu não disse nada, ele suspirou.

— Tá bom — ele concordou —, você não conseguia respirar. O que provavelmente é a nossa deixa para ir para casa.

— *Minha* deixa — deixei escapar.

— Hã?

— Eu vou — insisti. — Você precisa ficar aqui e... e passar mais tempo com seus primos.

Joshua olhou rapidamente para Annabel e então balançou a cabeça.

— Daqui a três dias é Natal... daí vamos ter tempo suficiente. Mas acho que *você* precisa de mim agora. Então eu vou com você, tá bom?

— Não!

Gritei. Quando Joshua deu um pulo para trás surpreso, contive um palavrão. Inspirei para me controlar e então continuei com o que esperava ser uma voz menos desesperada.

— Eu só... preciso de um tempo para pensar. Aconteceu muita coisa hoje, sabe? — balancei a cabeça em direção à Annabel. — Seria bom ficar um pouco sozinha. Só um pouco.

As sobrancelhas de Joshua se contorceram. Naqueles olhos azuis escuros, podia ler todas as suas emoções: mágoa por eu obviamente querer me afastar dele; medo por me deixar sozinha — mesmo que relativamente invisível — naquelas ruas escuras e desconhecidas; e finalmente, uma desistência relutante. Ele suspirou novamente, e o som foi tão cheio de derrota que a pequena chama no meu peito tremeu.

— Tudo bem — ele disse baixinho. — Como você quiser, Amélia. Apenas espere por mim no quintal atrás da casa, tá bom? Eu deixo você entrar quando voltar.

— Obrigada — disse, parecendo entusiasmada demais. Antes de pensar melhor, pulei e dei-lhe um beijo de agradecimento. Então, com a mesma rapidez, saltei para longe, tão rápido que não podia culpá-lo por se sentir um pouco rejeitado.

Com o fogo do nosso toque ainda queimando nos meus lábios, levantei os olhos para ele. E vi nele seu desejo, sua incerteza.

Se levarmos em consideração que só descobri quem era recentemente, Joshua me conhecia tão bem quanto eu mesma. Ele sabia quando eu me continha ou quando estava distraída. Ele sabia quando as coisas não estavam bem entre nós, quando estava mentindo.

Como agora.

Ao perceber que minhas próximas palavras também seriam mentiras, mordi meus lábios, fiquei na ponta dos pés e me inclinei na direção dele.

— Te vejo em casa — sussurrei. — Prometo.

Inclinei-me para trás, tempo suficiente para memorizar as linhas do seu rosto pela última vez. Então fechei os olhos e me afastei dali.

Capítulo DOZE

Claro que não planejei me materializar de volta na casa. Se os demônios realmente haviam me encontrado, não podia me dar ao luxo de pensar no que fazer a seguir. Então, ao me materializar naquela noite, pretendia levar adiante meu plano anterior: ir para longe de Nova Orleans, dos Mayhew e de Joshua. Para sempre.

Mas meu senso de direção ridículo e meu pobre coração com pouca força de vontade obviamente pensavam diferente.

Onde quer que eu estivesse naquele instante, era muito parecido com o lugar em que acabara de estar: prédios velhos e com venezianas; varandas decoradas; ruas cheias, mesmo no meio da noite. A única diferença é que agora aquelas coisas estavam fora de alcance, do outro lado do parque exuberante e cercado no qual eu abrira os olhos.

Ao meu redor, palmeiras e carvalhos desafiavam o inverno, com suas folhas verdes e cheias por conta de sua própria força ou da diligência de um jardineiro dedicado. Considerando os caminhos limpos e os canteiros de flores arrumados que irradiavam a partir de onde eu estava, acho que a segunda opção era a correta.

Era um lugar lindo, não havia como negar. Mas eu tinha um pequeno problema com o parque: ele estava pelo menos a três metros abaixo dos meus pés. Talvez até seis.

Pelo que podia notar, eu havia me materializado no alto de alguma plataforma de pedra. Olhei pra cima e tropecei, surpresa. Um gigante cavalo de metal e seu cavaleiro surgiram acima de mim. Tive de segurar em uma das patas esticadas para me segurar. Depois que recuperei o equilíbrio — e a compostura — percebi que a plataforma sobre a qual estava era na verdade a base de uma estátua enorme. Que parecia querer me atacar.

Encarei a estátua com um sorriso austero.

— Alguma dica de onde estou? — perguntei.

— Prestes a levar um coice do general Jackson — a voz falou, vinda de algum lugar lá embaixo com um sotaque forte que não consegui identificar.

Antes que eu pudesse reagir, alguém corrigiu.

— *Presidente* Jackson, na verdade.

— Como se você se lembrasse disso — a primeira voz disparou. — Você acabou de ler isso na base da estátua.

— Como se você não tivesse feito a mesma coisa.

Minha cabeça se inclinou para baixo, em direção aos donos das vozes, que, ao mesmo tempo que estavam muito ocupados discutindo para me dar atenção, também tinham me *ouvido*.

Quando consegui vê-los, meu instinto de fuga reapareceu. Andei para trás rapidamente, agarrando-me na estátua até praticamente me soldar ao metal. Um esforço inútil, provavelmente, se levarmos em consideração a distância da minha audiência. Mas quando a observei melhor no escuro, percebi que talvez meus instintos não estivessem errados.

Os cinco seres ao redor da cerca na base da estátua não estavam exatamente *de pé*: suas pernas desapareciam em algum lugar na altura dos seus joelhos, e ao longo dos lugares pelos quais seus pés deveriam ter passado, vi o desenho de um caminho. Apesar de seus corpos parecerem mais densos, as formas sombrias das árvores se confundiam com os contornos dos rostos.

Foram aqueles rostos que finalmente fizeram com que eu percebesse que os demônios não tinham, na verdade, me seguido desde o clube. Pois os demônios, apesar de pálidos e indescritíveis, não eram transparentes. E porque essas figuras tinham um brilho fraco na escuridão.

Assim como eu.

— Quem são vocês? — exigi saber, apesar de já imaginar a resposta.

— Mortos — disse uma das figuras, lançando um sorriso lânguido para mim.

Ele me lembrava vagamente o Eli, com suas feições arrogantes e cabelos longos e louros presos na parte de trás da cabeça. Ainda sorrindo, ele cruzou os braços sobre sua jaqueta militar.

— Não é óbvio?

— Sim — eu disse. — Mas ainda não sei que *tipo* de mortos são vocês.

— O mesmo que você — Uma mulher grisalha em um vestido preto de gola alta acenou bruscamente com a cabeça para mim. — Morto *é* morto.

— Não, a garota tem razão — outra figura argumentou. — No começo, existem muitos tipos. Mas os que ficam tornam-se como nós, no final.

Reconhecendo o sotaque estranho do primeiro a falar — aquele que havia me contado quem era a estátua —, inclinei-me para a frente com cuidado. O homem me flagrou olhando e abriu um sorriso radiante, apesar de um pouco torto. Mesmo em meio às cicatrizes horríveis em sua pele negra, vi que um dia ele fora bonito. Antes de entrar em uma briga com quinhentas facas, pelo que eu podia ver em suas bochechas.

— Oi, você aí — ele disse, tocando a aba do que parecia ser um chapéu de pirata. — Bem-vinda à Praça das Armas.

— Agora é chamada de Praça Jackson — uma voz nasalada o corrigiu. — Ela não é chamada de Praça das Armas desde que enforcavam pessoas como você aqui.

Imediatamente reconheci essa voz como a que havia corrigido o pirata a respeito do presidente Jackson. O cara da voz nasalada manteve-se afastado, um pouco distante dos seus companheiros fantasmas, vestindo um fraque antigo e com uma expressão tensa. Se eu tivesse de adivinhar, aposto que ele já tivera sangue azul e ainda tinha um restinho de desdém pela sua atual companhia.

O que levantava a questão: por que ele estava ali, junto com aqueles outros fantasmas? Por que eles *todos* estavam ali?

— Nenhum de vocês me respondeu de verdade — disse, cautelosa. — Quem são vocês?

A última menina fantasma se adiantou, colocando-se à frente dos companheiros. Ela era bem nova, provavelmente tinha apenas alguns anos a mais do que eu quando morreu. Suas longas tranças pretas caíam sobre os ombros cobertos por uma capa escura amarrada na base do seu pescoço.

— Somos o que restou — ela respondeu com leve sotaque francês.

Por algum motivo, fiquei arrepiada.

— O que você quer dizer com 'restou'? Restou do quê?

— Dos que morreram no Bairro Francês — ela sussurrou. — Nós cinco somos os últimos a andarmos sem sermos chamados.

Os cantos da minha boca se contorceram.

— Você está me dizendo que vocês são os últimos fantasmas que restaram em um dos lugares mais assustadores dos Estados Unidos? Porque eu acho isso difícil de acreditar.

Ela levantou os ombros, sem que seus enormes olhos escuros abandonassem os meus.

— Tá bom — eu disse, pronunciando o *Tá* da mesma forma que Joshua quando não acreditava necessariamente em algo. — Então quem são seus mestres?

O som da risada alta do pirata ecoou na estátua.

— Não temos nenhum mestre, menina. E quem de nós teve, já não se lembra mais.

Balancei minha cabeça, ainda sem acreditar.

— Os únicos fantasmas que conheci estavam trabalhando para outros seres. Todos os outros fantasmas tinham ido para o céu... ou para outro lugar.

— Mas não você — a menina de cabelos escuros destacou. — Você não tem nenhum mestre, e ainda está aqui.

— Bem... é — franzi o rosto. — Eu não.

— Já estivemos onde você está agora — ela disse. — Perdidos na neblina, sem orientação. Ao longo dos séculos, despertamos e encontramos uns aos outros. Juntos, nos escondemos dos seres sombrios.

Ao ouvir suas últimas palavras, meu estômago embrulhou.

— Seres sombrios? Você quer dizer... os demônios?

— Aquelas coisas com os rostos horríveis e pálidos? — o pirata perguntou. Quando acenei com a cabeça, ele grunhiu. — Se é assim que você os chama, demônio é um nome melhor do que nada.

Senti um frio subir pela coluna.

— Então eles *estão* aqui, em Nova Orleans?

— Eles estão em toda parte, menina — ele respondeu com uma risada sombria. — Os demônios e suas cavernas sombrias caçam quem é como nós pelo mundo todo.

— Eles *ainda* vêm atrás de vocês?

Os cinco fantasmas trocaram olhares, e então cada um deles balançou a cabeça lentamente.

— Eles... — o pirata continuou — ... e aqueles malditos caçadores de fantasmas. Exorcizando almas o tempo todo. Claro que é mais fácil escapar deles do que dos seres sombrios.

Com a voz mais calma que pude, perguntei:

— Como vocês evitam que os demônios os encontrem?

— Desaparecendo — o soldado disse. — Com frequência.

— Materialização — murmurei para mim mesma. Assim como pretendia fazer. Senti uma pequena onda de alívio de que pelo menos parte do meu plano daria certo. Mais alto, perguntei: — Tem dado certo até agora?

— Não sem sacrifícios — a mulher de cabelos grisalhos apontou para a parte de baixo do seu corpo transparente. — É isso que acontece quando desaparecemos demais. Logo, você também irá desaparecer.

Tive de segurar um grito.

— Você está me dizendo que *materializar-se* causa isso nas pessoas?

— Entre outras reações. Se você fizer demais, perde qualquer ligação com o mundo dos vivos: seu corpo, suas memórias.

— Memórias? — Encostei-me um pouco na estátua. — Você perde as memórias?

— Claro que sim — o pirata disse como se fosse a coisa mais óbvia do mundo. — Se eu me lembrava de alguma coisa, agora já esqueci tudo. Minha vida acabou. Até mesmo meu nome. Ossos do ofício.

— Vale a pena? — perguntei. — Escapar dos demônios?

A menina de cabelos pretos sorriu para mim de maneira amarga.

— Se você já viu algum dos mundos sombrios deles, então saberia que fugir é a única opção. Perda de memória, perda de forma... não são problemas se comparados àqueles lugares.

No mesmo instante, diversas imagens invadiram minha cabeça: sensações das quais me lembrava em *flashes*; a imagem da minha mãe à luz do sol da manhã; o rosto de Joshua sorrindo para mim.

Será que esses fantasmas tinham tais memórias para comparar com o valor das suas vidas após a morte? Se isso era verdade, eu temia ainda mais o momento em que teria de decidir pela escolha que fizeram. Especialmente quando este momento parecia ainda mais próximo.

— Por que estão aqui? — perguntei suavemente. — Comigo, quero dizer?

— *Você nos* encontrou, menina — respondeu o pirata.

— Talvez. Mas nenhum de vocês pareceu surpreso ao me ver.

A menina de cabelos negros se aproximou uma fração de centímetro.

— Nunca nos surpreendemos ao encontrar mortos nessa cidade. O que é mais incomum é quando descobrimos uma alma que ainda não foi chamada. Se nos deparamos com alguém assim, então tentamos ajudá-lo. Antes que os seres sombrios cheguem.

Os cantos da minha boca viraram para cima novamente em um sorriso cético.

— Isso é... terrivelmente legal da parte de vocês.

Sem perceber meu sarcasmo, a menina inclinou a cabeça como que agradecendo.

O soldado loiro soltou um suspiro irritado, claramente entediado com a explicação sobre a sua deprimente vida após a morte.

— Você já disse o suficiente para a garota — ele latiu. — Vamos acabar com isso.

— Acabar com o quê?

— Acabar oferecendo nossa companhia — o pirata disse apressadamente, com os olhos fixos no soldado e então voltados de novo para mim. — Se você está fugindo... sempre pode se unir a nós.

Fiquei em silêncio por um instante. Os cinco fantasmas me observavam, com os rostos voltados para cima, ansiosos.

Mordi meus lábios e pressionei minha mão contra a estátua. Essa não era a primeira vez que um fantasma me oferecia ajuda, então acho que não podia me sentir culpada por suspeitar das razões daquele grupo. Especialmente quando aprendi do jeito mais difícil que fantasmas não aceitam muito bem a rejeição.

Mas... eu *queria* recusar a companhia deles?

Seja qual fosse o motivo deles, obviamente sabiam como realizar exatamente aquilo que eu precisava fazer, mesmo que não quisesse: sobreviver, de certa maneira. Fugir dos demônios e me manter — e as pessoas que amava — longe da escuridão.

Mesmo que tivesse que dar minhas memórias em troca disso, sabia que essa opção sempre valeria a pena. Apenas precisava decidir *como* levar aquilo adiante.

E com quem, aparentemente.

— Obrigada pela oferta — disse lentamente, com cuidado. — Espero que entendam que preciso de um tempo para pensar.

— Se eu fosse você, não demoraria muito — a menina de cabelos negros avisou. — Nós somos difíceis de achar, de propósito.

Acenei com a cabeça.

— Faz sentido. Que tal na noite de Natal, daqui a três dias? Eu tentarei me materializar onde quer que vocês estejam... se eu decidir aparecer.

— Combinado. — O soldado finalmente descruzou os braços e virou-se para seus companheiros fantasmas. — Podemos ir agora? Já estamos há muito tempo a céu aberto.

O pirata murmurou concordando. Como se fosse um sinal, os fantasmas se moveram juntos, chegando mais perto uns dos outros. Eles continuaram a me observar com aqueles rostos transparentes que provavelmente haviam visto mais séculos do que eu podia imaginar. Por um instante, eles flutuaram em seu pequeno grupo assustador e então, sem nenhuma palavra ou aviso, desapareceram de vez.

A Praça Jackson agora parecia ainda mais assustadora, mesmo sem um bando de fantasmas tentando fazer com que eu me juntasse a eles. O som das risadas das ruas laterais, as folhas das palmeiras movendo-se ruidosamente ao vento — tudo isso me fez pensar se coisas mais sombrias também estavam a caminho.

Coisas que poderia ter imaginado?

Ao conversar com os fantasmas do Bairro Francês naquela noite, não pude acreditar que os *verdadeiros* demônios tivessem desaparecido tão rapidamente ou que me deixariam em paz fácil assim. Talvez tivesse tido apenas uma alucinação no clube, da mesma maneira como tinha sonhado com o campo em que meu pai fizera contato. Esse cenário parecia muito mais provável do que um encontro assustador apesar de inofensivo com uma enorme multidão de demônios.

Essa conclusão — de que eu estava ficando um pouco maluca — também me deu uma desculpa esfarrapada para fazer algo que eu desesperadamente desejava, antes de me juntar aos fantasmas do Bairro Francês por toda a eternidade.

Por apenas mais uma noite, fechei meus olhos e imaginei o caminho até estar ao lado de Joshua.

Capítulo TREZE

Quando abri os olhos, encontrava-me diante da única casa conhecida no Bairro Francês. Apesar de seus lampiões a gás ainda brilharem, as janelas estavam escuras e fechadas para a noite. Obviamente o lugar não parecia vazio como os prédios vizinhos. Mas certamente também não estava aconchegante e caloroso como antes.

Como eu tinha ficado fora por apenas uma ou duas horas, duvidava que os jovens Mayhew já houvessem voltado do clube. Mas a materialização havia me trazido até ali, o que tinha de significar que pelo menos *Joshua* tinha retornado mais cedo.

— Só há um jeito de descobrir — disse em voz alta, e então me encolhi. Pode chamar de paranoia, mas de repente achei que qualquer barulho que fizesse poderia atrair atenção indesejada.

Andar nas pontas dos pés me deu um certo conforto bobo, então fui rápida e silenciosamente para a esquerda da casa. Ali, entre ela e a casa do vizinho, um pesado portão preto estava entreaberto. Passei por ele, segurando a respiração enquanto seguia pela passagem estreita ao longo da construção. Apesar do lado racional da minha mente saber que eu não tinha como tocá-las — pelo menos não sem algum esforço — desviei de algumas latas de lixo de metal antes de entrar no que parecia ser o quintal.

Como suspeitava, o espaço era lindo. Um carvalho retorcido debruçava-se sobre o pátio com chão de pedras, no qual uma fonte de mármore borbulhava perto de algumas cadeiras de madeira que pareciam caras. Mas o que mais notei a respeito das cadeiras, no entanto, não foi sua qualidade; foi o fato de elas estarem vazias.

Vazias, quer dizer, sem Joshua.

Soltei um suspiro alto e frustrado, impensadamente, e então coloquei a mão na frente da boca. Por um segundo esperei que algo assustador surgisse no quintal e exigisse que eu fosse com ele. Quando isso não aconteceu, soltei minha mão e minha respiração, que tinha segurado sem perceber.

Você está sendo ridícula, disse a mim mesma. *Ninguém tentou te pegar aqui.*

Então meu cérebro acrescentou um pequeno e sarcástico *ainda*.

Interrompi um gemido, caminhei até uma das cadeiras e me deixei cair sobre ela.

Por que a materialização havia me trazido até aqui se desejei ir para perto de Joshua? Por alguma razão, as materializações de hoje continuavam desorientadas, levando-me aos lugares errados nas horas erradas.

Desanimada, coloquei as mãos debaixo do queixo e apoiei meus cotovelos nos joelhos, preparando-me para esperar até alguém chegar. Então me lembrei de que Jillian havia ficado em casa naquela noite.

Havia uma chance mínima, mas talvez eu pudesse chamá-la em voz alta o suficiente e pedir para que ela me deixasse entrar. Olhei para o andar de cima da casa, tentando imaginar qual seria sua janela.

Foi quando vi a porta dos fundos.

Na escuridão, quase não a tinha enxergado. Ela estava entreaberta, levando à completa escuridão da casa.

Levantei e fui até a porta, tentando me mover o mais silenciosamente possível. Pelo que parecia, desde que eu conseguisse me espremer pela abertura, poderia entrar e esperar por Joshua com relativa segurança. Poderia ser uma espera igualmente solitária, mas pelo menos poderia fazer barulho lá dentro sem o medo de sofrer uma abdução demoníaca. Provavelmente.

A essa altura, "provavelmente" era bom o suficiente para mim. Então levantei um pé para dar um passo para dentro da casa.

Mas... não dei.

Apesar da tentativa de dar o passo, estava exatamente onde havia começado: de pé no quintal, ao lado da entrada dos fundos.

Tentei novamente, me esforçando ainda mais para passar pela soleira da porta. Mas como antes, encontrei a pressão de uma barreira invisível. Por um impulso, olhei para as pedras no chão. Ali, perto dos meus dedos dos pés, estava uma conhecida linha de pó de giz cinza espalhada pelo degrau.

Dessa vez não tentei esconder meu suspiro de frustração.

Ruth.

Ela tinha usado esse truque comigo em Wilburton, impedindo que eu entrasse na casa de Joshua com uma espécie de poeira mágica dos videntes. Observando a obra daquela noite, bufei de leve. Para uma mulher religiosa tão devotada, Ruth gostava mesmo de suas bruxarias.

Olhando para o pó, tentei concentrar o poder dentro de mim — algo que poderia me ajudar a reagir ao encanto de Ruth. Afinal de contas, depois de dividir uma ponte em dois pedaços e brilhar como uma fogueira, eu não poderia tirar um pouco de sujeira do lugar? Mas não importava o quanto eu me concentrasse, nem o quão forte eu fizesse a brisa soprar pelo quintal, aquela poeira estúpida não saía do lugar.

Com um pequeno rosnado de frustração, levantei a cabeça. Então gritei, surpresa.

Ali, sorrindo para mim de dentro da escuridão do corredor, estava outro rosto pálido e fantasmagórico. Meus músculos ficaram tensos, prontos para correr, mas eles relaxaram quando o dono daquele rosto se aproximou, colocando-se numa posição melhor para que eu o reconhecesse.

— Noite comprida, hein?

Alex manteve sua voz baixa enquanto pisava com facilidade sobre a poeira cinzenta e parou um pouco antes de me dar um encontrão. De maneira instintiva, dei um passo para trás, colocando mais alguns centímetros entre nós. Os olhos de Alex perceberam o movimento antes de se ligarem aos meus.

— Você está bem? — ele perguntou. — Você foi embora mais cedo essa noite, fiquei preocupado.

Ele realmente parecia preocupado, mas ainda assim hesitei em responder. Finalmente, depois de uma pausa embaraçosa, acenei devagar com a cabeça.

— Eu... estou bem. Só fiquei um pouco tonta, só isso.

Alex levantou sua mão como se fosse me tocar para me consolar, então pensou melhor e deixou o braço cair ao lado do corpo. Com uma tosse envergonhada, ele colocou as mãos nos bolsos da calça. Quando percebeu que eu estava observando suas roupas — ele ainda usava o terno cinza, apesar de já ter passado muito tempo depois da meia-noite —, ele me deu um sorriso tímido.

— Queria encontrar você, então não me troquei.

Franzi a testa. Por que ele estava à minha espera? A sugestão de uma familiaridade me fez ficar inexplicavelmente na defensiva, então cruzei os braços e fiz cara feia.

— O quê? Você está me dizendo que *não* tem uma reunião com os acionistas às duas da manhã?

Alex riu alto e então fechou a boca rapidamente, olhando para as janelas escuras atrás dele. Depois de ter certeza de que ninguém da casa havia escutado, virou-se novamente para mim. Ainda sorrindo, sussurrou:

— Ei, o que eu posso fazer se pareço estiloso a noite inteira?

Sorri de maneira involuntária.

— Acho que não posso julgar o gosto de ninguém, posso?

Nós rimos e, apesar de tudo, senti que relaxava um pouco. Não muito, mas o suficiente para continuar a conversa sem os braços cruzados de maneira defensiva.

— Então — eu disse, dando a volta ao redor dele até ficar mais perto da porta. — Será que você sabe como desfazer um encantamento com pó de vidente?

— Pó de vodu — ele corrigiu automaticamente.

Balancei a cabeça, piscando.

— Pó de vodu? Sério?

Alex sorriu timidamente de novo.

— Sinceramente. Você pode comprar a versão falsificada em quase todas as ruas do Bairro Francês. Mas o que temos aqui é o produto autêntico. O clássico pó para banimento, bom para afastar maus espíritos.

— Ou espíritos em geral — murmurei, chutando a linha cinza sem sucesso. Virei-me para Alex. — Ruth realmente achou que isso era necessário?

Seu sorriso transformou-se em uma careta.

— O que posso dizer? Ela é uma mulher muito religiosa.

Eu bufei.

— Sim, a não ser pelo fato de que ela pratica magia e vodu nas horas vagas.

— Vodu *é* uma religião, Amélia. Muitas pessoas a praticam por aqui. Além disso, é uma religião que não exclui o cristianismo. Os videntes de Nova Orleans a seguem há séculos.

— E Ruth? — perguntei.

— Segundo Annabel, ela cresceu aqui. Então acho que ela importou alguns de seus princípios para Oklahoma. E então os trouxe de volta, obviamente.

— Bem — eu disse com um pequeno som de descontentamento —, acho que devo me considerar sortuda por eles não fazerem boneco vodu de fantasmas, hein?

Alex levantou as sobrancelhas de maneira sugestiva.

— Ah, mas eles fazem.

Joguei os braços para cima.

— Fantástico. Era tudo o que eu precisava.

— Não odeie a mágica — ele disse, rindo um pouco. — Odeie os mágicos.

Então, de maneira abrupta, sua expressão ficou séria. Ele caminhou de volta em direção à porta, com as mãos ainda nos bolsos, o rosto franzido e pensativo. Dessa vez não me afastei dele, mas me mantive onde estava, mesmo quando ele parou bem perto de mim.

Quando Alex se inclinou para se aproximar, minha respiração ficou presa na garganta inesperadamente. Então, de repente, ele se agachou. Observou o pó e, com um rápido movimento do pulso, empurrou metade dele para a terra de um canteiro de flores próximo. Ele limpou aquela mão em um dos joelhos da sua calça e então a usou para se apoiar e levantar.

— Pronto — ele disse, sorrindo para mim. — A casa é toda sua.

— Fácil assim? — fiquei espantada.

— Fácil assim.

Olhei pensativa para as pedras limpas.

— É estranho dizer que eu daria qualquer coisa para poder tocar em *sujeira*?

— Pó — ele me lembrou, rindo. Voltou para dentro passando pela soleira, virou-se no corredor para ficar de frente para mim, e então esticou sua mão com a palma voltada para cima.

— Vamos entrar? — ele perguntou.

Sem pensar, estiquei o braço para segurar na mão dele. Mas um pouco antes de nos tocarmos, parei. Meu braço ficou pendurado no ar até eu trazê-lo de volta de maneira abrupta para perto do meu corpo. Depois, simplesmente fiquei parada ali, estranha e tensa.

Eu não conseguia explicar muito bem por que quase peguei na mão dele, assim como não podia entender por que *não* tinha. Talvez porque eu só fora capaz de tocar uma pessoa viva desde a minha morte, e não queria que isso acontecesse de novo com outro menino vivo. Especialmente com alguém que eu tinha acabado de ter uma conversa surpreendentemente agradável. A ideia de que pudesse passar por algo como aquilo com alguém que não fosse Joshua parecia errado.

Sentindo-me estranhamente confusa e culpada, olhei de relance para o rosto de Alex. Na escuridão, não conseguia identificar sua reação muito bem. Imaginei ter visto mudanças no seu olhar: ansiedade, frustração, raiva... mas então, ele recobrou aquela expressão calma e divertida de antes.

Definitivamente percebi leveza em sua voz quando ele perguntou novamente:

— Então, Amélia: vai entrar ou não?

Balancei a cabeça, aliviada por ele não ter interpretado muita coisa na minha hesitação.

— Vou entrar. Claro.

Ele encostou-se a uma parede, para dar espaço para minha passagem. Dessa vez não hesitei. Entrei pela porta, deixando para trás a linha interrompida de pó de vodu.

No segundo em que passei por Alex, senti uma estranha onda de ansiedade. Pelo quê, eu não sei. Isso me deixou vagamente desconfortável, então me apressei, caminhando pela escuridão do corredor em direção ao *hall* da frente.

A não ser pelo barulho do relógio e um ronco ocasional e abafado vindo do andar de cima, a casa estava em silêncio. Caminhei com cuidado e subi os primeiros degraus da escada, movimentando-me com extremo cuidado. Mesmo que meus pés não pudessem fazer o chão estalar, estar em uma casa cheia de videntes adormecidos faz com que você seja discreta.

Assim que alcancei o primeiro andar, virei-me para Alex, que ainda esperava aos pés da escada com uma mão no corrimão. Levantei as sobrancelhas de maneira questionadora, e ele balançou a cabeça. Ele apontou várias vezes um dedo para o chão.

Esperando, ele fez com a boca. Ele traçou um retângulo no ar e então apontou para o teto, *Porta aberta. Pode ir.*

Acenei com a cabeça, feliz por não ter de passar por essa rotina novamente quando chegasse em meu quarto. Tinha acabado de me virar para continuar a subir as escadas quando parei.

Se Alex sabia que a porta para o sótão estava aberta, então significava que ele havia estado lá. No meu quarto.

Repentinamente desconfiada, olhei por sobre meus ombros para onde Alex estava até pouco tempo atrás. Mas ele devia ter ido para o quintal, porque o *hall* estava vazio a não ser por um tapete persa e o tique-taque do relógio do avô. Novamente, não escutei nada quando ele partiu.

Aquele garoto consegue desaparecer como um fantasma.

Então, de maneira inexplicável, estremeci. Por alguma razão, a visão do *hall* de entrada vazio me deu arrepios. Virei-me novamente para as escadas e comecei a subir apressadamente, esquecendo por um momento do meu cuidado para não causar barulho.

Capítulo QUATORZE

Tive de passar apenas vinte minutos em um silêncio nervoso, andando para lá e para cá no pequeno espaço do nosso quarto, antes de Joshua subir as escadas até o sótão.

— Você está aqui — ele disse em uma voz baixa e aliviada. O quarto era tão pequeno que um passo depois ele já estava ao meu lado. Sem dizer mais uma palavra, ele me puxou para perto dele. Não pude fazer nada a não ser me render a ele, passando meus braços em torno da sua cintura em um abraço brando, mas intenso.

— Eu juro — murmurei junto à camisa dele — que não devia sentir tanta saudade depois de só duas horas.

Ele riu lentamente e começou a passar os dedos pelas ondas dos meus cabelos.

— Na verdade, eu queria voltar imediatamente. Mas Annabel me disse para eu parar de ser um namorado perseguidor e deixar você um pouco sozinha.

Inclinei minha cabeça para trás e olhei para seus olhos escuros.

— Tive bastante tempo sozinha na última década.

Na minha cabeça, a voz sarcástica sussurrou: *E você terá muito mais em breve.*

Suspirei, tão baixinho, que duvido que Joshua tenha ouvido, e fiquei nas pontas dos pés para dar um selinho nele. Quando o beijo terminou, fiquei ali por um momento, esperando... por algo mais. Para sentir o calor saindo da sua pele, ou talvez o cheiro do seu perfume.

Mas não aconteceu nada. Nunca acontecia quando eu desejava muito.

Suspirei novamente e voltei a apoiar os pés no chão.

— Então... — disse, tentando esconder minha decepção enquanto passava as mãos pelas lapelas do seu blazer sem senti-las. — Você gostou do clube?

— Odiei — ele disse instantaneamente, e nós dois rimos. Seu rosto ficou sério. Ele colocou uma mecha do meu cabelo atrás da orelha, rápido demais para fazer minha pele formigar. — Você está pronta para me contar o que aconteceu lá? Porque não acreditei nem por um instante que você ficou com claustrofobia.

Levantei os ombros, voltando meus olhos para a pequena cama encostada na parede.

— Acredite, cara. Apenas um caso de lugar cheio demais. Mistério resolvido.

Joshua fez um leve som de troça.

— Você mente muito mal, sabia?

— Mas você ama que eu seja assim — provoquei, afastando-me dele e puxando uma de suas mangas de brincadeira. Se eu mantivesse as coisas leves, talvez ele deixasse a conversa para lá.

Estava tão concentrada em distraí-lo que ele me pegou completamente de surpresa com o que disse a seguir:

— Eu amo muitas coisas em você, Amélia — Joshua declarou, com uma voz grave.

Ai, meu Deus.

Engoli em seco, e então senti minhas bochechas queimando. Eu não estava esperando aquela resposta, ou seu significado óbvio. De repente sabia que se reconhecesse aquilo, finalmente faríamos aquelas confissões que esperava tão desesperadamente.

E evitei.

Mais uma vez, eu quis ceder. Dizer aquela palavra de quatro letras e fazer com que ela significasse alguma coisa. No lugar de *eu amo seus olhos* ou *eu amo sua risada*, dizer eu amo *você*. Só *você*.

Ao invés disso, comecei a balbuciar frases sem sentido.

— Sabe o que eu amo? Natal. Eu adorava o Natal desde que eu era pequena. Bom, pelo menos acho que adorava, já que ainda não recuperei essas memórias. Mas é razoável dizer que amava, não? A árvore, a comida, os presentes...

Joshua me interrompeu segurando meu braço, marcando meu pulso com um círculo de fogo. O calor sobrenatural do seu toque, no entanto, não era nada perto do verdadeiro fogo nos seus olhos. Ele parecia um homem prestes a dizer as palavras mais importantes de sua vida, e de repente me senti em silêncio, hipnotizada. Se eu tivesse um coração que funcionasse, agora seria a hora para ele disparar de maneira incontrolável.

Os lábios de Joshua se abriram — para me beijar ou para confessar alguma coisa, tinha certeza.

Mas para minha surpresa, ele não fez nenhuma das duas coisas. Ele fez uma longa pausa como se decidisse entre muitas opções e então me deu um sorriso torto.

— Quer saber qual é o seu presente de Natal, Amélia? — ele perguntou.

— Meu... o quê?

— Seu presente de Natal.

Tive dificuldades para entender as palavras dele e então, finalmente, tudo começou a fazer sentido.

— Isso... isso não é *justo*, Joshua.

Ele riu baixinho — obviamente feliz consigo mesmo.

— Quando foi que eu te disse que seria justo? — ele brincou.

Balancei a cabeça, sem me deixar intimidar.

— Joshua, eu não consigo nem fazer um enfeite de natal com canudinhos para você, pelo amor de Deus. Como vou comprar um presente?

— Eu também não comprei um pra você — ele me garantiu. — Eu nem tinha pensando em um presente até essa noite. Mas agora... bom, acho que é incrível.

— Ah, que ótimo — gemi, desanimada. — Toda vez que você toma uma decisão, é *impossível* fazer você mudar de ideia.

Seu sorriso se abriu.

— Sim, me torno um objeto impossível de tirar do lugar.

— Ah, é? — queixei-me. — E você já pensou que eu posso ser uma força impossível de deter?

Seu sorriso se suavizou e ele colocou seus dedos na curva da minha cintura.

— Se há alguma coisa nessa vida impossível de se deter, essa coisa é você, Amélia. Pergunte ao Eli.

Tentei não estremecer com a menção do nome de Eli. Ele me fazia pensar em outras coisas. Coisas que eu quase esquecia toda vez que olhava para os olhos de Joshua.

Sofri um ataque quase insuportável de culpa quando pensei sobre o presente de Natal que tinha planejado para Joshua: o abandono.

O abandono para protegê-lo, mas ainda assim uma separação. Sozinha ou andando por aí com um bando de fantasmas, eu não tinha nenhuma intenção de ficar.

— Amélia? Você ficou realmente brava por causa da história do Natal? Porque se você ficou...

A voz de Joshua me chamou de volta para o presente, em especial quando desapareceu. A incerteza em seu tom lembrou-me para ficar ancorada naquele momento. Eu tinha de maximizar meu tempo para que ele e eu pudéssemos lembrar dos nossos últimos minutos como momentos felizes — o que provavelmente não era bom para ele, mas uma necessidade para mim, se quisesse sobreviver pelo resto da eternidade sem ele.

Juntei toda a minha coragem e dei meu sorriso mais brilhante.

— Não estou brava. Nem um pouco. Mas eu tenho uma exigência, tá?

Joshua balançou a cabeça.

— Pode dizer.

Curvei um canto da boca para baixo e coloquei uma mão na frente da sua camisa.

— Deixe-me dar seu presente esta noite — disse, ronronando baixinho.

O prazer substituiu a surpresa momentânea nos olhos de Joshua.

— Eu não te impediria nem em sonho.

— Que bom — respondi, quase em silêncio. Então, sem aviso, pressionei minha mão contra o peito de Joshua. Com força.

A intensidade do meu toque fez com que ele perdesse o equilíbrio, e ele caiu na pequena cama, levando-me com ele. Na fração de segundos em que caímos juntos, interrompi sua risada surpresa com um beijo intenso.

Aterrissamos na cama numa confusão, puxando um ao outro em seguidos beijos, o mais rápido que pudemos. Os dedos dele passavam pelos meus cabelos, meus braços estavam em volta do pescoço dele: tudo parecia quente, fantástico e real.

Enquanto nos beijávamos, fiquei mais concentrada em Joshua. Mas aquela parte silenciosa e desesperada do meu cérebro continuava a pedir três coisas: que Joshua e eu nunca precisássemos parar de fazer isso; que quando inevitavelmente tivéssemos de parar, eu achasse um jeito de deixá-lo de maneira gentil e segura — para ele, pelo menos; e finalmente, que apenas naquela noite eu não tivesse de desaparecer do lado dele.

A manhã seguinte chegou rápido demais. Apesar de não termos feito muito mais do que nos beijar, queria passar o resto do dia curtindo nosso tempo juntos. Mas Joshua estava todo animado quando pulou da cama e vestiu rapidamente seus *jeans* novos e um blusão. Cedo demais, ele me arrastou escada abaixo e para dentro da sala de jantar minúscula onde a maioria do clã Mayhew estava reunida para o café da manhã. Mesmo ali — cercado pela família, amigos e um banquete de dar água na boca, com frutas, *bacon* e um ensopado típico — ele engoliu sua comida sem parar para conversar, e muito menos para respirar.

Enquanto ele colocava o guardanapo na mesa e agradecia sua tia Trish com um murmúrio, dei uma última olhada na sala. Mais uma vez Ruth não havia se juntado à família. Depois do pequeno truque com o pó da noite anterior, eu tinha grandes suspeitas de que aquilo tinha a ver com a minha presença. Mais uma razão para acompanhar Joshua em sua missão do dia e sair da casa da qual ela tentou me banir na noite passada.

Antes de sairmos, no entanto, percebi que outro rosto estava estranhamente faltando na mesa do café: Alex.

Exceto pelo seu líder, todo o bando de jovens videntes tinha descido para o café. Annabel, Drew e Hayley (que evidentemente tinha a permissão para dormir lá) estavam amontoados sobre xícaras fumegantes de café de chicória, cada um pior que o outro depois da noitada de ontem. Jillian também parecia inexplicavelmente cansada enquanto olhava com cara feia para sua tigela de frutas. Ela provavelmente andara de um lado para o outro em seu quarto a noite toda, reclamando em silêncio de sua trágica vida social.

Mas Alex deve ter preferido ficar na cama.

Estranho, pensei. Ele não me pareceu um tipo que gosta de acordar tarde. Então me lembrei de que praticamente não conhecia a maioria daquelas pessoas.

E dali a dois dias eu não as veria mais...

O toque quente da mão de Joshua sobre a minha me afastou daquele pensamento. Depois de lançar um olhar de consentimento para Annabel (que eu presumi saber o que era o meu presente), Joshua me arrastou gentilmente da mesa do café. Eu o segui até o *hall* de entrada — um lugar muito menos ameaçador à luz do dia — e depois até a calçada.

O Bairro Francês também parecia muito diferente ao sol. As ruas não eram mais misteriosas e sombrias, mas acolhedoras, com suas venezianas coloridas abertas. Apesar do luminoso ar de inverno, samambaias verdes caíam em cascata das varandas acima de nós, e algumas de suas gavinhas esticavam-se em direção ao céu. E apesar da casa dos Mayhew ficar em uma área bastante residencial do Bairro Francês, a calçada estava cheia de turistas com câmeras fotográficas nas mãos e moradores apressados carregando sacolas cheias de presentes de última hora.

Joshua apertou rapidamente minha mão antes de soltá-la para que pudéssemos nos movimentar de maneira mais discreta pela rua. Pelo canto da boca, disse:

— Seu presente está a duas quadras daqui. Tudo bem?

Apenas fiz que sim com a cabeça, absorvida demais com as imagens e sons do Bairro Francês para responder. Viramos uma esquina e atravessamos o que parecia ser uma rua mais comercial. Enquanto caminhávamos, não pude deixar de ficar com o queixo caído com as vitrines, que exibiam de tudo, desde móveis antigos e ornamentados até manequins com roupas horrorosas e perucas coloridas.

Quando atravessamos outra rua, vi um grupo colorido de músicos de rua a cerca de meia quadra a nossa frente, instalando alguns assentos improvisados perto de uma caixa de guitarra aberta no chão. Só quando Joshua e eu já não podíamos mais vê-los é que escutei a música: *jazz* clássico e exuberante... incrível, quando me dei conta de seus instrumentos surrados. Ouvindo a música desaparecer à distância, suspirei.

Para minha surpresa, minha próxima respiração trouxe com ela um leve perfume. Uma especiaria intensa e deliciosa sobreposta ao cheiro salgado dos frutos do mar, e gemi baixinho. Mais uma vez senti aquela onda bem conhecida de satisfação e frustração.

Ao ouvir meu gemido, Joshua se virou para mim com uma expressão preocupada. Balancei a cabeça, indicando que estava bem.

Ainda assim, seus passos diminuíram e ele olhou em volta na rua... para ter certeza de que não estava lotada demais, aparentemente, pois esticou o braço para trás para pegar minha mão. Enquanto ele me guiava por outra ruela, segurei firme, deixando o fogo de nosso toque se espalhar pelas veias do meu pulso.

Estava gostando tanto do formigamento eletrizante que não notei que Joshua e eu havíamos saído da área mais agitada do Bairro Francês. Quando reparei, percebi que as ruas espalhafatosas e ecléticas haviam desaparecido, dando lugar a um visual empoeirado e velho. Agora, as lojas eram mais acinzentadas, desgastadas. Elas também não ostentavam multidões de compradores. Na verdade, apenas outras duas pessoas estavam andando naquela rua. E a julgar pela pressa com que caminhavam, não estavam ali a passeio.

Então fiquei mais do que surpresa quando Joshua parou de repente diante de uma lanchonete com uma vitrine suja e rachada. Lá dentro, só conseguia distinguir o brilho de um neon, lançando sua luz sobre fileiras de mesas vazias. O lugar me fez pensar em algumas palavras, "rústico" e "sombrio" por exemplo.

Joshua tirou um pedaço de papel do bolso, desdobrou-o e franziu a testa para um monte de rabiscos. Ele olhou para a lanchonete — Café Conjuro, segundo a tinta vermelha apagada da vitrine — e, então, de novo para o papel.

— Ei, Joshua? — adiantei-me. — O que estamos fazendo aqui?

— Não quero te dizer, mas talvez eu precise te avisar antes que... — disse pensativo, mais para si mesmo do que para mim.

— Avisar o quê? — exigi saber.

Ele me lançou um sorriso ansioso. Então virou sua cabeça na direção da lanchonete.

— Bem... seu presente... meio que está lá dentro.

Fiquei pálida.

— Lá *dentro*? O que você está tentando me dar, a Peste Negra?

Ele balançou a cabeça, rindo nervosamente.

— Não vamos ficar na lanchonete, Amélia. Vamos para os fundos. Para a cozinha, acho.

— Joshua, querido, agradeço o esforço, mas não acho que preciso ver as obras de arte do Café Conjuro sendo feitas.

— Juro que isso não tem nada a ver com comida — ele insistiu. — Deveríamos encontrar alguém aqui, só isso.

— Quem? — engasguei, tentando não imaginar alguém segurando meu presente com uma mão e um martelo de carne na outra.

Joshua hesitou, prestes a me dizer alguma coisa. Então balançou a cabeça novamente, obviamente mudando de ideia.

— Por favor, Amélia. Confie em mim.

Afastei meus olhos dos dele e fitei o interior da lanchonete. Quando me virei novamente para Joshua, praticamente tive que arrancar meu lábio inferior do meio dos meus dentes para responder.

— Contra o meu bom-senso, confio em você. Mas se eu vir um barbeiro demoníaco lá dentro, tenha certeza de que vou correr na direção contrária, e você vai ficar por conta própria.

— Combinado! — Joshua exclamou, soltando uma risada sufocada que me fez pensar no que o deixava mais nervoso: minha possível reação ao presente ou o fato de que ele tinha de entrar naquele lugar para buscá-lo.

Antes de eu ter a chance de perguntar, ele passou na minha frente e subiu os dois degraus despedaçados que levavam à porta de entrada do Café Conjuro. Ele empurrou a porta, segurando-a aberta para mim, já que não tínhamos plateia. Engoli em seco para tomar coragem e fiz um pedido silencioso para não ganhar de volta meu olfato enquanto estivéssemos lá. Segui Joshua para dentro da lanchonete.

O sino em cima da entrada soou levemente quando a porta fechou atrás de nós. Olhei para cima rapidamente, preocupada que um cliente pudesse ter visto Joshua segurando a porta aberta para o ar. Mas ninguém ocupava as mesas espalhadas aleatoriamente perto das janelas.

Enquanto Joshua e eu nos movíamos cautelosamente em direção aos fundos do salão, continuei observando o lugar. Além do fato de ser o restaurante mais vazio de Nova Orleans, algo naquela lanchonete parecia... esquisito.

As poucas mesas não traziam nada do que costumamos ver em restaurantes normais: porta-guardanapos, pacotinhos de açúcar, saleiros ou pimenteiros. Na verdade, não parecia haver cadeiras suficientes para servir um pequeno grupo. Também não vi nenhuma caixa registradora. Nem mesmo no longo balcão nos fundos, perto do qual um garçom entediado folheava uma revista velha.

Algo me disse que, se havia pessoas que frequentavam aquela lanchonete, não era pela comida. Minhas suspeitas só aumentaram quando Joshua e eu chegamos perto do balcão dos fundos.

O garçom, um homem com o rosto todo esburacado que parecia ter bem mais de cinquenta anos, praticamente não se mexeu quando Joshua inclinou-se sobre o balcão diante dele. Finalmente, depois de ser ignorado por mais tempo do que o tolerável, Joshua limpou a garganta.

— Eh, com licença? — ele disse, olhando para o pedaço de papel uma última vez. — Estou procurando... Marie?

Ainda em silêncio, o garçom levantou um braço e apontou para um corredor fechado com uma cortina nos fundos do restaurante.

— A gente pode... quero dizer, posso entrar? — Joshua perguntou.

O garçom apenas fez que sim com a cabeça sem tirar os olhos da revista. Joshua me encarou e levantou os ombros. Eu podia ver meu desconforto refletido nos olhos dele, mas também via sua determinação de levar o projeto adiante. Mordendo os lábios, acenei com a cabeça relutante.

Caminhamos juntos em direção à cortina, e minha apreensão aumentava a cada passo.

— Você não quer me dar nenhuma dica do que estamos fazendo aqui? — murmurei, agradecida pelo garçom ter nos ignorado completamente.

Minha pergunta deve ter deixado Joshua desconfortável, pois ele parou com a mão a apenas alguns centímetros de abrir a cortina. No sussurro mais leve que ele conseguiu emitir, disse:

— Eu dou se você prometer que não vai ficar brava.

— Eu nunca poderia ficar brava com você — cochichei de volta. — Mas você tem essa habilidade incrível de me assustar.

Joshua mordeu o lábio — um péssimo hábito que ele obviamente havia aprendido comigo — e seu olhar se fixou na cortina fechada. Ele permaneceu em silêncio por tanto tempo que fiquei impaciente.

— Você pelo menos pode me dizer onde estamos? Quero dizer, onde estamos *de verdade*?

Sua mão ficou pendurada perto da cortina por mais um instante, e então, como se fosse me responder, ele afastou o tecido.

Por quase um minuto, eu não fazia ideia do que estava vendo. Ao invés de uma cozinha estéril e iluminada, essa lanchonete tinha uma espécie de estoque cavernoso nos fundos. Pelo menos era isso que parecia à primeira vista.

A sala possuía teto baixo e paredes estreitas pintadas de marrom escuro cheias de prateleiras intermináveis que estavam lotadas de vidros, livros e pequenas estátuas. Um candelabro entalhado grosseiramente piscava pela névoa escura da fumaça que saía de vários incensários.

Observei mais de perto os pós e líquidos dentro dos vidros e as estátuas com cara de esqueleto em volta deles. Então, dei um passo para trás.

— Ai, meu Deus — sussurrei entre os dentes. — Você me trouxe em uma loja de vodu.

Capítulo QUINZE

Meu cérebro estava no processo de enviar um sinal de "fuga" para os músculos quando Joshua começou a cuspir uma enxurrada de palavras, metade das quais não fazia o menor sentido.

— Eu sei que você está brava — ele se apressou em dizer —, mas eu tinha de contar para a Annabel sobre os problemas que você estava tendo com as materializações, e sobre os seus pesadelos e preocupações, e então ela me contou sobre esse lugar e como eles poderiam te ajudar a se sentir melhor, mais "em paz", ou tipo isso. E talvez isso tenha sido uma má ideia, mas eu queria tanto te ajudar que meio que...

Enquanto Joshua gaguejava durante a explicação, senti minha visão ficar embaçada de raiva e medo. Mas antes de eu ter a chance de acabar com ele, alguém roubou minha cena.

— E você, quem seria?

Joshua e eu nos viramos ao mesmo tempo em direção àquela voz fina que veio de um canto longínquo e pouco iluminado da sala. Ali, escondida sob uma montanha de ervas secas, consegui apenas perceber a silhueta de uma pessoa.

Quando a silhueta se mexeu, dei um passo para trás sem pensar. Mas endireitei a coluna, preparando-me para o que pudesse vir daquela escuridão. Depois que a silhueta se revelou por inteiro, soltei um pequeno suspiro de alívio.

Pelo que pude perceber, a imponente mulher negra que saíra da escuridão não era um demônio nem um fantasma. Milhares de rugas se espalhavam pelo seu rosto, em torno das quais apenas alguns fios de cabelo branco — soltos de um coque puxado — se enrolavam. Ela segurava as mãos de maneira formal diante do vestido e olhava desconfiada para Joshua.

— Você é a Marie? — Joshua perguntou.

À luz crepitante das velas, pensei ter visto a mulher sorrir.

— Depende de quem está perguntando — ela disse.

— Hum... eu? — ele tentou.

— Eu, quem?

Dessa vez eu definitivamente ouvi uma risada dançando entre suas palavras. Seja lá por qual razão, ela estava se divertindo um pouco à custa do jovem que tinha entrado em sua loja de maneira tão ingênua.

Joshua, obviamente intimidado por aquela mulher, deu um passo hesitante para a frente e estendeu sua mão para ela.

— Joshua Mayhew, senhora. Minha prima, Annabel Comeaux... me indicou a senhora?

A mulher ignorou a mão de Joshua.

— Nunca ouvi falar nessa garota.

Agora seu tom era frio e inflexível — todo o seu bom humor havia desaparecido como fumaça de incenso. Ela permaneceu imóvel no canto, com as mãos ainda colocadas de maneira rígida diante dela.

— Uma pessoa de que gosto precisa de ajuda com sua... vida após a morte. Minha prima me informou que você era uma pessoa que poderia fazer coisas assim.

Um facho de luz passou pelo rosto da velha senhora, revelando uma sobrancelha arqueada.

— E o que você acha que eu poderia fazer pela vida após a morte dessa pessoa, meu jovem? — ela perguntou.

Joshua olhou rapidamente para mim.

— Você poderia ajudá-la a entender melhor porque ela é... *como* ela é, talvez? Ajudá-la a aprender como os mortos podem controlar coisas. Como *ela* poderia controlar coisas.

Antes de terminar seu pedido, a velha balançou a cabeça com veemência.

— Eu não presto esse tipo de serviço, menino. Posso ajudar a protegê-lo de um fantasma que queira machucá-lo, ou fazer uma oferenda para um espírito. Mas não tenho a intenção de guiar espíritos. Além disso, meus encantamentos são para os vivos... para que tenham sorte, poder ou dinheiro. Se você quiser alguma dessas coisas, posso ajudá-lo.

— Não — Joshua insistiu. — Isso não é para mim. É para alguém que já morreu. Eu quero que você *a* ajude.

— Já disse, menino, não vou fazer isso. — Ela soltou as mãos e cruzou os braços sobre o peito mirrado. — Como você obviamente não ouve... e suspeito que você esteja amaldiçoado por esse espírito... vou pedir que vá embora agora.

Ela não consegue me ver, percebi. Ela não olhou nenhuma vez na minha direção, e havia apenas *suspeitado* que Joshua estivesse amaldiçoado. Apesar de todas as suas poções e pós, ela não tinha a visão que Joshua e sua família possuíam.

Virei-me para dizer isso a Joshua, mas ele estava muito concentrado em sua tarefa para me ouvir.

— Não estou amaldiçoado — ele respondeu nervoso. — Apenas preciso da sua ajuda. Você está se recusando a fazer isso por mim porque não quer fazer nada, ou porque não consegue?

Agora Joshua tinha ido longe demais. Não percebi que a mulher era mais alta do que parecia; mas quando ela se levantou, ela parecia enorme diante de nós. Sua aparência frágil havia desaparecido, assim como sua voz fina e tremida.

— Você *vai* sair — ela ordenou em uma voz grossa e ressoante que pareceu reverberar muito mais alto do que deveria naquele quartinho.

— Mas...

De repente, do outro canto do quarto, um barulho de vidro se quebrando interrompeu a objeção de Joshua, e os três se viraram para aquele som.

Quase que imediatamente a mulher proferiu uma maldição desconhecida e puxou um nó eriçado do que parecia ser cabelo de dentro do bolso de seu vestido. Ela o esfregou furiosamente enquanto atravessava a sala e então se abaixou para examinar os restos do pote de vidro que havia caído no chão.

Joshua e eu, no entanto, estávamos mais concentrados na pessoa que o havia derrubado. Ela estava na frente da porta que levava para a parte dos fundos do café, e agora nos encarava no que só podia ser descrito como choque.

Mesmo nessa sala escura eu podia dizer que ela era uma das pessoas mais bonitas que já vira de perto. Parecia ter a minha idade — talvez um pouco menos —, mas era muito mais alta e curvilínea do que eu. Sob um penteado afro maravilhoso, sua pele macia cor de café com leite se harmonizava perfeitamente com seus olhos azuis radiantes.

Olhos que estavam fixos em mim.

A menina soltou uma sequência incrivelmente vulgar de palavras. Então seu olhar voltou-se para o da velha, que havia começado a juntar os cacos de dentro de uma poça do que seja lá que estivesse dentro do vidro. A menina apertou os lábios, obviamente indecisa sobre algo, antes de soltá-los para dar um leve assobio.

— Desculpe, Marie — a menina murmurou. — Eu limpo isso depois do meu intervalo.

A velha ignorou o pedido de desculpas e continuou a se mover entre a bagunça ensopada, falando consigo mesma em alguma língua estrangeira. Aparentemente aquela garota era sua funcionária, e, pelo visto, era atrapalhada.

— Desculpe — a garota repetiu sem muito entusiasmo. Então, depois de levantar os ombros de maneira desrespeitosa para a sua chefe, que não respondia, ela passou entre Joshua e eu, sem olhar para a nossa cara.

Depois que a garota abriu um pouco a cortina, no entanto, ela parou. Em um leve sibilado — tão baixo que quase não consegui ouvir — ela suspirou:

— Vocês dois, fora. Agora.

As palavras "vocês dois" ficou ecoando na minha cabeça mesmo depois que ela saiu apressada e a cortina voltou ao lugar.

Depois disso, a sala ficou completamente em silêncio a não ser pelos sons molhados dos esforços de limpeza de Marie. Joshua e eu ficamos parados no lugar até — finalmente — trocarmos olhares confusos e apreensivos.

Ele virou sua cabeça para a cortina. *Vamos?* Ele fez com a boca.

Segurando meu lábio inferior com os dentes, olhei para Marie. Ela não havia parado com seu murmúrio de frustração nem havia tirado os olhos do vidro quebrado e de seu conteúdo. Claramente, a bagunça fez com que fôssemos esquecidos. O que provavelmente significava que ela não iria colocar um mau-olhado em nós por termos a atrapalhado.

Virei para Joshua, coloquei meu indicador sobre os lábios, e pisquei meus olhos na direção de Marie. Entendendo o que eu queria dizer, ele fez que sim com a cabeça e afastou a cortina para mim. Da maneira mais silenciosa possível, saímos da sala e passamos apressados pela lanchonete antes que alguém pudesse nos deter. Joshua abriu a porta fazendo o menor barulho possível, e praticamente saímos correndo. Passamos como um raio pelos degraus despedaçados, parando apenas quando nos demos conta de que a garota da loja havia mesmo nos esperado do lado de fora como prometera.

Ela estava encostada nos tijolos cinzas de um prédio, fora da vista da janela da lanchonete. Como ela tinha saído apressada sem seu casaco, agora esfregava furiosamente as mãos contra os braços nus numa tentativa de se proteger do vento. Realmente, sua roupa toda — um vestido ondulado cor de bronze sobre pernas nuas e botas cinzas até a coxa — parecia pouco apropriada para o inverno. Não me surpreendi quando ouvi seus dentes batendo ao nos aproximarmos.

Apesar do seu desconforto óbvio, ela foi direto ao ponto. Joshua mal conseguiu se apresentar quando ela o interrompeu com um aceno de mão.

— Não se preocupe, pombinho — ela disse. — Peguei todas as informações lá nos fundos do Conjuro. As paredes não são muito grossas, você sabe.

Joshua assentiu com a cabeça, parecendo aliviado por não precisar repetir a mesma história.

— Então você já sabe por que preciso de ajuda? — ele perguntou. — E para quem preciso?

A menina apontou sua cabeça na minha direção:

— Para a Princesa Pálida aqui, certo?

— Desculpe? — eu disse, cruzando meus braços de maneira defensiva. — Não sei se você ouviu *o que* eu sou, mas eu não tive a oportunidade de me bronzear ultimamente.

— Tá, tá, tá — ela disse com outro gesto de menosprezo. — E tenho certeza de que também existe uma história fascinante sobre como você ficou presa nesse vestido. Mas estou mais interessada no que os trouxe aqui hoje.

Joshua começou a falar, mas ela o interrompeu novamente com um suspiro impaciente.

— Sem ofensa, pombinho, mas eu prefiro ouvir direto da fonte.

Entortei um canto dos meus lábios.

— A fonte seria eu?

— Sim, a fonte é você. Então me diga, princesa, o que há de tão errado com você que precisa de vodu para consertar?

— Nada — disse francamente. — E por falar nisso, meu nome não é Princesa. É Amélia.

Um leve sorriso cruzou os lábios dela.

— Oi, Amélia. Sou Gabrielle... serei sua sacerdotisa vodu esta noite.

— Você espera que a gente acredite que *você* é uma sacerdotisa vodu? — zombei.

Gabrielle levantou um ombro.

— Você é que vai me dizer, Amélia. Entre eu e Marie lá dentro, qual de nós duas pode enxergá-la de verdade?

Bufei baixinho:

— Isso só faz de você uma vidente.

— Sim, faz. Mas aposto cinquenta mangos como você já conheceu alguns videntes poderosos, não?

Fechei a boca; ela tinha me pegado. Segundo a minha experiência, um vidente entendido tinha a habilidade de afetar os mortos de maneiras bastante intensas.

Encontrei os olhos de Gabrielle e vi um brilho de vitória. Ela acenou com a cabeça para mim, de maneira quase imperceptível, e então recomeçou o discurso de forma bem direta.

— Falando em cinquenta mangos — ela disse, virando-se para Joshua —, essa é a minha taxa para ajudá-los hoje à noite.

— Mas ainda não explicamos o tipo de ajuda que estamos pedindo — ele lembrou.

Gabrielle balançou a cabeça, fazendo com que seus delicados brincos prateados tilintassem.

— Não precisa. Aposto que é o de sempre: não consegue tocar coisas, não consegue controlar seus desaparecimentos.

Joshua e eu trocamos um olhar significativo. Odiava ter de admitir, mas aquela garota conhecia seus fantasmas.

— É... mais a segunda coisa — Joshua delimitou, e eu o abençoei em silêncio por não confessar outras coisas que eram pessoais demais.

— Hum — Gabrielle pareceu um pouco surpresa. — Bom, seja lá qual for o problema, acho que posso dar um jeito.

— Mesmo?

Não importa quanta discrição ele tivesse demonstrado até agora, a exclamação de Joshua definitivamente tinha revelado demais — eu podia ver nos olhos azuis de Gabrielle. Mais uma vez a vitória brilhava como uma chama ali.

— Mesmo, pombinho. — Ela esfregou as mãos, em triunfo ou para esquentá-las, não sei dizer. — Então vai ser assim: vocês me encontram hoje à noite, dez minutos antes da meia-noite, no Cemitério de St. Louis Número Um. É um cemitério vertical na Rua Basin, perto do hotel Iberville. Normalmente ele é trancado às 3 da tarde, mas vocês vão achar uma maneira de passar pelo portão principal. Quando estiverem lá dentro, vão em direção ao centro até encontrarem uma cripta alta de concreto que foi pintada de cor de tijolo. Não tem como não ver, é ao lado do túmulo que parece uma mesa de jantar. Quando vocês chegarem lá, começamos a cerimônia.

Coloquei minha mão no braço de Joshua antes que ele pudesse concordar em nosso nome novamente. Lembrando de algo que Rebecca havia comentado durante a viagem de carro ontem, franzi a testa.

— Os cemitérios não são perigosos sem um guia? — perguntei. — Especialmente à noite?

Gabrielle soltou uma gargalhada.

— Bem, você já morreu, então não precisa se preocupar. E você — disse, virando-se para Joshua e dando uma checada completa nele —, talvez devesse levar um bastão de beisebol ou coisa parecida.

Eu resisti, mas Joshua acenou com a cabeça de forma decidida.

— Combinado — declarou, e esticou sua mão para que ela a apertasse.

Pela primeira vez naquela manhã, a confiança de Gabrielle parecia falhar. Depois de toda aquela bravata, não imaginava que algo tão inofensivo quanto um aperto de mão pudesse incomodá-la. Mas ela ficou olhando para a mão esticada de Joshua como se qualquer contato físico com ele pudesse resultar em algo terrível. Sua demissão, talvez? Não conseguia ler o motivo em seu rosto...

— Não posso, pombinho — ela disse com uma voz estranhamente sufocada. — Apertar a mão é, hum... algo que não se pode fazer no vodu.

Joshua deixou seu braço cair ao lado do corpo com um sorriso embaraçado.

— Desculpe. Na verdade, eu ainda não conheço as regras.

Mais uma vez Gabrielle levantou os ombros — um gesto de indiferença estudada que eu estava começando a reconhecer.

— Mas vocês precisam ir embora daqui antes que Marie perceba que estou demorando muito na minha pausa para o cigarro.

Ela não precisou dizer duas vezes. Peguei a mão de Joshua — um movimento que Gabrielle observou atentamente — e agarrei-a.

— Você ouviu a garota — murmurei. — Vamos sair daqui.

Mas Joshua permaneceu firme no lugar. Como se não pudesse deixar de ser educado, ele deu um sorriso agradecido para Gabrielle.

— Obrigada por nos ajudar. De verdade.

— Tá, tá, tá. — Gabriele abaixou a cabeça e fez um leve movimento de "psiu" com sua mão. — Vejo vocês hoje à noite no St. Louis. Agora, sério, deem no pé.

Dessa vez não deixei Joshua expressar mais nenhuma gratidão. Puxei sua mão o mais forte que pude, sentindo as pontadas de calor do nosso toque se espalharem até meus ombros. Finalmente, Joshua entendeu. Sorriu, pedindo desculpas, e, sem dizer mais uma palavra a Gabrielle, virou-se comigo para se afastar daquela lanchonete, daquela rua, daquele bairro, o mais rápido que conseguíssemos sem correr.

Capítulo DEZESSEIS

Assim que viramos a esquina da Ursulines, soltei a mão de Joshua. Quando ele fez um leve som questionador, olhei para a direita — para longe dele — e fiquei pelo menos a trinta centímetros de distância dele. Não havíamos dito uma palavra ou olhado um para o outro durante todo o caminho de casa, e eu não pretendia mudar aquilo agora.

Ainda sem conversar, segui Joshua até a casa e esperei enquanto sua mãe lhe dizia que Annabel e companhia haviam saído para fazer um passeio em Lafayette (deixando-me sem a opção de acabar também com a Annabel). Ao ouvir isso, Joshua olhou hesitante na minha direção. Recusei-me a trocar olhares com ele, preferindo ficar em silêncio enquanto ele cumprimentava o restante da família e então me levava para fora.

Lá, apenas alguns sons ecoavam no quintal: os galhos do carvalho acima de nós raspando uns nos outros e o barulho que as duas cadeiras fizeram quando ele as afastou das mesas para que pudéssemos nos sentar.

Durante todo esse tempo, Joshua manteve a boca fechada. Assim que nos sentamos, no entanto, ele me fuzilou com aqueles dois olhos azuis... provavelmente prevendo o efeito que eles teriam sobre mim. Ele claramente queria saber o que eu pensava sobre tudo o que tinha acabado de acontecer. Eu podia dizer pela maneira frenética com que ele passava os dedos na manga de seu blusão.

Mas eu ainda não estava pronta para contar a ele minha reação. Não antes de controlar melhor meus pensamentos, que no momento gritavam para mim que, se Joshua estava procurando uma medida tão drástica, então ele sabia, assim como eu, que nosso relacionamento estava fadado ao fracasso. Claro que outro conjunto de pensamentos dizia que eu não queria que aquilo fosse verdade. Não agora, nem nunca.

Conforme os minutos passavam, os galhos continuavam a bater uns contra os outros fazendo barulho sobre as nossas cabeças, por causa da ventania que passava pelas ruelas ou pela força sobrenatural das minhas emoções — eu não tinha certeza. Finalmente, depois do que pareceu uma eternidade para Joshua, olhei para ele.

— Então — disse, controlando muito a voz —, aquele era o meu presente de Natal?

— Aquele *ia ser* o seu presente de Natal — ele explicou, cauteloso. Então se inclinou para a frente, observando-me. — Mas você se incomoda com isso, não? Mesmo depois de descobrir por que quis fazer aquilo.

Apesar do esforço de manter meu olhar firme, desviei os olhos para as minhas mãos, que eu havia começado a torcer sem querer no meu colo.

— Sim — disse, então balancei a cabeça. — Não. Eu não sei.

Com o olhar ainda baixo, suspirei profundamente e afundei na cadeira. Como era de se esperar, Joshua aproveitou a oportunidade que minha ambivalência criara. Ele se inclinou para mais perto ainda e colocou seu indicador debaixo do meu queixo, levantando minha cabeça até eu olhar para ele novamente.

— Não vou te forçar a nada — ele disse gentilmente. — Eu já fiz isso antes, com diferentes resultados.

Eu sorri para ele de maneira tensa, com os lábios cerrados.

— Não posso dizer que não fiz isso com você também. Como no celeiro do O'Reilly, por exemplo.

Joshua riu baixinho. Mantendo seu dedo sob o meu queixo, ele começou a acariciar minha bochecha com seu dedão. Onde ele tocava, o calor irrompia formando um arco. Como se fosse um *blush*, só que melhor.

Dessa vez, não afastei meus olhos dos dele. Encarei-o até mergulhar no azul da meia-noite. Até todas as minhas preocupações se acalmarem e deixarem-me mais tranquila.

Assim, calma e decidida, dei um sorriso largo e forte para ele — que eu não senti necessariamente, mas que tive vontade de dar.

Joshua sorriu de volta.

— Esse sorriso quer dizer que você não me odeia?

Coloquei minha mão sobre a dele, parando seu dedão e aumentando o calor sobre a minha bochecha. Não disse nada. Mas um lado irresponsável de mim desejou que ele lesse uma resposta nos meus olhos que revelasse que eu nunca poderia odiá-lo quando o amava tanto.

Depois de um longo silêncio, apertei sua mão e então a soltei. Com uma voz suave, quase desconhecida, disse:

— Você não vai poder colocar a culpa nos seus primos por ficar fora até mais tarde hoje à noite. Então é melhor a gente começar a pensar em alguma desculpa para você ter que sair à meia-noite. Senão, a gente vai ter que sair sem que ninguém perceba.

Joshua levantou uma sobrancelha.

— Ah, é mesmo?

— Mesmo.

— O que fez você mudar de ideia?

— Eu não tinha decidido *contra* a ideia — disse. — Ela só me pegou de surpresa, só isso.

— E... agora?

— Agora eu quero ver o que vai acontecer. Ver se ela consegue me ajudar a controlar as materializações e os sonhos esquisitos.

Ou até me ajudar a proteger as pessoas de que gosto sem ter que fugir ou me juntar a um bando de fantasmas rotos, pensei. *Não custa nada perguntar quando a gente estiver lá.*

O meio sorriso surgiu de novo nos meus lábios, ajudando-me a impedir que aqueles pensamentos se refletissem no meu rosto.

— Só me prometa uma coisa, tá bom?

— Qualquer coisa — ele disse sinceramente.

— Se ela estiver mentindo, e na verdade estiver do lado da Ruth... e se ela acabar tentando me exorcizar...

— A gente sai correndo de lá — ele terminou, e então me deu um sorriso surpreendentemente voraz. — E não damos os cinquenta mangos para ela, claro.

Eu ri.

— Claro.

Minha risada era tudo o que Joshua precisava. Repentinamente empolgado, ele juntou minhas mãos e me puxou gentilmente até eu ficar sentada na beirada da cadeira. Com os lábios muito próximos dos dele.

— Eu realmente quero ajudar você hoje à noite — ele sussurrou, novamente sério.

Respirei fundo, o que trouxe um leve aroma de sua colônia. Quando o cheiro evaporou, eu balancei a cabeça levemente tonta. Deixei Joshua me segurar lá — na beira da minha cadeira, à beira de algo potencialmente momentâneo.

Mas eu não disse — e não diria — a verdade a ele. Que eu estava morrendo de medo.

Não de que eu fosse ver os fantasmas ou demônios da noite anterior passando a hora macabra no que deveria ser o lugar mais assombrado de Nova Orleans. Nem de que Gabrielle — que me pareceu ser alguém com mais do que apenas algumas segundas intenções — pudesse me machucar.

Eu *estava* um pouco assustada com essas ameaças reais, obviamente. Mas não eram elas que enchiam meu coração de uma espécie de pavor paralisante; não eram elas que eu estava tentando esconder do olhar atento de Joshua.

Porque, no final das contas, eu tinha mais medo do que poderia acontecer se Gabrielle não pudesse fazer nada por mim.

O sol se pôs muito rápido naquela noite, desaparecendo por trás dos telhados de ardósia do Bairro Francês e deixando as ruas às sombras. Eu estava sentada sozinha nos degraus da frente da casa, com meus braços em volta das minhas pernas, observando a escuridão descer.

Lá dentro, podia ouvir as vozes do clã Mayhew amontoado em torno da mesa do jantar. Amanhã, o grupo todo iria a um dos muitos restaurantes refinados do Bairro Francês para comemorar a noite de Natal em grande estilo. Mas naquela noite eles deviam jantar juntos em casa, preenchendo cada centímetro disponível do primeiro andar.

As únicas exceções a essa tradição eram os jovens videntes, que ainda não haviam voltado do seu passeio até Lafayette. (Não lembro quais eram as regras do toque de recolher dos meus pais, mas imagino que elas fossem bem menos relaxadas do que as dos Mayhew.) Sentada do lado de fora, fiquei pensando se Joshua sentia a falta da companhia deles.

Se eu ouvisse com cuidado o vozerio, poderia distinguir claramente a sua voz quando ele ria e fazia piada com seus primos mais novos. Se me levantasse, tenho certeza de que poderia espiar pela janela da frente e vê-lo sentado perto dela para poder ficar de olho em mim.

Levando em consideração o que poderíamos enfrentar em algumas horas, eu provavelmente não deveria ocupar um lugar secreto ao lado dele naquela sala de jantar lotada. Especialmente quando ele me avisara que aquele primeiro jantar em família poderia ir noite adentro, o que não nos daria nenhum tempo a sós antes de termos de ir para o cemitério.

Mas, como um coelhinho assustado, saí correndo da casa minutos depois de ver de relance alguém que não esperava ver nunca mais.

Eu vira Ruth antes de qualquer um da família, de pé no alto da escadaria principal. Nas sombras, ela parecia uma heroína envelhecida de um filme de época, alta, grandiosa e nobre, com uma mão no corrimão e a outra segurando o xale.

Por um breve instante, pensei em confrontá-la — marcando minha presença naquela casa por mais que pretendesse ocupá-la por um tempo limitado.

Porém, quando ela deu alguns passos indecisos para descer a escada, caminhei em direção à porta da frente, quase empurrando Joshua contra ela e implorando para que ele me deixasse sair. De alguma maneira, estar do lado de fora parecia mais seguro do que ficar lá dentro com ela.

Mas antes de Joshua fechar a porta atrás de mim, um facho de luz da sala de jantar iluminou o rosto dela. Naquele momento, engasguei. Apesar da porta fechada, fiquei boquiaberta com o choque.

Não fazia ideia de que alguém podia envelhecer tanto em apenas três meses, mas naquela noite Ruth Mayhew nem parecia ser a mesma pessoa. Seu cabelo grisalho brilhante tinha ficado opaco, e sua pele havia caído ainda mais. Ao invés de caminhar ereta, agora ela se arrastava como uma velha. E o pior de tudo, seus olhos, normalmente afiados como os de uma águia, pareciam avermelhados e perdidos.

Tá certo que ela estava saindo do estupor de uma enxaqueca de dois dias; qualquer um ficaria com a aparência terrível depois de algo assim. E ela obviamente tinha tido energia, em algum momento entre a minha chegada a Nova Orleans e o instante em que voltei da Praça Jackson, para decorar a entrada dos fundos com pó vodu.

Mas enquanto a observava pela janela da sala de jantar, não pude deixar de notar que seus parentes a tratavam como uma inválida. Eles praticamente a carregaram até a mesa e, depois que a acomodaram na cadeira, amontoaram-se ao seu redor, como se ela não pudesse nem levantar uma colher. O que, a julgar pelas suas mãos trêmulas, ela não conseguia mesmo fazer.

Apesar das coisas horríveis que ela dissera e fizera para mim, eu sentia uma estranha empatia por ela. As pessoas envelheciam, morriam — eu sabia melhor do que ninguém. Mas isso não queria dizer que desejava isso para ela. Nem queria que Joshua precisasse assistir a isso em primeira mão. Claro que não havia nada que eu pudesse fazer para evitar. E mesmo se pudesse, tenho certeza de que Ruth ainda usaria o resto de suas forças para me banir para a Antártica ou algum lugar igualmente desagradável.

Então, não importa o quão fraca e encolhida ela parecesse naquele instante, nem quanta empatia sua aparência pudesse despertar. Aquela mulher *ainda* era Ruth Mayhew. E como eu não tinha a menor intenção de irritá-la, fiquei de fora, sozinha com meus pensamentos sombrios.

De todo modo, disse a mim mesma, *hoje à noite já vai ser difícil o suficiente sem colocá-la no jogo.*

Como se respondesse ao meu estado de espírito, os lampiões a gás acima de mim crepitaram violentamente, enviando um exército de sombras para dançar do outro lado da rua. O movimento me assustou, e aproximei minhas pernas ainda mais do peito. Podiam dizer que eu estava ficando louca, mas inimigos que estavam ficando velhos, sombras que pulavam e rituais à meia-noite estavam me deixando mais assustada do que de costume.

A imagem de outro cemitério mais conhecido no interior de Oklahoma surgiu na minha mente, e parecia que eu não conseguia me livrar dela. Conforme a noite caiu, ponderei sobre as formas das letras na minha própria lápide, sobre a maneira como o concreto ficava ao pôr do sol, a curva do chão sobre o meu túmulo...

Finalmente, depois de quase uma hora de tortura, gemi alto. Passei as mãos pelo meu cabelo, cobri o rosto com elas por um instante, e então encostei a cabeça contra a parede de tijolos atrás de mim. Eu precisava pensar sobre outra coisa enquanto esperava que Joshua saísse de fininho. Se não, eu realmente *ficaria* maluca.

Então, ao invés disso, imaginei o campo com o qual sonhara durante a viagem de carro para Nova Orleans. Imaginei a grama verdinha e o céu azul infinito. Pensei na minha mãe e no meu pai, sentados ao meu lado em uma manta estendida sobre um tapete de flores silvestres. Fingi que podia sentir o sabor da comida do nosso piquenique, o cheiro das flores quando a brisa passava por elas, e o sol sobre a minha pele.

E como eu estava realizando todos os meus desejos nessa pequena fantasia, acrescentei Joshua à cena. Ele aparecia sentado perto do meu pai, rindo com ele sobre alguma coisa que minha mãe acabara de dizer. No sonho, Joshua ainda falava com o meu pai enquanto esticava o braço por cima da manta e pegava na minha mão — um toque real, sem faíscas ou eletricidade, mas de alguma maneira melhor. Muito melhor.

Suspirei contente, estiquei minhas mãos e espreguicei satisfeita. Mas no segundo em que meus dedos tocaram algo gelado e úmido, recolhi os braços rapidamente. Abri os olhos, e então soltei um som engasgado.

Não era possível. O que eu tinha acabado de tocar não devia estar ali. Mas estava, tão real quanto o lampião de gás que acabara de desaparecer. Uma viga de metal de cor berrante, com as minhas digitais ainda visíveis na tinta brilhante. O tipo de viga que você só encontraria em uma ponte.

O tipo que eu já tinha visto antes.

Dei um passo para trás de maneira automática, afastando-me das vigas congeladas. Então olhei para todos os lados. Ao invés de prédios antigos e ruas estreitas, agora eu estava cercada por barras de metal retorcidas, todas pintadas em esquisitos tons de preto, vermelho e roxo. Como uma versão em escala maior de uma gaiola para pássaros.

Aquilo definitivamente não era o Bairro Francês, e sim um lugar destruído e feio, encrustado no gelo e mergulhado na escuridão. Eu odiei aquele lugar, quase tão rapidamente quanto o reconheci.

Ponte Alta.

As palavras sussurraram na minha mente, como uma maldição. Aquele lugar parecia exatamente com a versão da Ponte Alta no submundo.

Mas uma segunda olhada me disse que eu não estava na Ponte Alta — aquilo era apenas uma estrutura muito parecida com ela.

Eu devia estar no submundo. Mas *onde* exatamente, não saberia dizer.

Pelo que podia ver, eu estava de pé sobre uma espécie de pavilhão de metal. Suas vigas se estendiam acima da minha cabeça, para dar apoio a um telhado muito inclinado. Nos fundos, atrás de mim, o pavilhão se abria para o que parecia ser um trampolim de madeira. Não conseguia ver muito além daquilo, pois aquela parte do submundo era tão sombria quanto a que eu conhecia. Na frente, onde eu estava, algumas fileiras de vigas retorcidas eram as únicas coisas que me separavam de uma descida súbita.

Independentemente do destino dessa descida, ela *não* parecia acolhedora. Mesmo na escuridão impenetrável, eu sabia que não queria me debruçar na beirada do pavilhão. Ainda assim sentia uma enorme força me puxando para lá — uma vontade de chegar um pouco mais perto para ver o que havia lá embaixo. Quanto mais eu resistia, mais forte meu impulso se tornava, até eu quase não conseguir ficar parada. Aquilo estava me atormentando, fazendo com que eu me contorcesse e me retorcesse na tentativa de ficar no lugar.

Finalmente, parei de resistir. Dei um passo cambaleante em direção à beirada.

Mas antes de completar o segundo, um grito distante me congelou. Quando olhei para cima, em direção ao barulho, fiquei boquiaberta.

O teto do pavilhão parecia ter desaparecido, substituído por um monte de nuvens cinzas e roxas que colidiam umas com as outras, como aquelas das tempestades. Mas seus movimentos eram rápidos demais. Muito imprevisíveis e caóticos para fazerem parte de alguma tempestade terrena.

E entre as nuvens, tão alto que quase não podia ver, havia figuras negras voando de um lado para o outro. Centenas delas.

Se eu apertasse os olhos, elas pareciam corvos enormes que voavam alto. Mas eu sabia que aquelas formas não eram pássaros.

Eram demônios. Verdadeiros. E de repente eles estavam fazendo uma formação para mergulhar.

Na minha direção.

Capítulo DEZESSETE

Um grito começou a se formar na minha garganta. Tentei engoli-lo. Tentei ficar em silêncio. Apesar deste esforço débil, ele escapou quando alguém me sacudiu com força pelos ombros.

Então, de uma vez só, um brilho ardente se espalhou pela minha pele.

Não havia visto o fogo, não havia sido capaz de recriá-lo desde aquela noite na Ponte Alta. Agora, sem nenhum aviso ou esforço da minha parte, eu queimava como uma tocha — com chamas vívidas em tons de vermelho e laranja, brilhando contra a escuridão.

Imediatamente, senti-me mais forte. Valente. Finalmente armada de novo com o meu brilho, girei em torno de mim mesma para encarar quem me atacava.

Por um milésimo de segundo o reflexo do brilho ardente voltou para mim refletido em seus olhos. Mas assim que me dei conta de quem era, o brilho desapareceu. Apagado por alguma força invisível.

— Como você chegou aqui? — sussurrei, agarrando a mão de Joshua no ar e usando-a para puxá-lo na minha direção. Eu queria que ele ficasse mais perto da minha chama, caso o brilho reaparecesse. Talvez ela pudesse proteger nós dois das coisas que estavam prestes a se abater sobre nós.

A julgar pela sua expressão, Joshua também estava com medo. Mas ele não estava olhando para o céu, onde um exército de demônios se preparava para descer. Ele estava olhando para *mim*.

— Amélia? — ele disse receoso. Seus olhos estavam dilatados com a tensão, e ele até chegou a se afastar alguns centímetros de mim. — O que está acontecendo?

— Joshua, você precisa sair daqui — avisei, agitada. — Estamos prestes a...

Mas algo me fez parar. Talvez tenha sido a expressão aflita de Joshua, ou o fato de que o cenário finalmente tinha ficado registrado na minha visão periférica.

Ainda segurando a mão de Joshua, lentamente virei a cabeça para observar o que estava ao meu redor: prédios centenários, amontoados; varandas compridas de ferro; lampiões crepitantes.

De alguma forma, entre o momento em que vi os demônios e depois olhei para os olhos de Joshua, o pavilhão do submundo desaparecera. E agora eu estava tremendo no Bairro Francês, agarrada a um garoto muito confuso.

Dedo por dedo, soltei minha mão da dele. Esforcei-me para parar de tremer, mas não conseguia fazer meus lábios relaxarem e abandonarem aquela expressão aterrorizada.

Havia duas explicações para o que acabara de acontecer comigo e nenhuma das duas era boa.

— Joshua — sussurrei —, se eu te pedisse para ser bem sincero comigo, você seria?

Um sorriso fraco e preocupado surgiu nos lábios dele.

— Deixa disso, Amélia. Você sabe que não precisa me pedir isso.

— Eu sei — disse, balançando a cabeça de forma tensa. Inspirei fundo e então soltei o ar, junto com a pergunta essencial da noite.

— Diga-me a verdade, Joshua: eu desapareci agora ou estava de pé na calçada o tempo todo?

— Bom — ele disse —, por alguns segundos eu não te vi, quando saí da sala de jantar pela porta da frente. Mas até onde sei, você estava sentada aqui o tempo todo. Acho que você levantou em algum momento, mas...

Joshua parou de falar conforme eu me debruçava sobre ele. Virei meu rosto sobre a blusa dele e nem olhei para cima quando, depois de um momento de hesitação, ele me envolveu com seus braços.

Ficamos assim por um tempo: ele me abraçando e eu querendo desesperadamente abraçá-lo também. Mas tinha mais medo do que nunca de fazer aquilo naquele momento. Especialmente quando ouvi sua resposta para a minha próxima pergunta:

— Só mais uma coisa — murmurei contra sua camisa. — Você consegue dizer se viu o fogo de novo?

Joshua se mexeu um pouco, mas não me soltou.

— Que fogo? — ele respondeu, como seu eu tivesse perguntando casualmente que horas eram.

Mordi meu lábio, segurando um soluço. Aquelas duas palavras — "que fogo" — disseram muito sobre o meu estado mental. Sobre o meu futuro e o lugar de Joshua nele. Mesmo que eu pudesse manter os demônios longe de mim, e por consequência longe de Joshua, obviamente ainda havia um problema.

Eu.

Era como se eu estivesse me transformando naqueles fantasmas que encontrara na noite passada: apavorada, meio maluca, fugindo assustada por qualquer barulho. E se eu estivesse alternando entre ameaças reais e alucinações, como poderia justificar ficar perto de Joshua por muito mais tempo? A menos que alguém, de alguma forma, conseguisse interromper os sonhos e as alucinações. E talvez até me fortalecer contra os demônios só por garantia.

Era como se eu realmente tivesse uma última esperança: uma garota que eu mal conhecia, e em quem confiava ainda menos.

Com um suspiro profundo, afastei-me do blusão de Joshua e olhei para seus olhos lindos e preocupados. Dei um sorriso tímido, através do qual eu sabia que ele podia enxergar, mas do qual eu esperava que ele gostasse mesmo assim.

— Ok, Sr. Conjurador de Vodu — eu disse, forçando minha voz a ter um tom positivo. — Já está na hora de ir?

— Sim, já são onze e meia. A festa ainda vai longe lá dentro; acho que ninguém percebeu que saí da mesa.

— Ah, que bom. Pelo menos não teremos... ninguém... você sabe, nos *seguindo*.

Ele fez uma careta e passou a mão pelos cabelos.

— Você quer dizer Ruth? Eu não acho que ela vá atrás de qualquer pessoa no futuro próximo.

— Não diga isso — coloquei alguns dedos sobre seu peito. — Ela só está se recuperando de uma dor de cabeça muito ruim.

Joshua balançou sua cabeça demonstrando desconforto e olhando para longe de mim. Nós dois sabíamos que quando era eu quem demonstrava otimismo, as coisas podiam não estar tão bem assim. Levantei a mão, pronta pra guiar o rosto de Joshua de volta para o meu, para dizer alguma coisa reconfortante, quando a expressão dele mudou.

— O táxi chegou — ele murmurou.

Eu virei para o lado que ele estava olhando. A luz de dois faróis nos atingiu quando um veículo branco estropiado diminuiu a velocidade e parou na frente da casa. O vidro da janela do motorista desceu.

— Você chamou um táxi? — uma voz rouca latiu para Joshua.

— Sim — Joshua respondeu, aproximando-se do carro.

Naquele momento me dei conta de que *realmente* estávamos prestes a realizar uma cerimônia vodu, e meu estômago revirou de repente. Mas segui Joshua mesmo assim, aproximando-me o suficiente para ver o motorista: um senhor grisalho com um braço colocado de maneira displicente para fora da janela. Ele balançou sua cabeça em direção ao banco traseiro, indicando para Joshua que ele podia entrar. Obviamente, o motorista não estava interessado em sair do carro para abrir a porta para um adolescente.

O único esforço que ele fez foi levantar uma sobrancelha quando Joshua segurou a porta aberta para eu entrar — ou para o ar, do ponto de vista do motorista. Mas antes de eu me enfiar no táxi, o vi dar de ombros de maneira desdenhosa. Ele já havia visto coisas esquisitas durante sua vida; e provavelmente veria coisas ainda mais estranhas naquela noite.

Quando Joshua finalmente entrou e fechou a porta, o motorista limpou a garganta.

— Para onde?

Joshua se inclinou em direção à abertura no plástico transparente que separava os bancos da frente dos de trás.

— Cemitério de St. Louis Número Um, por favor.

O motorista riu, mas parou de forma abrupta quando percebeu que Joshua não estava brincando.

— Você está falando sério — ele afirmou de maneira inexpressiva. Pelo retrovisor, pude ver suas sobrancelhas brancas e grossas levantando-se novamente.

Joshua acenou com a cabeça.

— Cemitério de St. Louis Número Um.

O motorista virou um pouco para que pudéssemos ver seu perfil através da divisão de plástico. Ele não parecia mais entediado ou despreocupado.

— Escuta, garoto. Eu sei que as pessoas dizem que as Cidades dos Mortos são mais seguras do que costumavam ser, mas isso não significa que você deveria ficar passeando nelas à noite. Inclusive nesse lugar.

— Obrigado pelo conselho — Joshua disse com um ar decidido.

— Mas ele fica fechado depois que escurece — o motorista insistiu. — Então não faz sentido passear por aquela parte da cidade a essa hora da noite.

Quando Joshua não respondeu, o motorista hesitou, ainda encarando esse passageiro jovem — e possivelmente maluco. Então ele deu de ombros novamente e virou-se para o seu lugar. Apertou alguns botões no console com uma das mãos e virou a direção com a outra.

— Vai ser o seu fim, garoto — o motorista murmurou, dirigindo o táxi de volta até o trânsito da Avenida Ursulines.

— Se você pensar bem — Joshua ressaltou —, isso é um pouco irônico.

O motorista emitiu um som e então ficou novamente em silêncio enquanto íamos para o noroeste da cidade no táxi. Ninguém falou enquanto ele dirigia com cuidado pela multidão de pessoas no cruzamento entre a Ursulines e a Bourbon. Apenas quando ele virou no longo e menos tumultuado trecho da Rua Dauphine é que Joshua quebrou o silêncio, inclinando-se para a frente novamente.

— É perto do canal, certo? — ele perguntou. — Perto do Iberville?

O motorista simplesmente grunhiu em resposta. Joshua recostou-se novamente e segurou minha mão. E a apertou rapidamente de maneira reconfortante.

Olhei para ele no escuro, observando as luzes da rua que ora iluminavam ora escondiam seu perfil. Ele me pegou encarando-o e abriu um sorriso. Podia ver seu otimismo brilhando para mim por meio daquele sorriso confiante — ele tinha certeza de que daria tudo certo hoje. De que eu receberia a ajuda necessária.

E, meu Deus, como eu queria que ele estivesse certo! Se Gabrielle pudesse deter as visões que me desorientavam, se ela pudesse me ajudar a retomar o brilho e a força sobrenatural, então talvez — apenas talvez — eu não precisasse ir embora. Eu poderia vencer os demônios, evitar os fantasmas transparentes e ficar do lado de Joshua, pelo menos por um pouco mais de tempo.

Essas ideias sedutoras ainda enchiam minha cabeça quando o táxi parou perto da calçada ao lado de uma longa parede de pedras brancas. Mais adiante eu podia ver uma abertura no muro onde um portão com barras de ferro guardava a entrada.

O motorista estacionou o carro, mexeu no taxímetro, e então encostou-se no banco com um suspiro resignado.

— Cemitério de St. Louis Número Um — anunciou.

— Obrigado — Joshua disse, entregando um bolo de notas através da abertura na divisória. Ele abriu a porta e saiu, e então ficou de lado para que eu também pudesse passar. Depois de bater a porta do táxi, ele saudou o motorista de maneira casual, como se dissesse *Obrigado, e não se preocupe comigo, amigo.*

Em vez de ir embora — ele já havia recebido o dinheiro e feito suas recomendações —, o motorista inclinou-se para fora da janela mais uma vez.

— Olha, garoto — disse o motorista —, eu tenho um neto que também é imprudente e burro. Então vou dizer mais uma vez: não tente entrar lá. É uma péssima ideia. Que tal eu te levar de volta? De graça. Não precisa pagar nada.

Joshua balançou a cabeça com firmeza.

— Eu já disse, *obrigado, mas estou bem.*

Para enfatizar o que estava dizendo, Joshua deu tapinhas no teto do táxi. O motorista entendeu direitinho o sinal de "se manda". Ele olhou mais uma vez para Joshua, levantou um ombro em outro sinal de desdém, então colocou o carro na rua de novo.

Observando as luzes traseiras do táxi desaparecerem, não compartilhei da atitude corajosa de Joshua. Na verdade, uma parte de mim queria acatar o conselho do motorista e sair dali.

Mas ao invés disso, segurei na mão de Joshua e o acompanhei até a entrada do Cemitério de St. Louis Número Um.

Com apenas alguns passos, chegamos à metade do muro branco que cercava o cemitério. Ali, a entrada estava decorada com algumas placas históricas e uma enorme cruz de ferro acima do portão. Que por acaso estava trancado.

Apesar de eu esperar encontrá-lo aberto de acordo com as instruções de Gabrielle, os dois lados do portão estavam presos um ao outro com uma corrente que passava por entre suas barras — bem fechado contra qualquer visitante noturno e suas cerimônias vodu.

Olhei para trás por cima do meu ombro: não havia outro táxi a vista, e as luzes brilhantes do Bairro Francês pareciam extremamente distantes. Eu não estava necessariamente preocupada comigo; meus demônios apareciam mesmo em lugares cheios. Mas eu certamente não queria que *Joshua* ficasse dando sopa em um cemitério em Nova Orleans pedindo para ser assaltado.

Mas minhas preocupações não duraram muito, quando ele sacudiu de leve um dos portões. A corrente escorregou, caindo no caminho de cimento.

— Ahã — Joshua disse, olhando para a corrente e então para a pequena abertura entre os portões. — Parece que garota vodu cumpriu sua palavra.

— Ah. Eba.

Essas duas expressões nada entusiasmadas escaparam da minha boca.

Sinceramente, eu não sabia o que era pior: ficar trancada para fora, com medo de que Joshua levasse uma facada, ou entrar e descobrir exatamente o que Gabrielle podia — ou não — fazer.

Ao ouvir minha resposta morna, Joshua fez uma careta para mim.

— Vamos lá, Amélia Ashley — ele me provocou. — Onde está o seu senso de aventura?

Eu tivera mais "aventuras" nos últimos três dias do que posso querer ter de novo.

Era isso que eu deveria ter dito em voz alta. Ao invés, concordei.

— Tá bom, tá bom. Você na frente, Capitão Aventura.

Joshua riu baixinho e então abriu os portões. Depois de entrarmos pela abertura, ele se abaixou para pegar a corrente. Enquanto ele a enrolava novamente ao redor dar barras, explicou:

— Isso vai evitar que alguém pense que há pessoas aqui dentro.

Grunhi baixinho.

— O Capitão Aventura também é o capitão das operações secretas?

— Sim — ele sussurrou em resposta. — Sou especialista nas duas áreas.

Então ele segurou de novo a minha mão e começou a me guiar pelo caminho de concreto pelo cemitério.

Enquanto andávamos, não pude deixar de ficar boquiaberta com o cenário. Ali, todos os túmulos pareciam estar dentro de algum mausoléu. Muitos eram altos — pelo menos um metro acima da minha cabeça —, mas muitos só chegavam até meus joelhos. Essas criptas, que se amontoavam em torno do caminho, estavam em vários estados de conservação. Algumas tinham paredes de pedra branca brilhante, firmes e fortes contra o clima, com esculturas chorosas e urnas entalhadas sobre elas. Outras não passavam de pilhas de tijolos despedaçados mantidos juntos pelo mato emaranhado. Várias partes dessas criptas estavam caídas sobre o caminho, e eu precisava saltar sobre elas para passar.

Joshua, que nos conduzia pelos corredores tortuosos e labirínticos, sussurrou para mim.

— Elas parecem casinhas assombradas, não?

— Cidade dos Mortos — cochichei, repetindo a frase do motorista. Quando você coloca assim, esse realmente era o lugar ideal para uma cerimônia vodu.

Olhei as tumbas mais de perto, tentando ler seus epitáfios apagados pelo tempo. Mas só consegui entender alguns dos sobrenomes mais legíveis: Deforges, Morphy, Charbonnet. Abaixo deles quase não conseguia distinguir uma longa lista de mais nomes e datas. Lembranças ilegíveis e apagadas de pessoas que estavam enterradas lá dentro... e que talvez tenham andado por esses caminhos depois de suas mortes, assim como eu fizera no meu próprio cemitério.

Talvez eu tenha encontrado algumas delas ontem na Praça Jackson. Talvez, em breve, se tornassem minha única companhia.

O pensamento meu deu arrepios. Segui Joshua mais de perto, ficando em silêncio até que, de repente, ele parou e eu quase trombei com ele.

Ele sussurrou para mim, num tom tão baixo e reverente que quase não o ouvi:

— Chegamos.

Capítulo DEZOITO

No instante em que Joshua anunciou nossa chegada, minha pele ficou toda arrepiada. Agarrei-me às costas dele, sem saber se queria continuar. Não mais.

Mas a tranquilidade de Joshua e minha curiosidade acabaram ganhando. Inclinei-me para um lado para olhar em volta dele. Então voltei para trás.

Como prometido, uma cripta alta e pintada de vermelho sobressaía-se à nossa esquerda. O caminho diante do qual ela estava cruzava com outra fileira, onde havia a lápide em forma de mesa que Gabrielle mencionara, junto com outros túmulos mais comuns da altura do meu ombro.

E ali, esperando no cruzamento desses caminhos — parecendo uma perfeita sacerdotisa vodu — surgia Gabrielle.

Um pequeno fogo queimava em um pote de metal aos pés dela e a iluminava de baixo para cima, criando sombras misteriosas no seu rosto. A iluminação de alguma forma fazia com que ela parecesse mais velha. E poderosa. Seu vestido solto ia até o chão e voava ao vento, assim como seu cabelo. Ela me olhou e levantou um braço dando boas-vindas: seu outro braço estava ocupado, segurando um livro preto e grande.

Uma Bíblia familiar, do mesmo tipo que vira Ruth usar em seus rituais de exorcismo. O que não era necessariamente um bom sinal.

Gabrielle sinalizou novamente com uma das mãos, pedindo que nos juntássemos a ela.

— É quase meia-noite — ela disse. — Vamos começar. Amélia, preciso que você fique no centro deste círculo.

Olhei para onde ela havia apontado. Ali, no chão, estava um amplo círculo de pó que circundava Gabrielle e seu fogo.

Pó vodu.

Balancei minha cabeça vigorosamente.

— Você *sabe* que eu não vou entrar aí de jeito nenhum, não sabe? Quero dizer, mesmo se eu pudesse.

Gabrielle riu baixinho.

— Isso não é pó de banimento. É de proteção. Não deixa entrar qualquer coisa que quiser nos fazer mal. — Como se quisesse demonstrar, ela levantou os braços e girou, fazendo com que o tecido leve do seu vestido girasse em torno dela. — Estamos seguras aqui, para fazer o que quisermos.

Ainda não convencida, franzi a testa.

— E o Joshua?

Gabrielle sacudiu a cabeça.

— Ele precisa ficar fora do círculo, pois não vai participar da cerimônia.

Joshua passou o braço em torno da minha cintura e me apertou de leve.

— Tudo bem — ele sussurrou. — Estou bem aqui, observando. Se alguma coisa der errado... estarei aqui.

Abracei-o de volta, sem querer dizer que não me preocupava em precisar da ajuda dele; mas sim que ele precisasse da *minha* ajuda. Porém ele parecia tão decidido, tão certo, que concordei com a cabeça.

— Tá bom. Vou tentar.

— Que bom — disse Gabrielle, soando aliviada. — Agora, apresse-se. Não temos muito tempo.

Relutante, dei um passo para a frente enquanto Gabrielle se ajoelhava para arrumar os diversos objetos aos seus pés. Ela colocou o primeiro — um pequeno aparelho de som portátil — ao lado do círculo. Quando percebeu que eu a observava, ela levantou um ombro.

— Tambores — ela explicou. — Como estou sozinha, vamos precisar nos virar com uma gravação.

— Ah — eu disse, sentindo-me completamente por fora. — Tambores. Claro.

Enquanto Gabrielle arrumava os outros objetos — uma pequena tigela, um saco plástico cheio de ervas secas, uma espécie de cabaça, uma garrafa que continha um líquido transparente e outra com um líquido escuro — dei outro passo inseguro em direção ao círculo. Coloquei um pé e depois o outro cada vez mais perto da linha feita de pó branco. Respirando fundo para criar coragem, murmurei "Aí vou eu" e dei o primeiro passo para dentro do círculo.

Dessa vez meu pé pisou onde eu queria; dessa vez não senti a barreira sólida e impenetrável da mágica de Ruth. Ao invés disso, senti... nada. Nada mesmo.

Suspirei aliviada e entrei completamente no círculo. Gabrielle olhou para cima com um sorrisinho zombeteiro.

— Parabéns. Dizem que o primeiro passo é sempre o mais difícil.

Revirei os olhos e cruzei os braços de maneira defensiva. Só por que tinha conseguido entrar no círculo não queria dizer que eu já confiava nela.

Gabrielle, no entanto, não pareceu se importar muito com o meu desdém. Estava muito ocupada colocando a tigela vazia perto da fogueira e então moendo as ervas secas dentro dela. Ela pegou a garrafa com líquido transparente, tirou sua rolha e começou a derramá-lo em goles cuidadosos dentro da tigela.

— Rum — ela disse, distraída. — Um presente para os Loas, para que nos ajudem.

De novo, não consegui dizer mais do que um confuso "ah".

Gabrielle mergulhou seus dedos na tigela e tirou-os para respingar seu conteúdo em pequenas gotas no chão aos meus pés. Ela jogou mais algumas gotas em si mesma e então passou a mão molhada pelo rosto, murmurando algo incompreensível sob a respiração.

Finalmente, ela pegou a cabaça e a garrafa com o líquido escuro e ficou de pé.

— Sente-se — ela ordenou, apontando para o chão com a garrafa. Então cruzei minhas pernas e desci até o chão. Cruzei as mãos sobre o meu colo e olhei para ela com uma expressão cética.

— Olha — eu disse. — Não sei o que você planejou para hoje à noite. Mas o principal é que quero que os sonhos ruins parem. Você acha que consegue fazer isso?

Não sei dizer se ela decidiu me ignorar ou se processou meu pedido em silêncio. De todo modo, ela não respondeu quando se abaixou para apertar o PLAY no aparelho de som. Imediatamente, o som das batidas dos tambores encheram o ar, além de outros sons metálicos.

Finalmente olhando para mim, Gabrielle sibilou:

— Fique quieta até eu mandar.

Então ela levantou os braços. Em uma língua estranha e melódica que não reconheci, ela gritou para o céu da meia-noite. Tentei entender algumas palavras — *Legba, souple, lavi* —, mas não tinha certeza do que havia escutado.

Ainda cantando, Gabrielle fechou os olhos e começou a girar lentamente em torno de si mesma. Com uma mão ela chacoalhava a cabaça, que emitia um som seco e rápido. Com a outra, ela segurava a garrafa de pé, fazendo com que seu líquido escuro balançasse de acordo com seus movimentos.

Logo, os sons da cabaça e da garrafa ficaram sincronizados com os tambores. Combinados, começaram a assumir um ritmo próprio — uma espécie de música, agora eu percebia, com a qual ela estava dançando. O tilintar dos seus brincos longos e o som dos seus braceletes batendo entre si apenas aumentavam o efeito.

Apesar de tudo pelo que já passei, continuava a ser cética a respeito de coisas assim. Mas conforme ouvia a música tocar e observava a dança de Gabrielle se tornar cada vez mais hipnótica e frenética, senti que estava começando a entrar em uma espécie de transe. Não sabia onde Joshua estava, mas não conseguia virar minha cabeça para procurá-lo. Simplesmente não era possível tirar os olhos do que acontecia diante de mim.

— Loa — Gabrielle cantava várias vezes seguidas. — Loa.

Ela repetiu outras palavras também, como o *lavi* que ouvira antes. Então ela acrescentou um mantra que na verdade eu conhecia: “Por favor”. Ela o sussurrou de maneira frenética, como uma oração.

Depois de sabe-se lá quanto tempo de cantoria, ela deixou a cabaça cair no chão e continuou a dançar enquanto tirava a rolha da garrafa com o líquido escuro. Ela derramou o conteúdo com cuidado em sua mão, que ergueu para o céu e então esticou para o chão, derramando gotas escuras.

Inclinei-me para a frente, apenas alguns centímetros, para examinar as gotas mais de perto à luz da fogueira. Então recuei.

As gotas escuras, que primeiro achei que fossem pretas, na verdade eram vermelhas. Cor de sangue.

Engasguei, mas Gabrielle me ignorou. Ela havia parado de dançar e agora estava balançando para a frente e para trás, derramando de vez em quando um pouco mais do líquido vermelho em sua mão em forma de concha antes de espirrá-lo em lugares específicos pelo círculo.

De repente, fiquei desesperada para encontrar Joshua. Estiquei meu pescoço, procurando-o na escuridão fora do círculo de vodu. Logo o encontrei, encostado na lateral do túmulo de tijolos. Infelizmente ele parecia tão petrificado quanto eu estivera agora há pouco.

Virei de volta para Gabrielle, cujos braços agora estavam cobertos com traços vermelhos a partir de onde o líquido havia escapado de suas mãos.

— Quero que isso pare agora — exigi. — Pare agora mesmo, Gabrielle.

O som dos tambores e dos metais, no entanto, cobriram minha exigência. Gabrielle não ouviu ou não se importou e continuou balançando, cantando e espirrando.

Achei que a cerimônia não iria acabar nunca — que eu ficaria sentada para sempre naquele círculo, observando uma apresentação fantasmagórica de fogo e sangue —, quando Gabrielle congelou.

Por um longo segundo, ela permaneceu completamente imóvel, em silêncio. Então, sem avisar, seus olhos se abriram e ela olhou para mim.

O que vi neles me fez engasgar.

As íris de seus olhos, que outrora tinham sido de um azul vibrante e impressionante, agora estavam da cor de carvão. Tão pretas quanto suas pupilas, tão profundas e escuras quanto o abismo que eu vira sob a Ponte Alta do submundo.

Estava asfixiada, tentando avisar Joshua para que ele corresse, quando Gabrielle caiu encolhida e lançou-se na minha direção.

Gritei e tentei me arrastar para trás, para fora do círculo. Mas de repente senti minhas costas pressionadas contra alguma barreira, que eu sabia instintivamente ser invisível.

Apesar de sua promessa, o círculo protetor de Gabrielle tinha se virado contra mim. Ela havia me prendido.

Gabrielle esticou a mão para mim. Dessa vez, no entanto, lancei-me na direção dela. Ela estava viva e provavelmente não podia me tocar, mas *eu* era a assombração. Eu podia pelo menos tentar lutar contra ela. Para mantê-la longe de Joshua, se pudesse.

Mas ao invés de me agarrar como eu esperava, ela se inclinou e pressionou suavemente seus dedos tingidos de sangue contra o meu pescoço. Com um sorriso inquietante, ela sussurrou uma palavra em língua crioula[2]:

Rete.

Então, com aquele simples juramento, seus olhos viraram para trás e ela caiu, inconsciente, no chão.

Por um momento, não me mexi. Nem respirei.

---

[2] Variante do francês com elementos de línguas hispânicas e africanas falada no estado americano de Louisiana, onde está localizada Nova Orleans. (N.E.)

Fiquei olhando para baixo, hipnotizada por sua silhueta, que havia caído sobre a barra do meu vestido. Enquanto olhava para ela, não senti nada. Apenas um torpor. Um vazio.

Mas com o tempo, comecei a sentir uma sensação quente e desconfortável crescendo em mim.

Primeiro parecia medo. Como se fosse uma mistura de adrenalina, enjoo e calor dentro de mim. Logo pude perceber que aquilo não estava apenas acontecendo na minha cabeça, não era um efeito mental do que tinha acabado de assistir. Aquela sensação era real e espalhava-se a partir do meu abdômen para os braços e pernas.

Sem pensar, deixei que ela queimasse em mim por mais alguns segundos, até que de repente minhas pernas tremeram. Eu as tirei debaixo de Gabrielle e fiquei de pé. Virei para Joshua, que ainda estava olhando boquiaberto para o círculo vodu.

Com uma inspiração profunda, joguei-me na direção dele e quase agradeci aos céus quando aterrissei em seus braços confusos. Aparentemente, a barreira de Gabrielle havia desaparecido junto com sua consciência, liberando-me daquele círculo dos infernos.

— Amélia — Joshua murmurou, ainda tentando sair do transe.

— Temos que ir embora — eu disse, agarrando a mão dele. — Agora.

Ele não reclamou quando o arrastei pelo caminho, andando o mais rápido que seus passos trôpegos e confusos permitiam. Eu teria saído correndo se pudesse, mas não iria deixar Joshua preso naquele lugar de jeito nenhum.

Virei nos lugares errados algumas vezes e acabei em caminhos sem saída, cheios de túmulos e estátuas chorosas em ruínas. Cada vez que isso acontecia, eu gemia de frustração e então dava meia-volta, arrastando Joshua comigo para outra direção.

Finalmente, chegamos à área aberta e ampla onde ficavam os portões do cemitério. Empurrei Joshua na direção deles.

— Os portões, Joshua. Você precisa abri-los.

Ele balançou a cabeça, obviamente ainda desorientado, mas começou a desenrolar a corrente. Suas mãos não paravam de deixá-la cair e eu gemi baixinho:

— Por favor, Joshua, rápido.

Como se ele fosse um zumbi sob o meu comando, Joshua tirou a corrente com destreza e a deixou escorregar para o chão ao lado dele. Ele só teve tempo de abrir o portão antes de eu empurrá-lo para fora até a calçada. Eu o segui, segurando uma de suas mãos, e o levei até a rua.

Então comecei a correr, aumentando meu ritmo conforme Joshua recobrava o controle sobre seus pés. Eles ressoavam no asfalto enquanto nos esquivávamos do trânsito da Rua Rampart e voltávamos para o Bairro Francês.

Apesar de termos conseguido voltar, continuamos a correr estupidamente na direção de casa — de mãos dadas e passando apressados por pedestres, restaurantes e casas com venezianas fechadas.

Enquanto isso, minha cabeça estava atordoada com pensamentos. Desagradáveis. Cada batida dos meus pés contra o asfalto me levavam para mais perto de uma terrível, horrível conclusão.

É isso, não é? Perguntava a mim mesma. *Esse é o fim.*

E eu sabia, sem sombra de dúvida, que a resposta era sim. Eu não podia continuar a colocar Joshua em perigo com essas tentativas constantes e frustradas de ficar com ele. Fugir de Oklahoma, só para terminar em clubes potencialmente infestados de demônios; participar de rituais de vodu que não dão certo? Esses eram atos loucos e desesperados que o feriam mais do que o ajudavam.

Ele poderia ter sido possuído naquela noite, por seja lá qual força sombria que havia dominado Gabrielle. Pior, ele poderia ter sido morto. Além disso, quanto mais tempo eu ficasse ao lado dele, maiores seriam as chances de os espíritos malignos do submundo me encontrarem e, por consequência, chegarem em Joshua.

Cada segundo que ele passava comigo, cada instante em que me tocava, era como um veneno de efeito lento. O que significava que tudo que eu havia feito nos últimos dias era egoísta de uma maneira imperdoável. Serviu apenas para prolongar meu tempo com ele ao invés de protegê-lo.

Então eu não tinha mais duas noites com ele. Eu não tinha nem uma.

Eu precisava acabar com aquilo, já.

Quando percebi que havíamos chegado à Ursuline e à Royal, que eram relativamente seguras, um pouco ao norte da casa dos Mayhew, fiz com que ele parasse. No mesmo instante, ele se apoiou em uma parede de tijolos, parecendo agradecido pela oportunidade de descansar.

Eu, no entanto, não relaxei. Fiquei andando de um lado para o outro como louca na frente dele, tentando não chorar. Tentando pensar exatamente no que dizer. O fato daquela sensação esquisita e quente ainda serpentear pelo meu corpo não ajudava. Ela fazia eu me sentir ao mesmo tempo pesada e inquieta, ao mesmo tempo com a cabeça leve e sobrecarregada.

Joshua parecia pior. Ele abriu e fechou as mãos algumas vezes e então passou uma delas pelo cabelo, deixando-a descansar na sua nuca.

Meu Deus, por que ele tinha de fazer isso? Pensei. *Isso seria muito mais fácil se ele não fizesse coisas assim.*

— Você está bem? — ele me perguntou, parecendo sem ar. — Que diabos aconteceu lá?

— Não importa. — Balancei minha cabeça amargurada. — Não vai acontecer de novo.

Joshua fez um barulho que era algo entre um ronco e uma risada. Então ele abriu um sorriso, como se estivesse sob a influência de uma onda induzida por algo perigoso.

— Ah, eu concordo... não vamos voltar ao Cemitério de St. Louis Número Um tão cedo.

Balancei a cabeça novamente, com mais força.

— Não, Joshua. Você não entendeu: isso não vai acontecer de novo porque nada vai acontecer de novo. Não entre nós. Nunca mais.

Joshua continuou sorrindo, mas os cantos de seus lábios caíram.

— Amélia? O que está havendo?

Endureci minhas costas e minha voz.

— Eu menti para você, Joshua. Você disse que eu estava estranha nos últimos tempos, e eu menti sobre isso. Então agora vou lhe dizer a verdade: tenho pensando muito sobre nós, e sobre o nosso futuro.

— E? — ele disse suavemente.

— E não temos um. Um futuro, quero dizer. Essa noite foi mais uma prova disso.

Seu sorriso desapareceu.

— Mas... eu quis te ajudar essa noite. Achei que você tinha concordado com isso.

— Eu... menti.

Seus olhos se encheram de pânico.

— Olha, não vou tentar isso de novo. Prometo.

— Não — suspirei e minha voz finalmente começou a ficar entrecortada. — Provavelmente você não vai. Mas o que importa? Quando se passarem cinco, dez, vinte anos, vai fazer diferença se simplesmente curtimos um ao outro? Você realmente quer ser um homem de quarenta anos com uma namorada morta de dezoito?

Agora os olhos de Joshua queimavam. Ele se esticou para a frente, segurando meus braços com suas mãos. Ele não queria me machucar, mas ele me pegou com força o suficiente para que o movimento me fizesse ficar nas pontas dos pés.

— Eu quero, Amélia — ele disse bruscamente. — Eu *quero*.

— Não importa — eu gemi, tentando me soltar dele. Amaldiçoei a mim mesma quando as lágrimas começaram a escorrer, enchendo meus olhos apesar da minha decisão de ser fria e irresoluta. — Estou deixando você, Joshua. Agora.

Ele se inclinou, tentando olhar nos meus olhos. Mas os fechei com tanta força, que fiz as lágrimas escorrerem pelas minhas bochechas. Eu precisava sair dali, tinha de me materializar antes que minha força de vontade ficasse completamente destruída.

Então o ignorei. Não dei atenção ao calor que de repente senti surgindo na pele dele. Ao invés de imaginar seu sorriso, suas mãos, seus olhos, eu pensei nos fantasmas que havia encontrado na Praça Jackson. Apesar de eles só me esperarem para o dia seguinte, imaginei que me juntava a eles. Desaparecia com eles.

A tentativa deu certo. Pude sentir o leve puxão da materialização me tirando dos braços de Joshua. Ajudando-me a sumir de sua vida para sempre.

Um pouco antes de desaparecer, ouvi ele me chamar.

— Amélia, não faça isso! Fique comigo.

— Por quê? — solucei, apesar de não conseguir mais vê-lo. Seu sussurro ainda me seguiu na escuridão.

— Porque eu te amo, Amélia.

Capítulo DEZENOVE

Eu te amo.

As palavras ressoaram na minha cabeça por muito tempo depois de serem ditas. Elas ecoavam, assombrando-me, distraindo-me na escuridão.

Talvez *elas* fossem o motivo da minha materialização não dar certo. Pelo menos não completamente.

Quando abri os olhos, não vi outros fantasmas. Ao invés disso, vi uma multidão de pessoas vivas, bêbadas, rindo e gritando ao meu redor. Confetes voavam, bebidas eram viradas de uma vez só e havia música muito alta saindo de cada janela e porta.

Rua Bourbon.

Pelo que eu sabia, eu havia aterrissado bem no meio de um desfile, ou o que poderia ser uma noite comum no Bairro Francês. De qualquer maneira, era o caos, e ele espelhava perfeitamente o que eu sentia por dentro.

Comecei a tropeçar entre a multidão como um zumbi — sem pensar, descuidada, cega. Também queria estar entorpecida, mas meu corpo não estava ajudando com aquele desejo. Conforme eu andava, ficava mais tonta e enjoada, queimando e confusa por dentro. Era como se minhas veias estivessem cheias de querosene e meu cérebro prestes a acender um fósforo.

Àquela altura, eu não o impediria. Enquanto eu tropeçava e queimava, uma palavra se repetia na minha cabeça como se estivesse num *looping* infinito.

Engano. Engano. Engano.

Esforcei-me para caminhar entre a massa de pessoas, andando sem direção ou sem pensar direito. Sem nada em mente exceto uma palavra que se repetia e o impulso de *fugir*. De vez em quando eu sentia o odor da podridão, do álcool e de séculos de decadência. Apesar de desaparecerem rapidamente, essas sensações momentâneas simplesmente faziam minha cabeça girar ainda mais rápido.

Quanto mais eu andava e a multidão me empurrava, mais tonta e perto de sufocar eu ficava. Suas risadas bêbadas me desorientavam tanto, que comecei a sobrepor a cena com outras memórias.

Memórias de outra festa, em uma ponte, muitos anos atrás.

Há uma vida, tecnicamente.

Naquela noite — na noite da minha morte — eu vira figuras pretas disformes abrindo caminho em meio à multidão, incitando meus amigos e colegas a me atacar. Mas agora não conseguia distinguir os vivos dos sobrenaturais.

Até eu dar um encontrão com um deles.

A força do contato tirou meu equilíbrio e cambaleei para trás. Minhas pernas se enroscaram na minha saia; e apesar da tentativa atrapalhada de ficar de pé, comecei a cair. Coloquei as mãos atrás de mim a tempo de cair primeiro com as palmas no meio-fio sujo.

No momento em que minhas mãos bateram no chão, uma sensação ruim e dolorida se espalhou pelas minhas palmas — surpreendendo-me não apenas por sua força, mas pelo fato de eu tê-la sentido. O que era ainda mais estranho, a força da queda tinha me deixado sem ar. Fiquei sentada ali tentando recuperar o fôlego por um minuto inteiro antes de me lembrar de olhar para cima, para a figura com quem tinha acabado de dar um encontrão.

Quando vi o rosto sorrindo para mim com escárnio, tremi — uma reação que não tinha nada a ver com o vento frio que de repente estava cortando a minha pele nua.

Ele bateu em seu chapéu enfeitado para me cumprimentar e então se ajoelhou para ficar na mesma altura que eu. Claro que do meu ponto de vista, na verdade ele não *existia* abaixo de seus joelhos.

— Foi gostoso dar esse encontrão com você — o pirata disse, dando um sorriso torto. — Nosso grupo não se toca. Mas eu não me importaria em fazer isso de novo com alguém com a sua aparência.

Antes que eu pudesse reagir à sua insinuação, outra voz sibilou na minha orelha.

— Está tentando seduzir um dos meus? Ou você só saiu para dar uma volta, querida?

Dei um pequeno pulo e então me apoiei para trás sobre minhas mãos ardidas, para longe do sibilo. Fui para ainda mais longe quando vi quem falava: a mulher de cabelo grisalho da Praça Jackson. Depois de ficar a uma distância segura dela, estiquei minhas costas e olhei para ela da maneira mais fria possível (apesar das minhas veias agora estarem *em brasas*).

— Não gosto do seu tom — disse a ela friamente.

Um sorriso duro e feio atravessou seu rosto.

— Não importa do que você gosta, garota. Você veio até nós... você é nossa agora.

Como se tivessem planejando aquele confronto, os outros três fantasmas surgiram do nada, materializando-se e formando um círculo ao meu redor. O soldado, com seus braços cruzados de maneira ameaçadora; o aristocrata metido; e a garota crioula de cabelos negros cujos olhos escuros — agora que podia vê-los mais de perto — pareciam um pouco maníacos. Aqueles três devem ter concordado, ou pelo menos ouvido, a mulher grisalha porque todos sorriam para mim de maneira triunfante e possessiva.

Não era assim que eu imaginara essa cena: queimando por dentro e congelando por fora, e cercada por cinco espíritos que eu começara a suspeitar que não eram meus aliados. Brilhando de volta para eles, levantei do chão, tirei a poeira da minha saia de maneira indiferente e então fiquei completamente ereta.

— Outros fantasmas tentaram me controlar antes — avisei. — Acreditem em mim quando digo que não deu muito certo para eles.

O soldado olhou para seus companheiros e então fez uma careta.

— Gosto das nossas diferenças.

Os outros fantasmas mudaram de lugar em resposta às suas ameaças, fechando ainda mais o círculo.

— O que querem de mim?

— Uma troca — disse o aristocrata.

— Pelo quê? Não tenho nada para dar a vocês.

Ele riu.

— Não queremos trocar com você; queremos trocar *você*. Planejamos trocar você por outra coisa.

Minha boca ficou escancarada, e sem querer dei um passo para trás. A garota de cabelos escuros moveu-se comigo, chegando mais perto para bloquear minha fuga. Virei para ela, esperando apelar para alguém que tivesse uma idade parecida com a minha. Mesmo que ela parecesse completamente maluca.

— Só quero sua ajuda — sussurrei para ela. — Como você tinha prometido. Você e eu provavelmente temos mais em comum do que você pensa.

Para minha surpresa, ela sorriu. Então levantou seus braços para que eu visse as cicatrizes verticais neles.

— Eu acho que não. A menos que você também corte seus pulsos.

Quando retrocedi, seu sorriso só aumentou.

Ela é maluca. Todos eles são.

Contive meu horror e tentei manter uma expressão suave e confiante. Apesar de suspeitar de que a garota já tinha perdido a razão, perguntei:

— O que vocês vão ganhar com essa troca realmente vale a pena tentar me machucar?

— Ah, sim — ela suspirou, arregalando os olhos. — Certamente vale.

Virei para o restante deles. Mais alto, perguntei:

— O que vocês vão ganhar em troca de mim?

— Nossa liberdade — o soldado disse. — Dos demônios. Temos informações quentes que dizem que eles querem você. Muito.

Minha postura rígida falhou, junto com a minha bravata. Sabia que *eu* faria qualquer coisa — menos matar e trair, obviamente — para evitar os demônios. E eu só estava fugindo deles há menos de uma semana. Então, como podia esperar que esses fantasmas, um tanto enraivecidos por séculos de fuga, sentissem outra coisa? Como podia argumentar com todo esse medo e desespero?

— Então eles ofereceram a sua liberdade — perguntei suavemente — em troca de... mim?

— Não exatamente — o pirata disse. — Um intermediário concordou em negociar em nosso nome, desde que ela...

— Silêncio! — A mulher grisalha o interrompeu com outro sibilo. Ela o encarou friamente enquanto se dirigia ao restante dos companheiros. — Chega de explicar as coisas a ela. Vamos acabar com isso.

Ao ouvir sua ordem, todos eles acenaram com a cabeça. Então começaram a caminhar lentamente na minha direção. Quase em uníssono, eles esticaram suas mãos como se fossem garras para me pegar.

Pareciam predadores. Predadores mortos e malucos.

O pânico e o terror ferviam dentro de mim, junto com aquele maldito calor ardente. Mas ainda assim cerrei os punhos e soltei um grunhido feroz.

— Não vou sem lutar — urrei.

Ainda vindo em minha direção, o soldado gargalhou de maneira sombria.

— Que bom.

Mais uma vez, algo nele me lembrou Eli — da sua crueldade e sadismo; do prazer que ele sentia com a minha dor.

E assim do nada, fiquei enfurecida de maneira irracional. De repente, sem pensar, comecei a andar para a frente também. Pronta para encará-los.

Mas, de repente, eles saíram correndo de mim, deslizando pela superfície irregular da Rua Bourbon como folhas. Apenas dois fantasmas permaneceram próximos o suficiente para que eu ainda visse seus olhos, que brilhavam de medo.

Quando olhei de perto, percebi que eles também brilhavam com o reflexo de outra coisa...

Uma coisa quase neon, e azul.

Não tive tempo de registrar o que vira em seus olhos antes que o calor dentro de mim dobrasse. De tal modo que senti como se meu cérebro tivesse deixado cair aquele fósforo aceso no querosene.

As chamas eram tão quentes e abrasadoras que arqueei minhas costas e depois me dobrei para a frente, revolvendo-me em um esforço subconsciente para apagar o fogo. Uma onda especialmente forte forçou minha cabeça para baixo, de modo que fiquei olhando para as minhas mãos. Quando as vi — ainda fechadas de maneira defensiva —, um grito baixo escapou dos meus lábios.

Meu brilho protetor estava de volta.

Mais ou menos.

Ao invés de fogo, traços de luz azul corriam para cima e para baixo das minhas mãos, pulsos, braços. Eu estava *brilhando* de novo.

Mas não com a chama fantasmagórica que eu conhecia e que nunca havia me feito mal. Esse brilho de agora *machucava*. Sempre que a luz se movia, queimava, deixando rastros de dor. Assando-me de dentro pra fora.

Depois de ficar alguns segundos olhando sem pensar para as minhas mãos, percebi que a luz seguia o caminho das veias. Na verdade, era como se minhas veias estivessem brilhando através da pele. Como caminhos abrasadores e iluminados que seguiam a trilha do sistema circulatório morto. Luzes azuis, cruzando os lugares em que outrora o meu sangue havia corrido.

Isso não é possível, pensei. *Não pode ser.*

Então me dei conta: *isso* era o que eu estava sentindo desde que Joshua e eu saíramos do cemitério. Era isso que estava fervendo dentro de mim. Uma tempestade interna de luzes crescente e cada vez mais quente.

O que Gabrielle fez *comigo?*

Com a boca aberta, levantei a cabeça e encarei os outros fantasmas.

Nenhum deles havia desaparecido ainda. Eles ainda flutuavam imóveis e cautelosos, a pelo menos alguns metros de distância. Mas apesar de ainda me observarem, na verdade nenhum deles me olhava nos olhos. Ao invés disso, pareciam hipnotizados — em um transe por causa da luz que serpenteava para fora da minha pele.

Devagar, um a um, eles se mexeram. Enquanto eu ainda me retorcia de dor, eles se inclinaram para ver melhor o meu *show* de luzes. Ao fazerem isso, suas expressões assustadas começaram a desaparecer.

Eles começaram a *sorrir*.

— Isso — o pirata chiou — é interessante.

— O que você acha? — o aristocrata sussurrou. — Ela vai valer mais para eles desse jeito?

O soldado se aproximou um pouco de mim.

— O que vocês dizem, tropa? Devemos descobrir?

Os outros fantasmas fizeram que sim com a cabeça e começaram a dar passos cuidadosos na minha direção.

Obviamente, minha luz havia criado apenas uma distração momentânea. Em mais alguns segundos, os fantasmas iriam recuperar completamente a confiança. Quando isso acontecesse, eles não iriam hesitar em me capturar e me servir como uma refeição para a escuridão.

Eu tinha de fugir dos fantasmas; sabia que precisava. Mas doía tanto. Tentei andar para poder correr, mas a dor aumentava. De maneira instintiva, enrolei-me em mim mesma e cruzei meus braços, que queimavam e brilhavam sobre o meu peito.

Esse movimento, no entanto, foi um erro.

Era como se meus braços fizessem um "x". De uma vez, o fogo diminuiu, correu pelos meus braços, pernas e veias em direção a um alvo.

Meu coração.

O fogo floresceu no meu peito, abrindo pétala após pétala de dor. Achei que meu coração poderia explodir, acabando com a minha existência bem ali na rua mais suja de Nova Orleans. Mas ele continuava a me chamuscar — de maneira tão intensa, que gritei alto.

Ainda bem que não gritei alto demais e consegui ouvir alguém me chamando, de maneira aguda e urgente.

— Amélia! Pelos infernos, Amélia, sai daí!

Não reconheci a voz e tive a leve impressão de que aquilo era simplesmente a minha imaginação. Mas enquanto eu buscava o ar por meio de respirações rápidas e superficiais, ouvi de novo.

— Amélia! *Corre!*

E de repente, fiz exatamente isso.

Apesar da dor incapacitante no meu peito, apesar da sede por sangue que brilhava nos olhos dos fantasmas do Bairro Francês, apesar da minha desconfiança sobre quem havia gritado aquele aviso de última hora — eu corri.

Passei pelos fantasmas com facilidade, abrindo espaço entre o aristocrata e a mulher grisalha. Enquanto eu fugia, senti as mãos de ambos agarrando meu vestido, mas me livrei deles sem olhar pra trás.

Longe dos fantasmas, corri o mais rápido que pude pela Rua Bourbon. Esquivando-me de meninas menores de idade e garotos com olhos cansados, desviando de barraquinhas de cachorro-quente e pessoas que vendiam bebidas em taças em forma de granada. Passei correndo por todos eles, forçando minhas pernas ao máximo até, finalmente, não conseguir mais dar um passo.

Eu não deveria ter sentido a queimação ácida da adrenalina nas minhas pernas. Mesmo assim, ela invadiu meus músculos com uma força avassaladora. Tinha acabado de chegar à relativa segurança de uma ruela quando minhas pernas desistiram e dobraram-se debaixo de mim. Ali, na escuridão, caí com tudo no chão imundo.

Com toda a minha energia gasta, busquei desesperadamente por ar e pressionei minhas mãos contra o peito, onde o coração ainda me punia com fogo. Não conseguia respirar, nem pensar. Tudo o que eu sentia era calor.

Não pude nem abrir os olhos quando uma voz conhecida falou de algum lugar acima de mim.

— Funcionou! — a garota exclamou. — Meu Deus, funcionou.

— Jesus — uma voz masculina sibilou. — O que você fez?

— O que ela me pediu — a garota disparou.

— Ela não pediu isso. Olha para o peito dela, para o coração dela. Você não se lembra como é sentir isso?

— Sim — a garota respondeu, com segurança. Mas sua voz se suavizou quando ela continuou:

— Ela pode tocar os vivos, Félix.

— Ela pode *o quê?* — ele engasgou.

— Eu sei, eu sei. Tente tocá-la.

As vozes ficaram em silêncio por um momento e então o garoto sussurrou:

— Não consigo.

A menina soltou um palavrão e disse:

— Isso não faz o menor sentido.

— Bom, a gente não pode descobrir isso outra hora?

— Tá bom — ela suspirou. — Se você ficar de vigia enquanto eu a pego.

O garoto a interrompeu:

— Eu sempre tenho que limpar as suas sujeiras?

Ela soltou um som petulante:

— Não fique achando que você pode me dar lições só porque você está vivo e eu...

— Gaby — ele alertou —, agora não é hora para discussões.

As vozes mais uma vez caíram num silêncio tenso. Então, de maneira tão suave que eu sabia que só podia estar sonhando, um par de braços escorregou por debaixo dos meus. Enquanto alguém erguia meu corpo, senti um peso impossível tomar o meu peito; e fiquei delirando, como alguém podia ter a força para carregar tal peso.

— Está acontecendo — a garota respirou. — Olha.

Àquela altura eu já conseguira abrir um pouco minhas pálpebras. Nos poucos segundos em que fiquei consciente, vi um par de olhos azuis e radiantes fixos nos meus.

— Joshua — sussurrei. — Preciso voltar...

Minha voz sumiu quando minha visão ficou dupla. Pelo menos, é o que acho que aconteceu; era a única explicação para ver de repente dois pares iguais de olhos azuis me estudando.

Pisquei, tentando clarear a visão, mas no momento em que fechei meus olhos, a inconsciência tomou conta de mim.

Capítulo VINTE

O mundo havia ficado escuro novamente, como nos meus sonhos. Ao meu redor, tudo estava parado e quieto, a não ser pela silenciosa queda d'água.

Dessa vez, no entanto, não entrei em pânico. Senti-me em paz. Descansada. E não fazia ideia do motivo.

Mantive os olhos fechados, respirando superficialmente sabe-se lá por quanto tempo. Quando senti que a luz do dia estava surgindo, abri meus olhos e observei uma camada uniforme de nuvens escuras tornarem-se visíveis bem acima de mim. Um nascer do sol fraco começou a brilhar entre elas, e então percebi que estava ao ar livre, deitada de costas olhando para o céu.

Mas ao invés de levantar e tentar descobrir onde estava, fechei os olhos de novo e fiz um elogio a mim mesma, sem pressa. Depois do que tinha acabado de acontecer, tinha a sensação de que não teria outro momento calmo para avaliar os danos que havia sofrido; eu precisava aproveitar aquele instante.

Para minha surpresa, descobri... nada. Absolutamente nada.

Minhas coxas já não pinicavam por causa da adrenalina, e meus pulmões não estavam limitados pelo esforço da corrida. E o melhor de tudo, o fogo no meu peito havia ido embora. Meu coração parecia livre, sem queimaduras — como se as chamas nunca tivessem existido.

Por estar repentinamente sem dor, assumi que *todas* as minhas sensações físicas haviam desaparecido. Com os olhos ainda fechados, mexi meus dedos, esperando o entorpecimento da morte. Quando eles tocaram algo arenoso e úmido, eu os escondi nas palmas das minhas mãos.

Por alguma estranha razão, a sensação não me assustou. Abri meus olhos, espalmei minhas mãos sobre a terra úmida, e me apoiei para sentar.

Primeiro, verifiquei meu corpo, agora sem veias azuis brilhando. Era evidente que haviam tomado o mesmo rumo que o calor no meu peito.

Depois, observei a ampla praia cinzenta que se estendia a minha frente. Sentei sobre a areia, com os pés descalços pressionando o chão, olhando para o que parecia um mar negro sem fim. Só que eu não conseguia dizer de verdade onde a água terminava e as nuvens começavam.

Sentia tudo agora: a areia gelada e granulada entre os dedos dos meus pés, a neblina úmida que saía da água, o vento gelado.

Mais uma vez, nada disso me assustou. Na verdade, me sentia mais tranquila do que nunca. Talvez aquele humor permitisse que uma memória escorresse lentamente na minha mente ao invés de aparecer de maneira repentina como costumava ocorrer.

Na memória, eu era uma criança tão nova que a imagem parecia embaçada e desigual como uma fotografia antiga. Eu usava um maiô salpicado com pequenas margaridas azuis — o meu favorito. Mas eu também tremia enquanto brincava na praia barrenta. De tempos em tempos, lançava um olhar irritado para os meus pais, que esperavam impacientes no carro. Ao ver essa imagem, eu não os culpava — era um dia extremamente frio, e eu era o único membro da família que não tinha desistido de nosso passeio no lago.

A memória ficou apagada, até eu estar observando novamente ondas negras quebrarem na praia de um mar desconhecido. Tive a vontade urgente de tocar a lama mais uma vez. Para moldá-la em algo importante. Algo memorável.

Ainda me sentindo inexplicavelmente calma, apertei meus dedos contra o cascalho. Mas antes de conseguir levantar a mão, uma voz baixinha falou perto de mim.

— Sei o que você está pensando — ela disse suavemente. — Que isso é um oceano. Mas com certeza não é.

Virei-me para a voz, estranhamente sem me surpreender ao ver a ruiva bonita do meu sonho no campo. Ela estava sentada de pernas cruzadas ao meu lado, com os braços esticados para trás de modo que as mangas da sua túnica verde encostavam-se à areia.

Olhando para ela, meu cérebro deu alguns saltos automáticos: se essa garota — obviamente um fragmento da minha imaginação — estava sentada aqui, então isso queria dizer que "aqui" era mais um espaço sonhado. O que significava que aquele lugar não era real.

Isso também podia representar que minha dor não tivesse acabado de verdade.

— Se não é o oceano — disse em uma voz estranhamente distante —, o que é então?

Ainda observando as ondas, a garota levantou os ombros.

— É o rio.

— Que rio?

— *O* rio. — Ela acenou em direção à beira d'água. — Talvez não o maior que existe, mas o maior que já vi. Tão largo que quando você está sentada às suas margens, acha que é um oceano.

Olhei de novo para o suposto rio, procurando o outro lado. Uma margem oposta, lá longe. Mas não importava o quanto eu buscasse, não encontrei nada. Apenas ondas escuras agitando-se no horizonte.

Olhando de novo para ela, dei de ombros.

— Bom, mas parece muito com o oceano.

— Ele parece com o que eles quiserem. Assim como o nosso lugar. Eles podem mudar o quanto quiserem.

— Eles...? — disse, mas ela me interrompeu com um *psiu* suave. Sem falar nada, ela apontou para a margem bem diante de nós.

Primeiro não vi nada. Então, enquanto observávamos, surgiu uma pequena forma escura, pendurada no ar sem apoio. Ela também estava se mexendo, girando e se contorcendo em torno de si mesma como um rolinho de poeira ao vento. Enquanto ela se movia, crescia, esticando-se e aumentando até ficar do tamanho de uma pequena casa.

Por alguns segundos, ela flutuou vários metros acima do chão, e fiquei imaginando se aquele estranho processo de construção havia terminado. Mas pilares começaram a se formar debaixo dela, ancorando a casa na areia. Em seguida, surgiu um telhado inclinado, apoiado por colunas espalhadas em intervalos regulares ao invés de paredes, para que pudéssemos olhar através dela para o oceano. Finalmente, daquele jeito, ela se acomodou.

E eu fiquei sem ar.

A estrutura não era uma casa e sim o pavilhão sombrio. Aquele com o qual eu tinha alucinado na noite passada, antes de Joshua e eu irmos para o cemitério. A única diferença era que agora eu estava sentada do lado de fora. Mas eu o reconheceria em qualquer lugar.

Estávamos no *submundo*.

— Precisamos sair daqui — respirei, tropeçando para trás na areia. — A qualquer segundo a Ponte Alta vai surgir, e depois os demônios, e então...

— A Ponte Alta não vai aparecer — ela disse. — Essa é uma parte diferente do mundo deles, criada intencionalmente para reproduzir o mundo dos vivos... ou pelo menos parte dele. Normalmente eles gostam de lugares com água. Lugares de transição. Você sabe, "atravessar o rio Estige"[3] e coisas do tipo. Mas não se deixe enganar; o mundo deles é totalmente interligado. Eles podem vir de Oklahoma para cá em questão de segundos. Além disso, todos os portais — seja em Oklahoma ou em Nova Orleans — levam ao mesmo lugar sombrio.

Antes que eu pudesse dizer a ela "*Obrigada pela informação, mas provavelmente ainda devíamos sair correndo*", ela girou para ficar de frente para mim. Seus olhos verdes tornaram-se repentinamente ardentes, agitados.

Sem avisar, ela agarrou meus pulsos e me puxou para ela com tanta força que a areia úmida espirrou na minha saia.

— Amélia, você precisa parar de fazer isso — ela suplicou.

Eu balancei a cabeça e tentei me afastar dela.

— Me solta. Agora!

Meu pedido apenas fez com que ela me segurasse com mais força.

— Não posso, Amélia. Não até você entender que precisa parar.

---

[3] É o rio da imortalidade, que aparece em várias lendas. Uma delas fala de quando Tétis quis tornar Aquiles um ser imortal mergulhando-o nesse rio. Porém, ao colocá-lo na água, segurou-o por um dos calcanhares e assim esta parte do corpo dele ficou vulnerável, podendo levá-lo à morte – daí surgiu a expressão "calcanhar de Aquiles", que significa ponto fraco (N. E.).

— Parar com o quê? — grunhi, puxando com mais força. Quanto mais tempo ela me segurava, mais meus pulsos ardiam. — Não sei o que estou fazendo de errado.

Finalmente, ela me soltou. No momento em que as mãos dela liberaram as minhas, segurei meus pulsos tentando massagear um deles para que voltasse a sentir alguma coisa, e depois o outro. A garota, no entanto, parecia completamente despreocupada com o meu desconforto. Com aquela mesma expressão frenética, ela apontou com uma das mãos para todo o meu corpo.

— Isso — ela disse sem expressão. — É com isso que você deve parar.

Acompanhei seu gesto e então pisquei confusa.

— Meu... vestido? Olha, sei que ele está fora de moda, mas isso não é motivo para...

Ela me interrompeu com um violento movimento da cabeça.

— Não é seu vestido. *É você*, Amélia. *Você é o problema.* O que você está fazendo é antinatural, e não vamos deixar isso acontecer por muito mais tempo.

— Eu não... eu não *fiz* nada — gaguejei, completamente perdida.

— Você fez. E continua fazendo bem agora... É que você ainda não sabe.

— Desculpe?

A garota suspirou e passou a mão em seus cachos acobreados.

— Eu sei. Confie em mim, eu sei. Já faz um tempo que eu sabia que isso iria acontecer, e tenho tentado avisar você, com todas as visões. Venho tentando manter você *longe* desse lugar. Mas você é... *incrivelmente... teimosa.*

Ela pronunciou cada uma de suas últimas palavras individualmente, como se quisesse enfatizar sua frustração. Por algum motivo aquilo me irritou. Àquela altura minha sensação de tranquilidade havia desaparecido completamente. Então me sentei ereta, massageando meus pulsos, e olhando diretamente para ela.

— Talvez... agora, isso possa soar completamente maluco... mas talvez você devesse ter tentado criar sonhos mais compreensíveis. Que tal?

Ela gemeu.

— Preciso trabalhar dentro dos parâmetros que eles me dão, tá bom? Essa coisa de ser guardiã tem regras, e não posso simplesmente...

— Eles? — repeti. — Você fica dizendo isso como se eu devesse saber do que você está falando. E o que é uma guardiã? Você é meu anjo da guarda ou coisa parecida? Porque, se for isso, você é realmente muito *ruim*.

Ela acenou com as duas mãos diante dela, parecendo aflita.

— Não! — ela gritou. — Pelo amor de Deus, não. Sou só... sou... droga, não posso *dizer* a você o que eu sou. Apenas confie em mim quando eu digo que você precisa descobrir um jeito de desfazer isso. — Ela apontou de novo para todo o meu corpo. — Então vá para casa.

Arqueei uma sobrancelha.

— Casa? Para Oklahoma?

— Sim, Oklahoma. Perfeito.

— Mas os demônios estão esperando por mim lá.

— Eles estão esperando por você *em todos os lugares*, Amélia.

Quando fiquei pálida, ela se apressou para completar:

— Mas não se preocupe... vamos cuidar disso. Apenas vá para casa, pare de falar com os vivos, pare de ir até aquela ponte, apenas volte para a sua antiga existência.

— Você quer dizer... vagar por aí? Voltar para a neblina?

Ela fez que sim com a cabeça de maneira vigorosa.

— Sim, exatamente. A neblina. Você acha que consegue fazer aquilo de novo?

Soltei um suspiro longo e frustrado antes de responder.

— Tá bem, vamos supor que eu ache que ir para casa seja uma boa ideia *e* que eu queira voltar para a neblina. Você conhece algum fantasma que já tenha feito isso antes? Se sim, você pode me dar algumas dicas? Porque não sei como fazer para não me lembrar de tudo a essa altura.

A garota gemeu novamente e levantou os braços no ar.

— Sinceramente? Nem imagino. Quase todas as almas são chamadas logo depois da morte... Apenas alguns fantasmas ficam vagando, e um número ainda menor acorda.

Ela me surpreendeu caindo de costas sobre a areia úmida como se não temesse o submundo nem um pouco. Deitada no chão, ela soltou um suspiro profundo.

— Você está se saindo *bem* sozinha, ficando fora do radar deles e do nosso. Mas então *precisei* me render. E as coisas ficaram complicadas demais, com o cara vivo e o brilho quente, e com o Eli deixando de fazer o que eu achei que ele iria...

Eu a interrompi.

— Espera. Você sabe sobre o brilho? Você conhece o *Eli*?

Ela me lançou um olhar culpado e fechou a boca, como uma menininha que havia acabado de revelar os segredos de alguém.

— Não — ela disse sem convicção. — Claro que não.

— Você vai me dar alguma resposta útil? Tipo, o que é o meu brilho, e como posso usá-lo de novo?

Seu silêncio não me surpreendeu nem um pouco.

De repente, mudei a posição das minhas pernas e levantei, para ficar mais alta do que ela.

— Olha, não preciso de nenhum outro ser sobrenatural fazendo besteiras com a minha vida após a morte. Então obrigada pela... ajuda, acho. Tenho a sensação de que você é parte de seja lá o que for o *oposto* do submundo, e fico feliz com o fato de vocês finalmente terem percebido que eu existo.

Ela parecia um pouco chocada com o meu tom amargo, mas como não reagiu, eu continuei:

— Dito isto, não quero mais a ajuda de vocês. Não a menos que vocês consigam evitar que os demônios venham atrás de mim e...

— A gente consegue! — ela exclamou, enquanto eu terminava de dizer "*e dos vivos que amo*".

Sua expressão mudou.

— A gente *não* consegue fazer isso — ela disse. — Regras são regras: eles podem fazer as escolhas deles, assim como nós fazemos as nossas.

— Então estou tomando a minha decisão, nesse instante. Sua ajuda não vale nada se ela não servir também para os vivos de quem gosto. Não sou como aqueles fantasmas do Bairro Francês... eu não negociaria alguém para me salvar.

Ela franziu o rosto sem comentar; aparentemente, não gostara da maneira que eu resumira sua oferta. E aquilo não era nada bom.

— Certo — eu disse com firmeza. — Já que isso está decidido, me deixe em paz. Pare de me mandar sonhos e alucinações assustadores... a minha vida após a morte já é esquisita o suficiente. Com isso, quero dizer que foi um golpe baixo fazer com que eu imaginasse a voz do meu pai em um campo.

A garota abriu a boca para se opor, mas depois mudou de ideia. Quando tive certeza de que ela não tinha nada mais a dizer, virei as costas e fiquei examinando a infinita extensão de água e areia ao nosso redor. A não ser pelo pavilhão assustador — ainda vazio, graças a Deus —, eu não via outras estruturas ou objetos. Nada de portas, janelas, carros ou botes... nada para me levar de volta à realidade.

Olhei para a garota:

— Acho que você não vai me contar como saio daqui, né?

Ela levantou os ombros... um gesto que pareceu estranho, se pensarmos que ela ainda estava deitada no chão.

— Feche bem os seus olhos e diga: 'Não há nenhum lugar como a minha casa' algumas vezes.

Eu bufei fazendo graça:

— Você não vai me dizer que depois preciso bater meus calcanhares?

Apesar de sua careta, a garota riu.

— Tá bom, tá bom. Mas você ainda precisa fechar os olhos.

— Por quê? — perguntei, com razão para ficar desconfiada.

— Porque vou acabar com esse sonho, e não consigo fazer isso enquanto você estiver com eles abertos.

Virei um canto dos meus lábios para baixo sem acreditar, e ela suspirou:

— Por favor, Amélia. Apenas feche os olhos.

Observei-a mais um pouco. Deitada de costas na areia como se não tivesse nada com que se preocupar a não ser comigo: uma morta teimosa e fora do comum. Então, contra vontade, abaixei minhas pálpebras.

Claro que eu não as fechei *completamente* até ela me repreender:

— Pare de espiar!

Depois de obedecer, ouvi um leve barulho de ar. Quando os reabri, já não via mais a praia. Mas o meu novo cenário também não era exatamente reconfortante.

Principalmente porque, quase que de maneira imediata, reconheci a pequena sala escura na qual eu havia acordado. As venezianas fechadas, os móveis cobertos, o arco-íris de pílulas na mesa de centro diante de mim... todos os elementos de um dos meus sonhos mais sombrios.

Aquele no qual havia me visto viva.

E morrendo.

Capítulo VINTE E UM

Tentei sentar, mas quase todos os centímetros do meu corpo gritaram em protesto ao menor movimento. Então, fiquei deitada completamente imóvel, com os olhos cheios de lágrimas.

O sol estava nascendo... eu podia perceber por causa da luz que entrava entre as pesadas persianas diante de mim. Enquanto a sala ficava mais clara e meus olhos começavam a ficar limpos, pude ver mais do que apenas os elementos que reconhecia.

Agora sem a confusão do sonho, percebi que aquela sala na verdade era muito mais bonita do que lembrava. As paredes eram pintadas com um roxo profundo e exibiam quadros que pareciam ser telas originais de obras de arte caríssimas. Os móveis (pelo menos os que não estavam cobertos por lençóis brancos) tinham uma aparência requintada, todos feitos de madeira polida, tecidos sofisticados e tons dourados. Mesmo a mesa de centro com sua coleção de pílulas espalhadas era feita de mosaicos de azulejos e decorada com velas acesas e perfumadas.

Apesar das velas, no entanto, o lugar ainda tinha um cheiro... esquisito. Quase palpável. Era um misto entre comida e umidade sobrepondo-se ao doce perfume voluptuoso. Quanto mais tempo eu ficava ali deitada, mais forte ficava o aroma.

Mas aquilo... não fazia sentido. Inspirei bem fundo pelo nariz e o cheiro continuava, forte e incessante. Ele não desapareceu como deveria. Eu continuava a senti-lo.

O mais estranho é que também percebia outras coisas: um gosto amargo na boca, a garganta seca e uma coceira que acabara de surgir no meu braço. Sensações que eu nunca experimentara por tempo suficiente para conhecê-las completamente.

Até agora.

Fiz outra autoavaliação e percebi um ardor nas pernas, uma dor nas têmporas e um peso estranho no peito.

Nenhuma parte do meu corpo estava entorpecida. Não mais.

Estava tentando entender tudo isso, racionalizar, quando ouvi um leve ronco vindo de algum lugar perto dos meus pés. Rangi os dentes e aventurei-me a fazer algum movimento, usando um cotovelo para me erguer sobre o sofá. Apesar de tudo — e quero dizer *tudo* — doer, estiquei meu pescoço para poder ver além do braço arredondado do sofá.

Ali, sentado em um canto escuro a alguns metros do sofá, estava um menino. Ele havia caído para a frente em sua cadeira, estava com os braços soltos ao lado do corpo e sua cabeça apoiada no peito.

Ouvi mais um ronco e então fiz a única coisa na qual conseguira pensar.

— Ei! — gritei. — Quem é você?

Mas não gritei de verdade. Tentei, mas o som saiu arranhado e seco, como se estivesse saindo de uma gripe horrível.

Mesmo assim, o menino deve ter me ouvido. Ele se mexeu, recostando-se na cadeira e soltando um ronco final. Meio bocejando, meio gemendo, ele balançou a cabeça para acordar e então passou uma mão da testa até o queixo.

Por um breve instante, não consegui ver seu rosto. Mas quando ele tirou a mão e abriu os olhos, fiquei sem ar.

O menino era *igualzinho* à Gabrielle, a garota do vodu. A mesma pele cor de café com leite, a mesma estrutura óssea perfeita. A única diferença, a não ser pelo gênero, deveria ser a idade. Sua barba e as linhas em torno de sua boca o faziam parecer mais velho... mas não muito.

Seus olhos azuis e luminosos se encontraram com os meus, e de repente fiquei tonta. Balancei por um segundo, e apesar de tentar ficar ereta, meu cotovelo não aguentou, e eu caí de volta no sofá.

O garoto, no entanto, não se mexeu. E se eu ficasse no ângulo certo, ainda podia vê-lo, sentado de maneira esquisita e rígida na cadeira. Não parecia um lugar confortável para acordar, e seu rosto bonito transparecia o cansaço de dormir a noite toda ali. Como se ele tivesse ficado de vigia.

Ou como se tivesse me vigiando.

Eu não conseguia decidir qual opção parecia mais provável quando ele chamou com uma voz quase tão rouca quanto a minha.

— Gaby, ela acordou.

Ouvi um palavrão silencioso vindo de algum lugar do apartamento, seguido pelo som de passos. Em alguns segundos, Gabrielle surgiu pelo arco perto da cadeira do garoto. Ela usava um quimono longo e bordado, e apesar de não parecer tão cansada quanto ele, bocejou enquanto entrava na sala.

Apesar de cansada, ela ainda estava mais bonita que da última vez que a vira: coberta de sangue e possivelmente possuída. Na verdade, em comparação com a noite passada, ela parecia positivamente alegre.

Ela sentou em uma cadeira próxima, usou suas unhas para arrumar seu penteado afro e então se virou para mim com um suspiro afetado.

— Você acha que conseguiria deixar a gente dormir por mais algumas horas?

Agarrei um dos braços do sofá e lutei contra a dor para me levantar. Enquanto me mexia, o peso no meu peito ficou cada vez mais incômodo. Tentei ignorá-lo até que finalmente sentei. Dali, lancei um olhar bravo para Gabrielle.

— Quem são vocês, de verdade? — exigi saber, sem ar por causa do esforço. — Onde estou? E que diabos vocês fizeram comigo?

— São muitas perguntas para as 7 horas da manhã, princesa.

— Amélia — corrigi automaticamente.

— Tá certo. São muitas perguntas para as 7 horas da manhã, *Amélia*.

— Gaby — o garoto reprimiu, ainda sem levantar da cadeira. — Pare de provocá-la... ela já passou por muita coisa.

Gabrielle virou os olhos.

— Como se eu não soubesse.

— Sim, mas você tem de *escolher*. Pelo que você me disse na noite passada, você não foi exatamente sincera com essa garota, foi?

— Escolher o quê? — eu falei alto. — Alguém pode começar a me explicar as coisas, por favor? Agradeço por vocês terem me salvado dos outros fantasmas, mas...

— Os apagados — Gabrielle interrompeu.

— Os o quê?

— Apagados — ela respondeu em um tom despreocupado. — É assim que chamo os fantasmas que tentaram te pegar.

— Então... você já teve outras experiências com eles antes — eu disse devagar. Meu cérebro começou a puxar memórias e frases do ataque da noite passada. Uma palavra em especial me veio à mente: "intermediário". Quando falei de novo, fui cuidadosa. Defensiva.

— *Como* você conhece os apagados, exatamente?

Gabrielle e o garoto trocaram olhares. Quando ela se virou novamente para mim, seus olhos definitivamente pareciam menos frívolos.

— Vamos... chegar lá — ela disse, hesitante. — Mas talvez *devêssemos* começar pelo começo. Você já sabe que eu sou a Gabrielle. — Ela colocou a ponta do dedo no peito. Então ela apontou para o garoto. — Esse é o meu irmão, Félix. Somos os gêmeos Callioux.

Levantei uma sobrancelha.

— Gêmeos?

— Não idênticos — ela disse.

— Tá, essa parte eu entendi. Só que... vocês parecem ter...

— Idades diferentes? — Félix completou, sorrindo. — Bom, parecemos por que realmente temos. *Agora*, pelo menos.

— Agora?

Félix não respondeu e, ao invés disso, lançou um olhar cortante para a irmã. Ela respirou fundo e me encarou.

— Félix tem vinte anos — ela disse. — Mas eu tenho dezessete e, tipo, dez meses. Eu tenho essa idade há um pouco mais de dois anos.

Esperei ela me dizer que estava brincando. Como isso não aconteceu, fiquei atônita.

Eu sabia das implicações do que ela estava dizendo melhor do que ninguém. Ainda assim, tinha de fazer uma pergunta importante em voz alta. Só por garantia.

— Você está... morta?

— Sim — ela respondeu. — Sou um fantasminha, assim como você.

Fiquei em silêncio por um instante. Então, em voz baixa, perguntei:

— Como?

— Você quer saber como ela morreu? — Félix perguntou. — Em um acidente de carro. O mesmo que matou nossos pais.

Ele contou quase sem expressão, sem demonstrar nenhuma emoção em seu rosto. Ainda assim — mesmo do outro lado da sala, e mesmo tendo acabado de conhecê-lo — eu pude ver uma centelha de dor em seus olhos. Isso me revirou o estômago, aquela centelha. Como alguém pode perder toda a família de uma só vez? Mesmo que parte dela tenha obviamente voltado para ele?

— Sim, sim, é tudo muito trágico — Gabrielle continuou, chamando minha atenção de volta para ela. — Meu namorado sem querer tirou a direção das mãos do meu pai, e nosso carro caiu da Ponte Crescente. Não o vimos mais desde então, nem meus pais.

Eu balancei a cabeça sem acreditar.

— Você morreu caindo de uma ponte?

Ela ficou me observando por um segundo. Então seus olhos se esbugalharam de surpresa.

— Você também? De verdade?

Quando dei um pequeno sorriso seco, ela soltou uma gargalhada triste.

— Uau. Que coincidência.

— Me conte mais — eu disse para disfarçar, esperando voltar ao assunto em questão. — Então, você morreu, o Félix sobreviveu, e você voltou para assombrá-lo?

Félix se inclinou para a frente em sua cadeira, balançado a cabeça.

— É basicamente isso. Devo ter sido jogado para fora do carro ou algo do tipo, porque a equipe de salvamento me encontrou na praia algumas horas mais tarde. Mas todos os outros que estavam no carro morreram, inclusive o babaca do namorado dela.

Gabrielle fez um barulho de queixa, mas Félix a interrompeu.

— Essa é uma palavra muito boa para Kade LaLaurie, e você sabe disso. Não me importo se ele era um calouro que fazia parte de uma fraternidade; aquele cara era muito esquisito. Ainda não estou completamente convencido de que ele não tenha causado o acidente de propósito. Desculpe, irmã, mas você tinha um *péssimo* gosto para namorados.

Depois de lançar um olhar fulminante para o irmão, Gabrielle retornou à história.

— *Continuando* — ela enfatizou. — Só levou alguns dias para que Félix e eu nos reencontrássemos. Na verdade, ele me encontrou, confusa e perdida do lado de fora do túmulo da nossa família no dia do enterro.

— Primeiro achei que ela também havia sobrevivido — ele disse, balançado a cabeça, triste. — Quero dizer, eu nunca tinha me deparado com um fantasma antes, então não sabia muito bem o que estava vendo.

— Você é um vidente, mas não sabia até quase morrer — concluí.

Félix fez que sim com a cabeça.

— Acho que sim, apesar de não ter aprendido o significado dessa palavra até que começamos a pesquisar porque ela não sentia nada nem conseguia tocar em nada. E porque, além disso, ninguém a via.

— Nada? — perguntei, tentando manter meu tom o mais neutro possível. Não queria revelar o motivo da minha curiosidade para os gêmeos. Mas desde a primeira vez que tocara Joshua, eu ficava pensando se a eletricidade que sentíamos era comum em todos os fantasmas ou se era só... nossa.

Franzi a cara. Naquele momento, não queria pensar no fato de que "nós" não existíamos mais.

Félix percebeu minha expressão e olhou curioso para mim. Felizmente, ele não me pressionou sobre o assunto e, ao invés disso, respondeu:

— Nada. Foi isso que nos fez chegar à conclusão de que ela estava morta.

Gabrielle bufou.

— É. Isso e o fato de que eu podia ir e voltar para Michigan em questão de segundos. — Ela se inclinou para a frente em sua cadeira, arrumando o quimono em volta de suas longas pernas. — O ruim é que foi mais ou menos na mesma época em que descobrimos que nossos pais estavam muito endividados. O banco vendeu nossa casa em Metairie para pagar as contas. Quando a burocracia acabou, Félix era maior de idade e ninguém estava muito preocupado sobre onde ele iria morar. Então depois disso... ficamos sem teto.

Contraí a testa, deixando meus olhos vagarem pelo interior do apartamento.

— Parece que vocês estão muito bem agora.

O olhar de Félix acompanhou o meu, e ele começou a se contorcer. Mas apesar do desconforto óbvio do irmão, Gabrielle abriu um sorriso, juntou as mãos e inclinou-se para mim.

— Você sabia — ela disse num tom conspiratório — que muitas estrelas de Hollywood têm casas e apartamentos no Bairro Francês? E você acredita que algumas delas não instalam sistemas de alarme? E você também imagina que a maioria dessas pessoas quase nunca vem para cá, especialmente quando estão falidas *e* uma ordem judicial as mandou cumprir uma reabilitação de seis meses?

Ela esticou o pescoço em direção ao porta-retratos em uma das mesas laterais. Ali, abrindo um sorriso enorme para a câmera, estava uma das atrizes mais famosas do mundo. Até *eu* sabia quem ela era, e eu já estava morta há mais de uma década.

— Meu Deus — gaguejei. — Esse é o apartamento *dela*? Vocês são invasores? Vocês não têm medo de serem presos?

Gabrielle gargalhou.

— Eu? Não. Mas claro que o Félix tem.

—É óbvio que tenho — ele replicou bruscamente. — Especialmente porque fui eu quem estourou o cadeado da porta lá debaixo para podermos levar esse plano idiota adiante.

A irmã dele, no entanto, apenas virou os olhos.

— Viva um pouco, Félix. Além disso, se você acredita nos tabloides, os bancos vão interditar esse lugar antes de ela sair da clínica. A não ser por algumas roupas e a roupa de cama, a gente não mexeu em nada. Os lençóis sobre os móveis, as pílulas na mesa de centro... está tudo como quando chegamos aqui, e vai continuar assim quando sairmos.

Balancei a cabeça, sem acreditar em sua demonstração atrevida de coragem e burrice.

Mas na verdade, a saga dos irmãos Callioux não era a coisa mais importante na minha vida após a morte agora. O que eu queria saber era por que meus dedos podiam tocar a manta rústica debaixo de mim; por que eu ainda podia sentir os estranhos cheiros do Bairro Francês; por que meu corpo parecia moído e cansado depois que aquelas sensações deveriam ir embora?

— Tudo bem, agora que eu sei o começo, o meio e o fim. Mas e eu? Por que me sinto tão estranha? Por que estou *sentindo* qualquer coisa?

Mais uma vez, Gabrielle e Félix trocaram olhares receosos.

— Conta para ela, Gaby — ele a impeliu.

Ela manteve seu olhar por um momento, obviamente juntando forças para o que iria me dizer a seguir. Depois de um silêncio desconcertante, ela se virou para mim.

— Coloque os dedos no pescoço, Amélia — ela ordenou suavemente.

— Colocar... o quê?

Ela me mostrou o que devia fazer, pressionando os dedos indicador e médio da sua mão direita no seu pescoço, um pouco abaixo do maxilar. Franzi a testa, confusa, mas então segui seu exemplo.

Afinal de contas, que mal poderia haver?

Apenas alguns segundos depois desse gesto, no entanto, tirei minha mão rapidamente e fiquei tensa no sofá. Meus olhos se esbugalharam de maneira desconfortável enquanto eu encarava Gabrielle. Quando ela balançou a cabeça confirmando, soltei um suspiro alto.

Pois, apesar de não sentir isso há muito tempo, eu reconheci o que estava acontecendo sob a pele macia do meu pescoço.

Uma pulsação.

Capítulo VINTE E DOIS

A esperança cresceu dentro de mim, tão forte que me deixou tonta. Minha pulsação acelerou com a empolgação. Agora que a sentia novamente, não sei como pude confundir aquelas pontadas nas têmporas com outra coisa.

— Estou... viva?

Gabrielle franziu a testa parecendo culpada e balançou a cabeça.

— Não. Desculpe. Você não está viva de verdade... seu corpo apenas acha que está. É uma espécie de... ilusão.

Tudo dentro de mim murchou. Minha mão direita vacilava no meu pescoço, bem onde eu havia sentido o sangue e o calor correndo sob a minha pele.

— O que você quer dizer com "ilusão"?

Ela torceu as mãos sobre o colo enquanto se esforçava para dar uma explicação melhor.

— Você é um tipo de... como posso explicar? Você é uma morta-viva. Ou uma quase morta. Escolha seu eufemismo sobrenatural.

Meu estômago se revirou violentamente. Não queria acreditar nela. Mas eu sabia, sem dúvida nenhuma, que ontem estava morta. E que agora estava... um pouco diferente.

— O que você está dizendo? — sussurrei. — Que sou um... *zumbi*?

Inacreditavelmente, Gabrielle sorriu.

— Acho que não. Você não está com vontade de comer cérebros, está?

Eu balbuciei por um momento, com minha mente vagando entre a confusão e a raiva. Então, respondi baixinho:

— Não. Ainda não.

Meu estômago fez um barulho alto e repentino, e Gabrielle riu. Coloquei as mãos sobre a barriga e olhei para baixo, surpresa. Então meus olhos se encontraram novamente com os dela.

— Cadê o meu vestido?

Gabrielle levantou um ombro, encabulada. Ela esticou o braço até o chão e pegou um pedaço de pano disforme, sujo e decadente. Se não fosse pelo corpete familiar, eu quase não teria reconhecido a seda esfarrapada, que parecia ter ficado guardada em algum lugar frio e úmido por... bem, uma década. Agora o tecido literalmente se desintegrou nas mãos de Gabrielle. Enquanto eu olhava, pedaços da peça caíam no chão como se fossem cinzas.

— A transição afetou você, mas não as roupas. Então seu vestido... não chegou lá — ela disse. — Tive de colocar um dos robes da atriz em você quando essa coisa começou a ficar um pouco proibida para menores.

Meus olhos se voltaram para Félix, cujas bochechas ficaram vermelhas. Agradeci em silêncio por ter sido Gabrielle quem me vestiu... mesmo que não pudesse entender como.

Massageei minhas têmporas, onde sentia pontadas de uma dor de cabeça inexplicável.

— Isso tudo aconteceu por causa daquela cerimônia ontem à noite, não foi? O vodu?

— Sim... por causa do feitiço de Lázaro.

Um frio percorreu minha espinha.

— O quê? É melhor você começar a explicar. Tipo, *agora.*

Gabrielle se mexeu, ainda parecendo um pouco culpada.

— Eu vou, mas tenho que voltar um pouco, tá bom? — Então começou: — Mesmo antes de morrer, eu me interessava por vodu. Mais pela diversão, apesar do meu avô praticá-lo a sério. Uma vez, antes de morrer, ele me contou sobre o Café Conjuro. Ele me disse que era administrado por uma velha amiga... uma das sacerdotisas vodu mais poderosas de Nova Orleans. Então quando me dei conta de que estava morta, comecei a assombrar o lugar. Observei Marie e aprendi o que pude. Principalmente sobre os mortos, e como fazer meus próprios feitiços. Há cerca de dois meses, a coisa valeu a pena... Marie finalmente deixou um de seus livros de conjuração aberto em uma página que mostrava algo chamado feitiço de Lázaro. Era perfeito, exatamente o que eu estava procurando, a não ser por alguns pequenos detalhes. Então o decorei e acrescentei meus toques pessoais. Depois fiz o Félix pegar algumas coisas do Café Conjuro e ir comigo até o cemitério de St. Louis. Ali, com a ajuda dele, fiz a primeira cerimônia de Lázaro... a que me modificou.

— Como o ritual que você fez noite passada? — perguntei.

— *Exatamente* o mesmo ritual. É parecido com todas as cerimônias de vodu haitianas que você vê nos documentários, mas tem uma diferença muito importante. No vodu, normalmente a mágica de ressurreição reanima o corpo sem a alma. Mas eu descobri um jeito de reavivar a alma... sem o corpo!

— Como? — exigi saber, com a voz gelada pelo ceticismo.

— O feitiço de Lázaro é baseado em uma oferenda — disse Gabrielle. — Uma troca precisa ser feita para que ele funcione. Quando isso acontece, a ressurreição dá ao fantasma uma forma quase física e algumas habilidades incríveis. Como, por exemplo, podemos nos tornar visíveis para os vivos sempre que quisermos. E como não estamos vivas de verdade, não nos machucamos. Além disso, podemos usar roupas e cabelos diferentes de novo, o que é... na minha opinião... absolutamente necessário. A ressurreição também nos dá sensações. Podemos sentir o cheiro das coisas... e é possível até *comer* de novo.

Félix limpou a garganta e olhou firmemente para a irmã.

— A não ser por...? — ele começou.

A boca de Gabrielle se contorceu, revelando frustração e derrota de maneira relutante.

— Tá bom, tá bom — ela concordou. — Há algumas desvantagens. Veja, a mágica só funciona baseada em uma troca. Para ganhar algumas coisas, você precisa abrir mão de outras.

Até aquele momento, ela tinha apenas feito comentários positivos sobre meu novo estado intermediário. Mas podia ouvir o tom evasivo em sua voz.

Lutando contra um enjoo crescente, mantive a voz baixa e ameaçadora.

— Do que exatamente eu abri mão, *Gaby*?

Ela mordeu os lábios, segurou um cacho solto de seu penteado afro e ficou torcendo-o com seu dedo indicador. Finalmente, quando minha paciência tinha quase acabado, ela falou. De maneira hesitante, como se já temesse a minha reação.

— Para viver essa meia-vida — ela disse —, você precisa lidar com algumas coisas negativas. Primeiro, você sentiu aquela dor na noite passada, na qual a força da mudança acende você e faz seu coração agir como se funcionasse novamente. Então... esse foi um sacrifício. Depois, você não pode mais desaparecer quando quiser, acho que por ser mais substancial agora. E finalmente, você precisa... abdicar... de mais alguma coisa.

Lancei um olhar fulminante para ela e me inclinei para a frente.

— Que "coisa", Gabrielle?

Ela brincou com seu cabelo em silêncio por mais alguns segundos e então, depressa, disse:

— Toque. Achamos que você perdeu a capacidade de tocar.

— Mas estou tocando coisas neste instante — argumentei. Demonstrei como conseguia bater minha mão contra a manta debaixo de mim e fechei o decote do meu robe.

Gabrielle sorriu como se pedisse desculpas.

— Sim, você tem essas sensações de volta. Mas... bem, há uma coisa que a torna especial. É por isso que concordei em ajudar o seu namorado. Achei que você manteria isso depois da transformação, mas deve ter acontecido alguma complicação. Não descobrimos até ontem à noite, quando Félix tentou tocar em você. — Ela rangeu os dentes antes de terminar: — Temos quase certeza de que você perdeu a habilidade de tocar os *vivos*.

Olhei para ela, lívida:

— O quê?

Gabrielle inclinou sua cabeça na direção de Félix numa espécie de sinal silencioso. Ele acenou com a cabeça e levantou da cadeira. Então caminhou até o sofá e se ajoelhou ao meu lado. Com o rosto franzido, ele colocou sua mão com cuidado sobre a minha.

Ou pelo menos tentou. Onde nossas peles se tocavam, não senti nada. Nada de eletricidade ou faíscas. Apenas a dormência costumeira que sentia antes dessa transformação.

Puxei minha mão debaixo da dele.

— Isso não significa nada. Isso poderia ser específico entre mim e você.

— Talvez — disse Gabrielle, em dúvida. Sua expressão me dizia que ela sabia exatamente em quem eu estava pensando quando se tratava de tocar os vivos. — Talvez a única pessoa viva que você podia tocar era o seu pombinho. Podemos buscá-lo e descobrir...

Balancei minha cabeça sem força.

— Não, não podemos.

Ela teve a decência de parecer arrependida por um momento. Não por muito tempo, no entanto, pois logo ofereceu animada:

— Você ainda pode me tocar, se isso a fizer se sentir melhor.

Simplesmente fiz uma careta para ela. Depois disso, fiquei sentada imóvel tentando processar desesperadamente todas essas informações. Enquanto fazia isso, alguns pensamentos desdenhosos passaram pela minha cabeça — refutações a tudo que Gabrielle tinha acabado de dizer. Mas ao invés de expressar o que se passava pela minha cabeça, apenas encostei no sofá.

— Não me sinto muito bem — sussurrei, e meu estômago roncou de novo como para demonstrar o que eu estava dizendo. Félix lançou um olhar de empatia antes de pegar uma lixeira desenhada por um *designer* de debaixo de uma mesa lateral e colocar perto dos meus pés.

— Obrigada — murmurei distante, incapaz de encará-lo. Apenas caí entre as almofadas do sofá, monitorando sem pensar muito o ruído pesado no meu peito. Minha mente se esvaziara.

Até uma palavra surgir com força.

Joshua.

Parecia errado dizer seu nome, mesmo sem ser em voz alta.

Minha mente começou a girar com tantas perguntas. Eu realmente havia perdido minha habilidade de tocá-lo? E isso tinha alguma importância?

Claro que tinha. Tinha uma importância terrível. Apesar de ter jurado protegê-lo — mesmo que isso significasse nunca mais vê-lo —, não suportava a ideia de que viveria uma espécie de vida sem ele. Cada vez que meu coração batia, cada vez que sentia alguma sensação que havia perdido, ele não estaria lá para dividir isso comigo.

Eu não podia ser assim sem ele, *não podia.*

De repente, o que parecia ser uma onda de veneno borbulhou no meu estômago. Inclinei-me para a frente correndo, pegando a lixeira a tempo para esvaziar o meu estômago na lata — em grande parte uma bile nojenta e ácida, já que eu não havia comido nada nos últimos dez anos. Quando aquilo terminou e estava quase certa de que não poderia ser atingida por outra onda, inclinei-me para trás e comecei a gritar com os gêmeos Callioux, que me olhavam com as bocas abertas e os olhos arregalados.

— No que vocês estavam *pensando?* E quem *diabos* deu permissão para vocês fazerem isso comigo? — Eu sabia que estava agitada e fora de controle, mas não queria parar. — Se você tivesse me ouvido no cemitério... eu pedi, só queria que os sonhos parassem. E talvez aprender como fazer algo a respeito dos demônios. Mas... *isso*? Não pedi isso!

— Eu sei — Félix murmurou, mas as palavras de Gabrielle se sobrepuseram às dele.

— Os demônios? — ela perguntou numa voz tensa.

— Sim, os demônios. Eles estão atrás de mim desde que encontrei com dois deles no submundo. Tudo o que eu queria era encontrar uma maneira de derrotá-los, ou pelo menos de fugir deles. E agora não posso nem fazer metade das coisas que me protegiam antes...

Gabrielle pulou para a frente, mergulhando entre Félix e a mesa de centro até se ajoelhar ao meu lado. Seus olhos estavam repentinamente brilhantes, desesperados; e ela agarrou minhas mãos com uma força desesperadora.

— Você foi para o outro lado? — Ela sibilou. — Para a escuridão?

Sua intensidade me surpreendeu e, por um momento, esqueci o quanto estava brava.

Na verdade, só havia duas explicações razoáveis para o que aconteceu a seguir. Talvez eu tenha questionado o fato de Gabrielle ser a intermediária entre os fantasmas do Bairro Francês e os demônios se ela realmente não sabia nada a respeito do meu passado. Ou talvez eu estivesse tão carente para encontrar alguém que não apenas tinha passado pelo mesmo que eu, mas que também não queria me destruir, que comecei a contar um pouco da minha história.

— Sim, na verdade eu estive na *escuridão.* Esse fantasma, Eli, costumava me levar lá. Você não acredita como é aquele lugar: tudo cinza, frio e retorcido. Tenho tentado voltar para tirar meu pai de lá, mas não consigo... não consegui...

Quando parei de falar, a expressão de Gabrielle perdeu seu toque feroz. De repente — e de maneira chocante — ela sorriu. Seu sorriso, no entanto, não estava cheio de suas bravatas normais, nem mesmo de diversão irônica e displicente.

Ao invés disso, vi seu rosto quase que todo coberto de justificativa; ela estava praticamente *brilhando.*

— Eu sabia que tinha escolhido você por um motivo — ela suspirou.

— Você... me "escolheu"? — perguntei, franzindo a testa. — Você nem me conhece.

— Mas eu sei o que você pode... podia... fazer. Conheci outros fantasmas — ela confidenciou —, e nenhum deles podia tocar os vivos como vi você fazendo ontem de manhã. Mesmo que aquela habilidade tenha desaparecido, você é *diferente*. O que significa que talvez possamos ajudar uma à outra.

— Ajudar a fazer o quê?

Ela apertou muito minhas mãos.

— A tirar nossos pais de lá. Tenho tentado entrar em contato com os meus através de feitiços vodus, jogos do copo, trabalhos. Mas se você é capaz mesmo de *entrar* lá...

Interrompi sua fala balançando a cabeça.

— Eu te disse: não é tão simples assim. Não sem a ajuda de alguém de lá de dentro.

— Não importa — ela insistiu, ainda sorrindo de maneira confiante. — Vamos trabalhar juntas. Assim que acharmos nossos pais, eu te ajudo com esse problema com os demônios.

Antes que eu pudesse perguntar *como* devíamos realizar qualquer um desses dois objetivos, ela soltou minha mão e levantou. Depois de dar um passo enorme sobre a mesa de centro, ela começou a andar de um lado para o outro pela sala, animada.

— Primeiro o mais importante: roupas. Não que esse robe não te caia bem, mas não é muito melhor do que aquele vestido de formatura que estava se desmanchando. Depois, uma das melhores coisas de ser um redivivo... sonhos no café da manhã. Você vai *adorar*, quase tanto quanto vai ficar muito feliz de voltar a *comer*.

Ergui uma sobrancelha.

— Qual é a palavra que você acabou de usar?

— Sonho? É um bolinho francês coberto com...

— Não, a outra, "Redivivo".

— Ah — ela disse, abrindo um sorriso. — É assim que chamo o que sou. Ou o que *somos*. As redivivas.

— Hum — murmurei. Olhei para o outro lado e encostei nas almofadas, pronta para ficar sentada ali por alguns minutos, horas, dias para processar tudo que havia escutado naquela manhã. Mas Gabrielle não ia deixar isso acontecer. Ela se jogou para a frente, agarrou minhas mãos tirando-as do meu colo novamente, e me puxou para ficar de pé.

— Vamos vasculhar o armário da atriz; confie em mim, é uma véspera de Natal elevada ao quadrado.

Em voz baixa, perguntei:

— Hoje é véspera de Natal?

Félix acenou com a cabeça. Meus ombros caíram um pouco.

Antes do término repentino entre mim e Joshua na noite passada — antes de eu ter sido transformada em uma morta-viva —, sinceramente acreditei que passaria o Natal com Joshua. A última noite com ele antes de fugir. Agora me sentia mal ao pensar que podia ter estragado a comemoração dele.

Ou salvo. Nada pode ser mais antinatalino do que ser atacado pelos demônios que perseguem a sua namorada.

Percebi que os gêmeos estavam me observando com a mesma expressão confusa, então balancei a cabeça para clarear os pensamentos. Como havia dito a mim mesma antes, eu fizera uma escolha. Em nome das pessoas de quem gostava, e em meu nome.

O que significava que eu passaria o Natal na companhia de estranhos, aprendendo a controlar a minha nova forma. Decidindo o quanto eu confiava nos gêmeos, em especial no que dizia respeito ao submundo e seus demônios.

Suspirei de leve e então levantei os ombros.

— Tá bom, Gabrielle. Vamos brincar de nos vestir enquanto você me conta mais sobre essa coisa de rediviva.

— Incrível! — ela guinchou, com os olhos azuis brilhando. Então ela se inclinou para chegar mais perto de mim e sussurrou: — Gaby.

— Hã?

Dessa vez seu sorriso conseguiu parecer um pouco tímido.

— Me chame de Gaby. Todo mundo que é alguém me chama assim.

Não pude deixar de rir.

— E por "alguém" você se refere ao Félix?

— Bom, *sou* o único amigo dela — ele disse. Gabrielle deu a volta em mim e mostrou a língua para ele.

Ele acenou para ela, desdenhando.

— Não se faça de ofendida, você sabe que é verdade.

Algo apitou e Félix mexeu no seu bolso. Ele tirou um celular, abriu-o para ver alguma coisa, e então olhou de novo para a gente.

— Mensagem do trabalho... parece que querem todos lá a postos cedo para nos prepararmos para o banquete de Natal hoje à noite. Tenho que ir.

— Félix é garçom no Antoine's — Gabrielle explicou. — Eles usam e abusam dele.

— Alguém tem que pagar por esses sonhos — ele murmurou. — Se Marie ainda te pagasse alguma coisa...

Gabrielle fez uma careta.

— Se ela pudesse me ver, tenho certeza de que pagaria.

— Ela não enxerga você? — perguntei, surpresa.

— Não, a menos que eu queira. O que não quero. Eu mostro pra você como isso funciona durante o café, prometo.

E do nada, Gabrielle começou a me arrastar pela sala, falando animada sobre o armário lotado de roupas da atriz. Olhei para Félix por cima do meu ombro e ele ainda nos observava com um olhar preocupado. Antes de Gabrielle me puxar pelo arco, ele mexeu a boca perguntando: *Você está bem?*

Como se preocupasse comigo. Como um amigo.

Então balancei minha cabeça de leve — um gesto que queria dizer *Sinceramente, não sei* — e atravessei o arco atrás de Gabrielle.

Capítulo VINTE E TRÊS

Gabrielle me empurrou pela porta aberta para o que deveria ser a suíte principal. Uma vez lá dentro, não pude deixar de soltar um "Uau" baixinho.

Esperava que aquele quarto fosse tão escuro e estreito quanto o corredor que tínhamos acabado de atravessar. Mas, ao contrário, o espaço era claro e ventilado, com janelas que iam do chão ao teto em duas das paredes cor de pérola. Apesar de estarem fechadas por causa do frio do inverno, as venezianas permaneciam abertas, deixando a luz do sol invadir o ambiente. Ela iluminava o chão de madeira, a penteadeira antiga, a enorme cama e um dossel branco e translúcido.

Enquanto Gabrielle abria as duas portas que levavam ao *closet* principal, caminhei até uma fileira de janelas e olhei para fora. Em um dos lados do apartamento era possível ver as águas cinzentas do rio Mississípi correndo diante de um cais cheio de restaurantes e lojas. Do outro, vi algo conhecido. Depois de uma fileira de samambaias penduradas e varandas de ferro, através de uma grossa parede de árvores, eu podia reconhecer o topo da cabeça de bronze de Andrew Jackson.

— Praça Jackson?

— É — Gabrielle respondeu de algum lugar de dentro do *closet.* — Esse é o apartamento de esquina do edifício Lower Pontalba. Um dos prédios mais antigos do país. Vista privilegiada, né?

— Com certeza — murmurei. Mas olhando para a praça, ainda tremi.

Por melhor que fosse a vista, virei para ficar de costas para ela e caminhei com cuidado até o *closet*, de onde saíam barulhos altos e muitas palavras desagradáveis. Toquei uma das portas — tentando não ficar chocada com a sensação suave da madeira pintada contra a minha mão — e olhei lá dentro.

A princípio não consegui encontrar Gabrielle por causa de todas as roupas: peles, sedas, lantejoulas e rendas, penduradas e dobradas em um labirinto de prateleiras e cabides. A grande maioria do guarda-roupa, no entanto, parecia estar numa pilha que ia do chão até o joelho. No meio disso, praticamente enterrada entre os tecidos, Gabrielle estava ajoelhada, dizendo vulgaridades e vasculhando a enorme bagunça ao redor dela.

— Sabe a sua filosofia de "praticamente não mexemos em nada"? — perguntei a ela. — Bem, esse *closet* faz de você uma mentirosa.

Gabrielle simplesmente me ignorou. Então, para o meu horror, ela puxou duas blusas completamente transparentes e as levantou no ar para comparar. Quando ela viu minha expressão chocada, soltou um suspiro fundo, jogou as duas peças de volta ao mar de tecido e pegou um par de botas e uma porção de peças mais aceitáveis. Ela as jogou para mim sem explicações e então se enfiou no banheiro com as mãos cheias de roupa.

Esperei por mais instruções; mas quando percebi que aquele monte de roupa era a única dica que iria receber, procurei por um lugar mais reservado para me trocar. Sem encontrar, usei o dossel da cama como cobertura enquanto eu tirava o robe.

Tudo a respeito daquela situação era estranho, invasivo, então coloquei minhas roupas novas sem olhar; sinceramente, não conseguia prestar atenção em nada a não ser no ar gelado e no enjoo que ainda sentia.

Quando terminei de me vestir, Gabrielle tinha saído faceira do banheiro. Não sei como ela conseguia fazer aquilo em tão pouco tempo, mas estava ainda mais bonita do que antes, vestindo uma *legging* cinza e justa, uma túnica creme e botinhas roxas.

— Dá uma olhada — ela disse, dando uma volta. — É de algumas estações passadas, mas ainda assim... é da Rachel Zoe. Vai me dizer que não invadi a casa certa.

— Ainda assim é roubar — murmurei.

Gabrielle zombou de mim, jogando o conteúdo de uma pequena bolsa preta sobre a cama.

— Vamos colocar tudo de volta no lugar antes que o banco leiloe tudo.

Olhei para as coisas sobre a cama e fiz uma careta.

— Maquiagem? Vai ficar na minha cara mesmo levando em consideração... sabe...?

— As roupas ficam, não ficam? — Ela deu de ombros e pegou um curvex. — Agora fica quieta para que eu faça você parecer menos... bom, você sabe o quê.

Dez minutos torturantes mais tarde, Gabrielle deu um passo para trás e me olhou admirada. Seus olhos azuis brilhavam, em aprovação, e ela acenou com a cabeça.

— Melhor. Muito melhor. — Ela apontou na direção de um espelho de corpo inteiro no outro lado do quarto. — Vai dar uma olhada em você mesma. Aposto que você está *morrendo* de curiosidade. Com o perdão da palavra.

Levantei e andei tão devagar em direção ao espelho que pensei que Gabrielle fosse desistir e simplesmente me empurrar até ele. A não ser por algumas olhadas na foto do meu álbum de formatura, não via a mim mesma há muito tempo. Sabia que eu não teria a aparência de um cadáver; fora isso, não fazia ideia do que esperar.

Certamente não imaginava ver aquela garota bonita olhando pra mim no espelho.

Seu cabelo longo caía em ondas espessas sobre suas costas — quase até a cintura do seu *jeans skinny*, que estava enfiado dentro de um par de botas cor de caramelo que iam até o joelho. Enquanto a observava, ela brincava nervosamente com uma alça de sua blusinha branca solta e cheia de contas.

Apesar de seu desconforto óbvio, a menina no espelho parecia descolada. Sensual, até. Suas bochechas ficaram vermelhas e seus olhos verdes brilhavam como fogo. Com vida.

Naquele momento, tive um pensamento passageiro:

O que Joshua pensaria de mim agora?

Mesmo quando reprimi a pergunta — e a inevitável lembrança dos seus olhos — não consegui falar. Nem dizer a Gabrielle o que eu pensava dessa transformação.

Até que, finalmente, perguntei:

— Branco? De novo?

A risada de Gabrielle encheu a sala.

— Isso é Dolce & Gabbana... você deveria estar me dando um abraço. Além disso, depois de pensar muito, decidi que você realmente arrasa de branco.

Ainda gargalhando, ela virou-se para o outro lado e voltou para o *closet*. Enquanto a ouvia murmurando lá dentro, estudei a imagem mais um pouco.

Eu realmente *parecia* viva. Extraordinariamente viva.

Mas ainda havia alguns sinais reveladores que não refletiam exatamente uma boa saúde. Para começar, eu estava magra demais. Esquelética, na verdade, o que significava que tomar café da manhã era uma boa ideia no final das contas. E havia a cor da minha pele: um branco giz uniforme, um pouco melhor só por causa do *blush* de Gabrielle e as sardas em torno do meu nariz.

No espelho, meu reflexo mordeu seu lábio debaixo e pegou a ponta de seus longos cabelos. Ele parecia confuso, preocupado e *muito* fora da sua praia.

Meu reflexo manteve aquela expressão desconfiada mesmo quando Gabrielle voltou com outra braçada de itens retirados do armário.

— Aqui — ela disse, entregando-me uma jaqueta de couro curta e um par de óculos escuros do tamanho dos que as celebridades usam. — Não posso deixar você sair de casa sem acessórios. É contra a minha natureza.

Com um suspiro tolerante, enfiei meus braços nas mangas da jaqueta, tremendo um pouco quando minha pele nua tocou a seda gelada do forro. Então coloquei os óculos e virei de novo para o espelho para analisar os últimos toques de Gabrielle.

Apesar de disfarçada, eu realmente *parecia* uma pessoa diferente: não um fantasma angustiado e de coração partido, mas apenas uma garota bonita e viva usando *jeans* de marca.

Gabrielle acenou com a cabeça para o meu reflexo, obviamente satisfeita com o seu trabalho. Então ela se enfiou em uma capa preta de três quartos de comprimento e seus próprios óculos escuros. Com um sorriso largo — e absolutamente nada intimidador — ela pegou meus braços e me arrastou para fora do quarto.

— Vamos começar devagar — ela disse, arrastando-me pelo corredor, passando por outra porta em direção a um lance de escadas escuro. — Como não devemos estar nesse prédio, é útil ficar invisível na saída. Mas assim que chegarmos ao café, o trabalho vai ser para valer.

Quando alcançamos os pés da escadaria em curva, a escuridão tomou conta do lugar. No momento em que Gabrielle abriu a porta para um dos jardins internos do Pontalba, os óculos caríssimos não evitaram que eu fechasse os olhos dolorosamente contra a repentina onda de luz do dia. E meu casaco descolado não me protegeu da lufada contínua de ar frio; lembrei dos calafrios que Eli causava em mim e agradeci o fato de durarem tão pouco.

Tremendo, segui Gabrielle cegamente pelo chão irregular. Diminuí a velocidade quando meus olhos se ajustaram e vi como o jardim estava lotado. Havia pessoas por todos os lados: tomando café em pequenas mesas de ferro, fumando debaixo de toldos, correndo para pegar frutas frescas em caixotes e levá-las para dentro dos restaurantes do primeiro andar.

Nem uma só pessoa olhou para Gabrielle ou para mim.

Tá certo que todo mundo estava incrivelmente ocupado. Mas se levarmos em consideração que a maioria das pessoas parecia trabalhar — e não viver — naqueles prédios, você pensaria que elas pelo menos *notariam* um par de garotas vestidas de maneira glamourosa andando entre elas. Mas, pelo que eu podia perceber, era como se não estivéssemos ali.

— Eles podem nos ver? — sibilei, seguindo Gabrielle por um beco que nos levou para fora do jardim.

— Não, a menos que fossem videntes, ou que quiséssemos que eles nos enxergassem. Basicamente, não precisamos *trabalhar* para não aparecer. Mas para ficarmos visíveis... essa é outra história. Isso exige vontade.

Suas últimas palavras saíram abafadas, enterradas em meio à cacofonia da rua na qual saíamos.

— Bem-vinda a Decatur! — ela gritou, por cima do barulho.

Um mar de carros que buzinavam nos separava da outra calçada, onde as pessoas entravam e saíam de lojas e cafés. À nossa direita, na esquina com a Praça Jackson, uma trupe de artistas de rua já estava se preparando para o dia. Ali, um trompetista solitário se aquecia, acrescentando suas notas aos barulhos da cidade.

Apesar da vontade de ficar boquiaberta por um tempo, Gabrielle me puxou, arrastando-me para um cruzamento e praticamente me jogando no meio do trânsito.

— Se esses motoristas não conseguem nos ver — gritei para ela enquanto atravessávamos a rua —, não é provável que eles batam em nós?

Gabrielle apenas lançou um sorrisinho malicioso, pulando comigo no meio-fio a tempo de evitar um táxi que passou em alta velocidade. Depois que ela se aprumou, tirou a poeira da sua *legging* com as mãos e então entornou o pescoço em direção a um grande café ao ar livre, onde clientes se amontoavam sob um toldo de listras verdes e brancas.

— Está na hora de você experimentar a delícia que é o *Café du Monde*.

— Está terrivelmente... cheio — ressaltei, desconfortável.

Gabrielle acenou com a cabeça.

— É o lugar da moda. Perfeito para você aprender a ficar visível: se você quer tomar café da manhã, precisa lutar por ele.

Talvez por tê-la vista coberta de sangue, talvez porque ela tenha alterado completamente a minha vida, quase tudo o que Gabrielle dizia me deixava desconfiada. Segui-a até o café com cautela, ficando alguns passos para trás, caso... sabe-se lá o quê.

Gabrielle não pareceu notar ou se importar. Ela atravessou habilmente a calçada lotada, passou na frente de uma longa fila para entrar no café e fez sinal para mim de debaixo do toldo.

— Olha... já consegui sentar — ela me chamou, apontando para a pequena mesa que a garçonete tinha acabado de limpar. Pelo que eu podia ver, era a única mesa vaga em todo o café.

— Hum, a gente não devia esperar na fila? — perguntei, ainda do lado de fora da cerca que ia até a altura da cintura e separava o café do resto da rua. Gabrielle riu e sentou-se em uma das cadeiras de metal.

— Ainda estamos *invisíveis*, Amélia. Agora entra aqui antes que a gente perca a mesa para esses turistas. — Ela apontou, referindo-se a um casal de meia-idade que arrastava sacolas e deu encontrões em outros clientes em sua corrida apressada até a mesa. Sentindo-me apreensiva e um pouco mais do que culpada, passei por uma abertura no portão e abri caminho pelo restaurante.

Quando os turistas chegaram na minha frente na mesa, achei que tínhamos perdido nosso lugar. Mas antes que eles pudessem puxar as cadeiras, vi Gabrielle fazer... alguma coisa.

Por uma fração de segundo sua figura piscou como a imagem de uma antiga televisão com estática. Quando o efeito acabou, ela se inclinou casualmente na cadeira, sorrindo para o casal.

— Posso ajudar? — ela perguntou educadamente.

Os dois turistas piscaram, surpresos com aquilo que deve ter sido a repentina aparição dessa linda garota.

— Você não estava... de onde você...? — o homem exclamou, obviamente confuso. Mas sua esposa se recuperou mais rápido. Ela colocou a mão no braço dele para contê-lo e sorriu para Gabrielle, pedindo desculpas.

— Desculpe, madame — ela disse. — Não percebemos que essa era a sua mesa. Vamos esperar por outra. Né, amor?

Quando o marido começou a contradizê-la, ela o forçou a dar meia-volta e o arrastou para a fila. Enquanto eles passavam por mim, ouvi-a murmurar:

— Não me faz passar vergonha, Charlie. Ela é *famosa.* Não se lembra dela naquele filme do verão passado? Aquele com várias perseguições de carro?

Enquanto o casal se aglomerava novamente na fila do lado de fora do *Café du Monde*, ouvi Charles responder um abafado "não". Depois que eles desapareceram na multidão, virei-me para Gabrielle fazendo uma careta condenadora.

— Bem — disse, sentando na cadeira ao lado dela e tirando meus óculos escuros —, você vai ficar feliz em saber que eles acham que você é uma atriz superfamosa com carta branca para roubar qualquer mesa que quiser.

— Ótimo — ela cacarejou, obviamente sem remorsos. — Se estou fazendo esse papel, então fico feliz que tenha interpretado bem.

Ao me dar conta de que tínhamos assuntos mais importantes para discutir do que a audácia de Gabrielle, inclinei-me para a frente.

— Então... como você fez isso? Quero dizer, fazer com que eles a vissem.

— Que bom que você perguntou — ela disse, abanando para uma garçonete asiática bonitinha que anotava pedidos algumas mesas adiante. — Esta é a sua chance de tentar você mesma.

— Mas... *o quê?* — eu me debati enquanto a garçonete vinha em direção a nossa mesa. — Não faço a mínima ideia do que fazer.

Gabrielle levantou um ombro.

— É instintivo, prometo. E parece muito com o modo que você costumava desaparecer. Basta se concentrar em ser vista. Mas permaneça visível enquanto come. Senão será o *show* do café da manhã voador.

— Nem sei o que isso quer dizer — sussurrei. Mas fiquei em silêncio no instante em que nossa garçonete chegou à mesa.

— Qual é o pedido? — ela perguntou em um tom brusco e sem sentido.

— *Eu vou* tomar um café com leite e uma porção de sonhos — Gabrielle falou devagar. E sorriu na minha direção. — Amélia? O que *você* vai querer?

Apesar da garçonete parecer pensar que Gabrielle tinha ficado maluca, ainda assim senti uma onda vertiginosa de ansiedade e pressão.

Afinal de contas, eu tinha acabado de perder a primeira pessoa viva que podia me ver (um fato que me doía em tantos níveis que tentei reprimir essa lembrança desesperadamente). Agora eu tinha a oportunidade de aparecer para uma cidade inteira, cheia de pessoas vivas.

Mas se eu soubesse como.

Será que eu quero? Perguntei a mim mesma. Talvez apenas preferisse me esconder nas sombras, fugindo de demônios e evitando os vivos, como era minha intenção inicial...

Mas naquele momento meu estômago roncou tão alto que doeu. De repente, não conseguia pensar em nada que eu quisesse mais do que falar com a mulher que estava entre mim e minha primeira mordida de comida em mais de dez anos.

Senti uma corrente estranha passar pela minha pele enquanto eu dizia:

— O mesmo?

Ao ouvir minha voz, a garçonete pulou de verdade. Ela virou, boquiaberta, para me olhar.

Agora ela me *via*. Uma mulher normal e viva — e não uma vidente — estava me enxergando de verdade.

Eu consegui. Tive vontade suficiente de aparecer, consegui.

Abri o maior sorriso que pude para a garçonete.

— Vou comer o mesmo que ela. Tá bom?

Com a boca ainda escancarada, a garçonete acenou com a cabeça de forma mecânica. Então se afastou lentamente da mesa, mantendo os olhos em mim o tempo todo. Ela só olhou para o outro lado quando chegou na relativa segurança da parte coberta do restaurante.

— Ahã! — Gabrielle bateu palmas. — Cara, você aprendeu mais rápido do que eu pensei.

Levantei os ombros, acanhada.

— O que posso dizer? Estou com fome *de verdade.*

Gabrielle ainda estava rindo quando a garçonete voltou alguns minutos mais tarde com duas canecas fumegantes e duas porções de bolinhos fritos. Ela os jogou sem cerimônia sobre a mesa, mantendo a maior distância possível. Enquanto Gabrielle pagava em dinheiro, a garçonete me observou desconfiada, apressando-se para se afastar da mesa.

— Obviamente, *ela* não pensou que éramos famosas — murmurei depois que ela desapareceu das nossas vistas.

— Você — Gabrielle corrigiu. — Ela não pensou que *você* era famosa. Já eu, enganei direitinho.

Quando me virei para ver porque a voz de Gabrielle parecia tão enrolada, pude vê-la se atirando sobre os sonhos. Ela não podia estar comendo há mais do que alguns segundos, mas já tinha açúcar espalhado pelas bochechas e por todas as suas roupas de marca.

Apesar de tudo — do meu coração partido por causa do Joshua, da minha desconfiança em relação aos irmãos Callioux, dos meus medos sobre o que eu me tornara — comecei a rir tão alto que acabei roncando.

— Ah, claro. Você é a imagem perfeita da moda.

Gabrielle deu outra mordida enorme no sonho e então sorriu para mim, mostrando a comida entre os dentes.

— Sou uma visão — ela murmurou por entre o doce. — E você sabe disso.

Não pude deixar de continuar a rir, e a visão de todo aquele açúcar em sua capa caríssima só fez as coisas piorarem. Só consegui me controlar quando meu estômago roncou, mais alto e de maneira mais insistente do que nunca. Então, respirei fundo algumas vezes, limpei as lágrimas com cuidado para não borrar a maquiagem, e peguei um sonho com cuidado.

Estava quente e escorregadio por causa da mistura de açúcar e óleo. Também podia sentir seu cheiro: doce e massudo. Fiquei sentindo seu aroma até minha cabeça se adiantar e então levar minha boca até ele para dar uma mordida.

O açúcar se espalhou pela minha língua, seguido pelo sabor delicioso da massa frita. Dei mais mordidas ávidas antes mesmo de ter tempo de engolir a primeira, terminando o sonho inteiro em questão de segundos. No momento em que o sonho chegou ao meu pobre e negligenciado estômago, achei que meus olhos iriam pular do meu rosto.

— Ai, meu Deus — murmurei, agarrando meu segundo sonho. — Eu poderia morrer pela segunda vez se pudesse comer isso todos os dias.

— Não é? — Gabrielle falou de boca cheia. — E você ainda nem tomou o café com leite.

Com minha mão livre, peguei a caneca e tomei um gole de café. De novo, senti o gosto do paraíso: leite cremoso com gosto de chicória, quente e intenso debaixo de uma deliciosa camada de espuma. Soltei o segundo sonho para poder me concentrar mais no café com leite, praticamente engolindo-o em três grandes goles. Depois que terminei, coloquei a xícara na mesa de maneira relutante e lambi as últimas gotas nos meus lábios. Mesmo com os movimentos da cafeína correndo dentro de mim, senti-me satisfeita.

Encostei preguiçosamente na cadeira.

— Isso — conclui — é incrível!

— Fico feliz que tenha gostado. — Gabrielle gargalhou baixinho, enfiando o último pedaço de sonho na boca. — O melhor de tudo é que você mereceu. Agora você só precisa aprender a ficar invisível de novo, e estaremos prontas.

— E como faço isso, exatamente? — perguntei, pegando o sonho que tinha deixado de lado antes. Então congelei, deixando o sonho cair no chão sem pensar.

— Você só precisa da motivação certa — disse Gabrielle, limpando sua capa com um monte de guardanapos. Mas ela também congelou, quando viu o olhar no meu rosto.

— Amélia? O que foi?

— Acho que acabei de achar minha motivação — sussurrei.

Gabrielle seguiu meu olhar e então soltou um palavrão. Naquele momento ela sabia exatamente por que eu *precisava* sumir. Afinal de contas, a única pessoa diante da qual eu queria aparecer era a única diante da qual eu não devia me mostrar.

Ele e sua família de videntes estavam de pé agora a cerca de três metros de nós.

Capítulo VINTE E QUATRO

Tudo se contorceu dentro de mim.

Fiquei dilacerada e arrasada de tal forma que tive certeza de que a única coisa que conseguiria fazer *agora* — e depois também — seria voar pelo café, atirar-me nos braços de Joshua e pedir desculpas pelos próximos mil anos.

Então, quando terminasse de pedir desculpas, eu finalmente diria que o amo. Mais do que tudo.

Mas ao invés disso, fechei meus olhos e desejei ficar invisível.

A estranha corrente ondulou pela minha pele de novo, abri meus olhos e vi a imagem de Gabrielle piscar, desaparecendo e aparecendo rapidamente.

— Só para ser clara — ela sussurrou assim que se tornou invisível. — Estamos nos escondendo deles, certo?

Eu fiz que sim com a cabeça e fiquei de boca fechada. Eu tinha quase certeza de que começaria a soluçar se tentasse falar. Teria sido melhor para a minha sanidade, e para a minha força de vontade, se eu simplesmente tivesse olhado para o outro lado. Ainda assim, não conseguia tirar os olhos de Joshua.

Havia tantos membros da família reunidos que eu não o teria visto se ele não tivesse ficado um pouco distante de seus parentes. O restante do clã parecia ignorar completamente nossa presença enquanto discutiam se deviam esperar por um grupo de mesas do lado de fora ou simplesmente ir para dentro do restaurante. Apenas Jillian lançou olhares preocupados por cima do ombro na direção do irmão.

Era compreensível: a aparência dele era *terrível*. A pior que eu já tinha visto.

Ele não havia dormido na noite anterior, dava para deduzir. Círculos escuros cercavam seus olhos, que pareciam inchados, mesmo de longe. Minha respiração ficou presa na garganta quando ele esfregou a palma de uma de suas mãos em suas bochechas com barba por fazer e então passou a mão pelos cabelos — um gesto que eu adorava tanto, e que agora fazia parte de seu sofrimento evidente.

Quase como se pudesse sentir que estava sendo observado, ele tirou um par de óculos escuros do bolso de trás da calça e o colocou. Então se enfiou ainda mais em seu casaco de inverno, como se desejasse sumir. De repente, achei terrivelmente injusto que eu pudesse vê-lo e ele não a mim.

Ao perceber que, sem querer, eu havia colocado a mão sobre o coração, limpei a garganta e pedi para Gabrielle:

— Vamos sair daqui, tudo bem? — murmurei.

Gabrielle assentiu, bastante séria.

— Sim, acho que é uma boa ideia.

Ela escorregou de sua cadeira sem mexê-la, inclinando a cabeça para indicar que eu deveria imitá-la — não fazia sentido ficar invisível e alertar os videntes com o arrastar de uma cadeira. Segui-a, deslizando e então evitando as mesas vizinhas para escapar dos Mayhew.

Estava quase alcançando Gabrielle, que me esperava perto da entrada do café, quando hesitei. Então, como uma boba, dei meia-volta e retornei até ficar a poucos centímetros de Joshua.

De maneira estúpida e descuidada, inclinei-me para ficar perto o suficiente e sentir o calor da presença dele, para aspirar seu cheiro doce e almiscarado. Essas eram as coisas que eu quisera sentir completamente quando nos conhecemos. E agora tinha de agir como uma ladra, roubando esse momento dele.

Tinha acabado de esticar o braço para pegar a mão dele — para ver se nossa ligação tinha realmente desaparecido — quando ouvi Gabrielle engasgar atrás de mim. Aparentemente, *eu* a tinha deixado chocada dessa vez. Soltei minha mão, mas isso não me impediu de continuar ao lado de Joshua... esperando.

Esperando que ele percebesse que eu estava ali. Que me sentisse, mesmo que não pudesse mais me ver.

Queria algum tipo de reconhecimento da parte dele, alguma prova de que nossa ligação tinha sobrevivido ao que acontecera na noite passada. Precisava saber se sempre haveria algo entre nós, não importava o quanto eu fugisse dos demônios ou lutasse contra eles.

Não tive essa garantia.

Praticamente sem olhar na minha direção, Joshua suspirou uma vez e seguiu sua enorme família para os fundos do café, onde uma multidão de pessoas comia de pé ao lado de altas mesas sem cadeiras.

Ao vê-lo ir embora, também suspirei. Então virei e escapuli na direção de Gabrielle, que me observava do portão.

— Que diabos foi aquilo? — ela disse entredentes. — Achei que estávamos evitando o pombinho?

Abaixei a cabeça, envergonhada.

— Estávamos. Estamos. Vamos embora.

Ainda bem que ela simplesmente fez que sim com a cabeça, colocou os óculos escuros e saiu rapidamente do café comigo. Ela não falou até chegarmos na metade da calçada. Então me deu um tapa no braço.

— Onde estão seus óculos escuros? — ela perguntou.

Coloquei a mão no rosto à procura e não os achei. Nada de óculos.

— Droga, esqueci no café. — Virei-me para voltar, mas Gabrielle agarrou meu braço e me fez parar.

— Não volte lá — ela disse. — Você só vai ficar mais chateada.

Eu balancei a cabeça.

— Os Mayhew estavam indo para os fundos do café. Provavelmente não encontrarei Joshua. Além disso, precisamos colocar esses óculos de volta no armário... uma coisa a menos pela qual Félix pode ser preso.

— Ah — Gabrielle reclamou. — Quem se importa com esses óculos idiotas? Eu não devia nem ter tocado no assunto.

— Vai me dizer que você não sabe o nome exato do *designer* e quanto eles custam?

Ela sorriu envergonhada.

— Fendi. Trezentos e quarenta e cinco dólares. Sem impostos.

— E vai me dizer que quer deixá-los lá para uma estranha usar.

Quando ela não me respondeu, soltei a mão dela do meu braço e comecei a caminhar de volta pela calçada.

— Te vejo em dois minutos, prometo.

Enquanto conseguia passar pela fila do lado de fora do *Café du Monde,* eu já admitia para mim mesma o verdadeiro motivo. *Claro* que queria dar mais uma olhadinha em Joshua; eu não era de pedra.

Mas quando entrei de novo no terraço e virei para a nossa mesa — onde agora uma garçonete limpava a nossa bagunça — não vi os Mayhew em lugar algum.

Talvez eles tenham entrado, pensei enquanto pegava discretamente os óculos da mesa. *Não seria errado ir lá verificar apenas...*

Girei em torno de mim mesma, mais do que pronta para entrar no restaurante, quando parei de repente.

Alex estava a menos de trinta centímetros de mim — com os olhos abertos e a expressão alerta. Eu não o havia visto antes, quando os Mayhew chegaram; ele devia estar no meio da multidão. Agora ele procurava, analisava a área onde Gabrielle eu estávamos sentadas antes.

Não é nada, pensei. *Isso não significa nada.*

Mas fiquei gelada quando ele sussurrou:

— Amélia?

Apertei os lábios, segurei a respiração e fiquei tão quieta que achei que podia ouvir minha pulsação sobrenatural nas orelhas. Ainda assim, Alex chegou um pouco mais perto. Depois de um tempo, ele tentou de novo.

— Amélia, você está aqui?

Permaneci em silêncio, mordendo meus lábios para não abrir a boca. Essa técnica foi especialmente eficaz quando Alex se inclinou para a frente até ficar a apenas alguns centímetros de mim.

— Eu sei que você está aqui — ele sussurrou. — Posso sentir seu perfume. De pêssego, certo?

Apesar da minha vontade de ficar em silêncio, um pequeno guincho escapou dos meus lábios.

Rezei para que Alex não pudesse ouvi-lo por causa de todas as risadas, conversas e pratos batendo. Mas ele pulou imediatamente para trás, com um ar triunfante. Então sua expressão passou a ser de súplica.

— Se você *está* aqui — ele disse, agora mais alto —, por favor fique e me ouça, só por um segundo. Acho que sei o que está acontecendo com você. Acho que você está com medo de alguma coisa.

Continuei imóvel, muda, enquanto ele tentava de novo.

— Sei que não a conheço muito bem, mas pude ver isso escrito na sua cara na outra noite. Alguma coisa deixou você apavorada, e acho que você está fugindo disso.

Ele deu um passo para mais perto e se inclinou para um lado.

— Não sei se pareço uma pessoa maluca agora, falando para o nada; mas preciso te dizer: podemos mantê-la em segurança. Eu, Annabel e Drew. Hayley e Jillian. E talvez até Josh. Meu grupo de videntes pode ser jovem, mas temos poder para protegê-la.

Comecei a andar para trás, pé ante pé, para longe dele. Talvez Alex tenha percebido minha retirada, pois virou-se cegamente para várias direções, balançando os braços. Eu quase gritei quando um deles me atingiu.

Ou pelo menos *devia* ter me atingido.

Assim como acontecera com Félix naquela manhã, a mão de Alex atravessou-me como se não tivesse me tocado. Eu não senti a pressão do impacto e, a julgar pela sua expressão, Alex também não percebeu nada.

— Pense a respeito, Amélia — ele disse, sem saber o que tinha acabado de acontecer. — Volte e nós te protegeremos. *Eu* a protegerei.

Não, sussurrei na minha cabeça. *Você não vai.*

Então dei meia-volta e corri para fora do café antes que respondesse a ele em voz alta sem querer.

Capítulo VINTE E CINCO

Só falei com Gabrielle depois de pelo menos vinte minutos.

Quando cheguei perto dela na calçada, concordei com seu pedido para que eu ficasse visível para que pudéssemos conversar sem parecermos duas vozes desencarnadas. Fora isso, neguei-me a responder suas questões acenando com a mão. Então fiz um gesto vago, indicando que ela devia me seguir na busca por um lugar que não fosse o *Café du Monde*. E se ela não viesse... bom, eu não me importava muito naquele momento.

Minha procura acabou nos levando para um pequeno parque com duas alamedas cheias de carvalhos, nas quais me vi caminhando agitadamente de um lado para o outro. Gabrielle me vigiou em silêncio por alguns minutos e então deixou-se cair em um dos bancos do parque que ficava à beira da alameda.

— Eu te avisei para não voltar lá — ela disse sem rodeios. — Sabia que não ia acabar bem.

— O quê? Agora você é uma sacerdotisa vodu *e* uma clarividente? — revidei.

Quando ela levantou as duas mãos fazendo um gesto de rendição, parei de andar e esfreguei minhas têmporas. Encolhida, inclinei-me e deixe-me cair perto dela no banco.

— Desculpe — murmurei, olhando para um coreto ao longe no qual uma banda de *jazz* tocava músicas de Natal. — Eu apenas... não faço ideia do que estou fazendo.

Para minha surpresa, Gabrielle passou um braço em volta da minha cintura e me deu um meio abraço rápido. Depois de me soltar, ela riu.

— Assim como eu? Eu destruí completamente sua vida após a morte em uma tentativa desesperada de encontrar meus pais. E para não ficar... sozinha.

— Sozinha? Você tem Félix.

Ela levantou um ombro e o deixou cair.

— Félix é meu irmão e eu o amo. Claro que fico feliz que estamos enfrentando isso juntos. Mas em algum momento ele precisa levar a vida dele adiante. Sem que eu o fique assombrando.

— É — eu disse suavemente. — Sei *exatamente* o que você quer dizer.

— Como disse antes, conheci esses apagados — ela contou. — Depois de ter me tornado uma rediviva, eu ainda assombrava os túmulos dos meus pais no St. Louis Número Um, tentando descobrir que rumo seguir. Certa noite, no verão passado, encontrei com esses fantasmas, de pé e sem propósito, perto do que devia ser um dos seus túmulos. No começo, fiquei animada. Pensei que eles seriam... sei lá... boa companhia ou algo do tipo. Mas quando aquele pirata tentou tirar uma casquinha de mim, também cheguei à conclusão de que eles eram estranhos.

Soltei uma risada involuntária, e ela sorriu astutamente.

— Além disso — ela acrescentou —, o velho Nathan Hale fazia mais meu tipo. Adoro homens de uniforme.

— O soldado? — Fiz uma careta azeda. — Você realmente *tem* um péssimo gosto para homens.

— Tá bom, tá bom — ela disse, rindo. — Vamos concordar que toda a trupe é bastante sem graça. De qualquer modo, a questão é que eu havia simplesmente desistido de encontrar alguém como eu. Então você e o pombinho entraram no café da Marie, e eu pensei, "Caramba, aí está alguém com quem eu gostaria de passar meu tempo". E quando você o tocou? Esquece... fiquei totalmente convencida de que outro fantasma que agia de maneira mais ou menos normal era *exatamente* o que eu precisava. Mas eu não estava tentando arruinar sua vida após a morte, nem separar vocês dois.

— Como você sabe que eu o deixei? — perguntei, franzindo a testa. — Quero dizer, antes do *Café du Monde*?

— Você falou enquanto dormia na noite passada. Acredite ou não, Félix não era o único que estava tomando conta de você.

— Hum — murmurei, encostando no banco do parque pensativa. Por alguns instantes, apenas fiquei sentada em silêncio, ouvindo a banda de *jazz* despreocupadamente. Então me virei lentamente para Gabrielle.

— Olha, Gaby — eu disse, experimentando dizer seu apelido —, não faço a menor ideia se posso confiar em você ou não. Para ser honesta, conheci tanta gente e passei por tantas coisas nos últimos dias que não sei nem por onde começar. Mas se você vai me acompanhar por muito tempo, há algumas coisas que deve saber.

Gaby se inclinou para a frente, com o rosto concentrado.

— Qualquer coisa que você possa me dizer e que me ajude a encontrar meus pais, estou dentro.

Mordi meu lábio inferior por alguns segundos antes de concordar de maneira hesitante. Então, sem maiores introduções, contei *tudo* a ela: como eu havia morrido e depois despertado no momento em que conheci Joshua; como lutei com os fantasmas quando Eli me mandou atrás da Jillian; como quase fiquei presa no submundo nas mãos dos demônios. Expliquei como minhas tentativas de entrar novamente no submundo não funcionavam mais desde aquela noite sombria. Então contei a ela sobre todas as coisas pelas quais tinha passado nos últimos dias: o aviso de Eli; os sonhos bizarros; a visão breve de um monte de demônios no clube.

Deixei de fora apenas um detalhe: o que os fantasmas do Bairro Francês tinham me dito a respeito de usar um intermediário para me entregar para os demônios.

Apesar da minha desconfiança, eu começava a gostar de Gaby. Talvez até a confiar nela, de alguma maneira. Mas não podia ter cem por cento de certeza de que ela não iria me entregar para a escuridão no segundo em que eu baixasse minha guarda. Afinal, não deixei de reparar que o pirata havia se referido a "ela" quando falou do intermediário.

Quando terminei a história, o sol já havia mudado de lugar no céu e o brilho quente do final da tarde passava por entre as árvores. Gaby, que ficara em silêncio o tempo todo, agora se reclinava contra nosso banco. Ela soltou um suspiro longo e começou a torcer um cacho de seu penteado com o dedo indicador.

— Uau — ela murmurou. — E achei que minha vida após a morte era agitada.

Eu bufei levemente, concordando. Então, sorrindo só um pouquinho, disse:

— Cara, você não faz ideia.

Gaby riu e mais uma vez me envolveu em um meio abraço. Então me soltou, pulando para ficar de pé. Ainda torcendo seu cabelo rapidamente com o dedo, ela começou a andar de um lado para o outro como eu fizera.

— Então, como vamos fazer? — ela refletiu. — Como reabrimos o submundo? Quero dizer, sem ir atrás do Eli ou dos demônios e basicamente pedir uma chave extra para eles.

Eu suspirei e levantei minhas mãos em um gesto de impotência.

— Eu não estava brincando quando disse que não tinha sorte alguma. Fiquei do lado daquele rio por *horas,* todos os dias, mas sem resultado. Então para quê? E além disso, o que vamos fazer? Pegar carona de volta para Oklahoma para tentar de novo?

Gabrielle balançou a cabeça.

— A gente não precisa fazer isso. Você mesma disse: todas as diferentes partes do submundo estão interligadas, segundo a menina ruiva do sonho. Se conseguirmos entrar em um desses... como foi que ela chamou mesmo?... Portais, então talvez teremos acesso a todas elas.

— É uma teoria interessante. Mas onde vamos encontrar outro portal? — perguntei.

Ela franziu a testa, e seus olhos piscaram por sobre os meus ombros, em direção ao sul.

— Na verdade... tenho uma ideia muito boa — ela murmurou. De forma abrupta, pulou para a frente, agarrou minha mão e me colocou de pé. — Vamos lá — ela comandou e começou a correr pela alameda comigo a reboque.

— Aonde? — gritei, tropeçando atrás dela.

— Você vai ver quando chegarmos lá — ela gritou de volta por cima do ombro.

— Por que eu tenho a sensação de que você está sempre me arrastando por toda Nova Orleans? — eu reclamei. Gaby riu alto.

— Porque *estou* te arrastando por toda Nova Orleans.

Assim que ela percebeu que eu a acompanharia sem resistir, soltou minha mão e continuou a caminhar apressada para fora do parque. Eu quase tive de correr para manter o ritmo enquanto ela ia para o oeste pelas calçadas da cidade, voltando para o Bairro Francês.

Não fiz nenhuma pergunta a ela; não disse nada. Mas quando vi um toldo conhecido na minha frente, diminuí os passos até parar. Depois de alguns segundos, Gaby percebeu que eu não a seguia mais. Ela então mudou de curso e voltou para o meu lado.

— Amélia — ela disse, impaciente —, é quase, tipo, três da tarde. Com certeza eles já foram para casa a essa altura.

Sem tirar os olhos do *Café du Monde*, balancei a cabeça.

— É, provavelmente. É que... você sabe...

— Sim, eu sei — o tom dela foi surpreendentemente suave. Gentil. Ela me deu alguns instantes para me recompor e então deu um puxão leve na manga da minha jaqueta, chamando-me para seguir adiante. Com uma leve inspiração para tomar coragem, apressei-me atrás dela, com os olhos grudados na calçada enquanto passava diante do café. Até mesmo o sedutor cheiro de chicória não me tentou a olhar para dentro.

Algumas quadras adiante, Gaby reduziu a velocidade para fazer a curva da Decatur para a Rua Toulouse. Segui-a para o sul na Toulouse, passando na frente de um grande prédio comercial cheio de lojas e atravessando uma passarela íngreme. Aos pés da ponte, no entanto, derrapei até parar.

Ali, diante de mim, logo atrás de um pequeno prédio construído para parecer um farol, estava o pavilhão do submundo.

Ou pelo menos alguma coisa quase idêntica a ele.

Pelas portas abertas da estrutura, vi as águas cinzentas do rio Mississípi correndo lentamente ao longo do Bairro Francês. Debaixo de seu telhado, identifiquei as sombras angulosas das vigas de metal.

Mas o telhado em si tinha pouca semelhança com o do submundo. Enquanto o pavilhão escuro tinha um teto arroxeado e quase transparente, o dessa estrutura parecia com o do *Café du Monde,* com suas alegres faixas verdes e brancas.

— O pavilhão? — sussurrei para Gaby.

— Não é bem um pavilhão — ela respondeu. — Essa é a entrada para o cais da Rua Toulouse, onde os antigos barcos a vapor costumavam atracar. Mas o único barco que ainda sai daí é o *Natchez.* Quando você descreveu seus sonhos para mim, pensei nesse lugar. O que você acha? Acertei?

Lentamente, fiz que sim com a cabeça.

— Sim, chegou bem perto. Não é tão assustador. Mas...

Gaby ficou olhando para o cais com uma careta pensativa.

— Talvez esse lugar seja o nosso portal para o submundo. O pavilhão sombrio que vai até a água, o rio que parece um oceano... tudo isso bate. A gente podia voltar aqui hoje à noite para descobrir...

Quando tive um pequeno arrepio, Gaby esticou o braço e deu um aperto rápido e tranquilizador na minha mão.

— Mas a gente não precisa fazer isso se você não quiser — ela acrescentou.

Claro que não deixei de notar a decepção em sua voz. Ainda um pouco nervosa, balancei a cabeça.

— Não, precisamos tentar, e hoje à noite é o melhor momento de todos. Mas lembre-se: ainda temos o problema de *como* abri-lo.

— Eu sei — ela suspirou, apoiando-se no corrimão da passarela. — Estou completamente perdida. Parte de mim está tentada a ir direto até os videntes da família Mayhew e pedir a eles que se juntem a mim em uma espécie de conselho ou algo do tipo. Mas desde que fizemos seu coração começar a bater de novo, provavelmente não queremos despedaçá-lo de novo fazendo com que você veja Joshua...

Gaby não tinha nem terminado de falar quando dei um salto. Virei-me em sua direção.

— Repete? — exigi.

Ela fez uma careta.

— Não queremos que você fique apática e triste hoje à noite?

— Não, a outra parte. Sobre o meu coração — insisti.

— Ah, de que acabamos de fazer seu coração começar a bater de novo? — ela sugeriu, obviamente confusa. — Ou pelo menos o feitiço da ressurreição faz com que ele *aja* como se estivesse batendo. Não acho que ele esteja bombeando sangue de verdade ou algo do tipo. Talvez. Mas não vou me cortar para ter certeza.

Pela primeira vez em horas, abri um sorriso verdadeiro.

— Gabrielle Callioux, você é um gênio.

— Claro que sou — ela se gabou e então enrugou a testa. — Mas você se importaria de me contar por quê?

Meu sorriso se abriu ainda mais.

— Pela minha experiência, um fantasma só ouve uma pulsação quando alguém perto dele está morrendo. É assim que Eli encontrou suas outras vítimas... como ele sabia o momento exato para levá-las para o submundo. Se ele *podia* ouvir sua pulsação à beira da morte, você não acha que os outros seres sobrenaturais também não podem? Por exemplo...

— Os demônios — Gaby soltou. De repente, ela parecia animada. — Você acha que se conseguirmos fazer com que eles pensem que estamos morrendo, eles vão enviar um de seus subordinados para nos levar para o submundo.

— Exatamente. Mas... ainda há um grande problema. Quando a garota ruiva me deu a visão da transformação, minha pulsação parecia bem forte. Isso significa que provavelmente precisamos descobrir uma maneira de tornar nossas pulsações mais lentas. Fazer com que pareçam estar diminuindo de ritmo. E claro eu não tenho a menor ideia de como criar isso.

— Mas eu *sim* — Gaby disse, sorrindo. — Marie tem essa poção proibida que faz com que você pareça estar morto. Ela chama de suco de zumbi e sei que ela não tem o mesmo efeito da coisa no Haiti: os transes, aquela aparência de morto, e assim por diante. Ele apenas diminui *muito* o ritmo do coração. Ainda assim é arriscado, claro. Mas como já estamos mortas mesmo...

Enquanto ela desaparecia, senti uma pequena onda de medo. Mas deixei-a pra lá e terminei a frase dela:

— Como já estamos mortas mesmo, qual a pior coisa que poderia nos acontecer?

Gaby riu, nervosa.

— Total. A não ser deixar de existir completamente, certo?

— Certo — respondi, colocando as mãos na cintura numa tentativa de parecer corajosa. Valente.

Por um minuto inteiro, Gaby e eu trocamos olhares ansiosos e indecisos. Então ela veio até mim e enganchou seu braço no meu.

— Vamos lá, Amélia — ela disse, abrindo um sorriso. — Deixa eu te mostrar como saquear o depósito secreto de uma sacerdotisa vodu.

Capítulo VINTE E SEIS

O exterior do Café Conjuro parecia tão sombrio quanto antes. Talvez um pouco mais, quando parei para pensar sobre sua sala nos fundos e o que planejávamos fazer lá. Enquanto olhava para a vitrine suja — com a sujeira tão grossa que ela nem refletia a luz rosada do pôr do sol — esforcei-me para ficar invisível. Essa precaução aliviou apenas um pouco dos meus medos.

Gaby percebeu minha expressão relutante e cutucou-me com o cotovelo.

— Não vai amarelar. Combinamos de fazer isso incógnitas, lembra? Então desde que você não pire e fique visível, vamos ficar bem.

— Claro. Tá bom.

Acenei com a cabeça mecanicamente e esfreguei as palmas das minhas mãos no meu *jeans skinny*. Por que minhas mãos tinham escolhido começar a suar de novo *agora*, não saberia dizer. Gaby olhou para mim e então, com um sorriso confiante, abriu a porta do Conjuro para que nós duas entrássemos.

À noite, o restaurante tinha poucos clientes: pessoas com a aparência desolada, rostos deprimidos e olhos voltados para seus pratos pouco apetitosos. Nenhuma pessoa levantou os olhos quando entramos, apesar de a porta ter parecido abrir sozinha.

Enquanto caminhava pelo corredor central do Conjuro, olhei para os pratos. Apesar de a comida ter um cheiro nojento, meu estômago reclamou de fome. Estava tão faminta que um dos pratos — coberto com algo que parecia uma mistura de lasanha e bolo de carne — não parecia *tão* ruim. Agora eu realmente estava arrependida de ter deixado aquele segundo sonho cair no *Café du Monde*.

Um pouco enojada comigo mesma, baixei a cabeça e segui Gaby para os fundos do restaurante, onde ela abriu a cortina do santuário de Marie. Mergulhamos na sala, e Gaby deixou a cortina cair atrás de nós.

Quando ela se fechou, a pouca luz da sala desapareceu completamente. Naquela noite, não havia lampiões brilhando ou incenso queimando. Por mais impossível que pudesse parecer, o lugar era mais assustador sem a luz de velas e a fumaça.

Depois que meus olhos se acostumaram com a escuridão, enfiei as mãos nos pequenos bolsos da minha calça — alguma coisa pra fazer ao invés de ficar torcendo-as, acho.

— Onde está Marie? — murmurei baixinho.

Pude ver Gaby franzindo a testa na escuridão.

— Na verdade — ela sussurrou —, essa é uma ótima pergunta. Ela sempre acende velas e faz alguns feitiços antes da missa da meia-noite. Então... ela *deveria* estar aqui.

— Bom, então — eu disse, inclinando-me para a frente e ficando na ponta dos pés sobre as minhas botas de maneira nervosa —, vamos pegar o que precisamos e dar no pé antes que ela volte.

— Você tem razão.

Quase não conseguia ver a silhueta de Gaby enquanto ela andava cautelosamente pela sala e escorregava por uma das portas na parede oposta. Na completa escuridão, ela quase desapareceu. Algo a respeito do seu truque de desaparecimento me incomodou. Preocupada, tirei uma mão do bolso e olhei para a minha própria pele quase invisível.

Então me dei conta: a gente não brilhava mais no escuro. Enquanto os outros fantasmas emanavam aquele brilho suave e fantasmagórico, Gaby e eu parecíamos pessoas vivas sob luzes apagadas.

Outro poder fantasmagórico que se foi.

Movimentei-me de maneira desconfortável enquanto Gaby vasculhava a sala cheia de poções secretas de Marie. Parecia haver algo errado com a nossa missão — algo mais do que o roubo e risco real de ingerir "suco de zumbi" para atrair demônios.

Na verdade, senti que havia alguma coisa errada sobre aquele espaço em especial. Podia quase sentir o cheiro no ar úmido: forte e amargo, como o medo.

Inclinei-me para a frente, para dizer para que Gaby se apressasse, quando ouvi um gemido baixinho em algum lugar atrás de mim. Girei, tentando encontrar a fonte do som; mas não conseguia ver nada na escuridão.

O gemido se repetiu, então dei alguns passos cegos para trás.

— Gaby, tem alguém aqui.

Tateei atrás de mim à procura de um interruptor, uma lanterna, *qualquer coisa*. Sobre os sons dos meus tropeços, pude ouvir a respiração irregular vindo do canto mais próximo de mim.

— É sério, Gaby — cochichei. — Vem aqui me ajudar.

Praguejando, Gaby saiu tropeçando de uma salinha escura e começou a tatear ruidosamente as prateleiras de Marie. Ela deve ter achado o que quer que estivesse procurando, porque ouvi um chiado e então senti o cheiro intenso de enxofre. De repente, a luz de velas encheu a sala.

Gaby pegou um candelabro aceso e segurou-o ao meu lado. Nesse instante, o brilho das chamas caiu no canto da sala, e nós duas ficamos sem fala.

Ali havia um corpo encolhido. Se não fosse pela respiração irregular, pontuada pelos gemidos quase inaudíveis, teria pensando que era um cadáver. Mas Gaby sabia quem era assim que o viu.

— Marie! — ela gritou, abaixando-se ao lado do corpo e agarrando-o. Claro que as mãos de Gaby atravessaram Marie sem tocá-la. Uma das muitas desvantagens de ser uma Acordada.

Gaby urrou de frustração. Sob a luz fraca, eu a vi desaparecer e aparecer até ficar em foco, tornando-se visível.

— Marie — ela gritou novamente, estalando os dedos perto dos ouvidos da senhora. — Marie, acorde.

Sentindo-se incrivelmente inútil, desejei ficar visível e então me ajoelhei ao lado de Gaby enquanto ela continuava a estalar os dedos. Naquele momento, a cabeça de Marie se inclinou para trás, o suficiente para revelar seu rosto.

Sua pele escura parecia encerada, suas bochechas estavam caídas e seus olhos inchados, fora de foco.

Olhando-a de perto, franzi a testa. Por alguma razão, essa velha senhora encurvada e doente lembrava-me alguém. Talvez apenas por causa das idades parecidas. Ou talvez pela rapidez com que tenham se deteriorado. Algo a respeito do estado de Marie e a aparição de Ruth na noite passada me deixou inquieta...

— Gaby — murmurei, perdida em pensamentos —, o que você faria para drogar uma pessoa?

A cabeça de Gaby se virou para mim e seus olhos se esbugalharam, surpresos. Logo depois, ela se voltou para Marie e chegou mais perto do rosto da velha senhora. Gaby inspirou fundo pelo nariz e então se sentou novamente sobre os calcanhares.

— Como isso é possível? — ela murmurou, antes de pular para ficar de pé e apoiar-se em uma das prateleiras bem abastecidas. Ali, ela fuçou tudo até pegar uma garrafinha marrom, tirar a rolha e inspirar profundamente seu conteúdo.

— Reserpina. Diabos. Essa coisa é um sedativo muito forte. Misture isso com um pouquinho de vinho e quem beber vai ficar tonto, confuso... A Marie nunca usa essa droga, mas a garrafa está pela metade. — Os olhos de Gaby se voltaram para a silhueta de Marie e então para mim. — Como você sabia?

Apoiei as mãos nos joelhos e me levantei.

— Porque desconfio que alguém fez a mesma coisa com a avó de Joshua. E tenho quase certeza de que sei quem é.

Gaby levantou uma sobrancelha, curiosa, e eu fiz uma careta.

— Annabel Comeaux. A prima de Joshua. Ela pode estar trabalhando ou não com esse Alex com quem ela tem andado, mas... tudo indica que é ela.

A sobrancelha de Gaby se ergueu ainda mais.

— Acho difícil de acreditar que alguém envenenasse a própria avó. E Marie? Ouvi Marie dizer que ela nem conhecia a garota.

— Mas Annabel a conhece. Foi ela quem disse para Joshua que Marie podia me ajudar. E... tem mais uma coisa. Uma coisa que eu não queria te dizer antes.

Hesitei, estudando Gaby mais uma vez. À procura de um traço indefinido que me revelasse que eu podia confiar nela. Insegura se realmente tinha encontrado alguma coisa, continuei, hesitante.

— Ontem à noite, quando os Apagados tentaram me pegar, eles queriam me entregar para... um intermediário. Alguém que me usaria para garantir sua liberdade. Dos demônios. E... referiram-se ao intermediário como "ela".

Gaby fez uma expressão muito preocupada.

— Tá... — ela disse devagar, lembrando-me, dolorosamente, de Joshua. — Você não me disse isso antes por que...?

— Porque eu não tinha certeza se não era você que estava tentando me trocar com os demônios — disse, com a voz um pouco envergonhada. — E *ainda* não tenho certeza. Mas você nem conhecia Ruth antes de mim, então...

Enquanto eu parava de falar, vi um brilho magoado nos olhos de Gaby. Mas ela se recuperou rapidamente e agitou a cabeça.

— Ainda assim não faz sentido. Por que Annabel faria mal à sua própria avó?

— Não sei — eu disse, também balançando a cabeça. — Mas aposto que Ruth desaprovaria *muito* uma vidente trabalhando junto com os demônios. Eu sei que Ruth faria o que estivesse ao alcance dela para impedir uma coisa dessas.

— É o que Marie faria também — Gaby falou, olhando de novo para a silhueta caída no chão. — Talvez Marie tenha ajudado Annabel e então descoberto o que ela planejava fazer.

— É o que eu também acho. Mas isso ainda não explica por que Annabel aconselhou Joshua a me trazer aqui.

Gaby mordeu os lábios.

— Não sei. Acho que precisamos encontrar um Mayhew rápido. Mas antes de irmos embora, vamos avisar alguém de que Marie está passando mal.

— Com certeza. A gente não pode deixá-la assim.

Fui até a entrada, mais do que pronta para avisar alguém e então sair daquele lugar. Mas antes de eu puxar a cortina para o lado, percebi que Gaby tirou outro frasco da prateleira. Ela colocou seu conteúdo em um queimador de incenso, acendeu um fósforo e colocou a chama no queimador.

— Espinheira branca — ela explicou baixinho. — Para proteger Marie.

Virei um canto da boca.

— Eu te diria que não acredito nessas coisas, mas acho que sou a prova viva do contrário. Bem... meio viva.

— Amém — Gaby murmurou, para mim ou para a oferenda. Então ela se virou para Marie e passou apressada por mim, obviamente tentando não olhar de novo para o corpo jogado no chão.

Assim que chegamos à relativa claridade do café, Gaby se aproximou do atendente, que ainda estava de pé atrás do balcão folheando o que parecia ser um antigo guia de programação de tevê. Gaby limpou a garganta, apenas uma vez. Quando ele não olhou para ela, ela bateu no balcão e gritou:

— Ei! Babaca!

Aquilo certamente chamou a atenção dele. Ele levantou a cabeça e, depois de seus olhos se abrirem em uma surpresa momentânea, franziu o rosto.

— O que você quer? — ele murmurou, nem um pouco mais agradável do que no dia anterior.

— Marie está lá nos fundos e ela está passando muito mal — Gaby disse, secamente. — Chame uma ambulância. — Obviamente não convencido, o atendente desdenhou de Gaby.

— Ah, é? E quem é você para mandar em mim?

— Madre Teresa de Calcutá — ela disparou. — E o que importa? Agora vá lá e ajude-a antes que ela morra e você perca sua parte nos lucros semanais.

Finalmente, a ameaça de perder seu salário pareceu vencer a apatia. Com um suspiro relutante, ele se virou para marchar até a sala dos fundos. No mesmo instante, Gaby me encarou.

— Vamos sair daqui — ela disse entredentes —, antes que ele chame a polícia.

Concordei imediatamente.

Tentei não correr para fora do café, e podia ver que Gaby também se esforçou para manter o ritmo. No momento em que pisamos na calçada, no entanto, nós duas, de maneira instintiva, ficamos invisíveis de novo.

Com os olhos esbugalhados de medo, virei-me para ela.

— E agora? — sussurrei, apesar de já saber a resposta.

— E agora — Gaby disse —, vamos visitar a família Mayhew.

Quando Gaby e eu atravessamos a Royal para a Ursulines, fiquei pensando se toda a população de Nova Orleans — viva ou morta — não podia ouvir as batidas do meu coração acelerado. Como agora eu era um tipo de ser sobrenatural raro, talvez o ritmo do meu coração o fizesse resplandecer de novo.

Esforcei-me para manter uma expressão impassível, sem emoção. Mas de vez em quando minhas mãos se moviam incontroláveis, saindo dos meus bolsos para alisar os cabelos ou para puxar a barra da blusinha.

Era uma besteira. Muitas vidas estavam em risco — e vidas após a morte também —, mas eu não podia deixar de me sentir nervosa a respeito de ficar invisível perto de Joshua de novo. Parecia uma tarefa impossível, levando em consideração meu atual estado mental.

Enquanto Gaby e eu caminhávamos, dei um pequeno sermão em mim mesma. Eu podia fazer aquilo. Eu podia seguir o plano que tínhamos bolado: enquanto Gaby avisava os Mayhew sobre o estado de Ruth, eu procuraria Annabel e a confrontaria, argumentaria com ela, se possível. E *não* permitiria que Joshua testemunhasse a conversa se eu pudesse. Obrigá-lo a passar por *aquilo* poderia causar muitas mágoas nele — e iria me machucar também.

Todas as decisões que eu tomara naquela semana vinham do meu desejo de protegê-lo e às outras pessoas que eu amava. Apesar de eu certamente não amar Ruth Mayhew, também não podia deixar que ela sofresse à minha custa. Não se as minhas suspeitas sobre a sua doença e quem a causou estivessem certas.

Mas conforme Gaby e eu nos aproximamos do sobrado dos Mayhew, meu coração foi ficando apertado. Mais uma vez, as luzes não brilhavam pelas janelas; tudo parecia trancado. Havíamos nos desencontrado deles.

Então lembrei: era véspera de Natal. A família sempre jantava naquele restaurante chique na noite que antecedia o Natal.

Virei para Gaby.

— Eles não estão aqui. Esqueci; eles fazem a ceia em um dos restaurantes do Bairro Francês. Você acha que eles podem estar no lugar em que o Alex trabalha? Como era o nome... Anthony's?

— Antoine's — ela respondeu, acenando com a cabeça. — Mas existem, tipo, bilhões de restaurantes abertos hoje à noite. Não temos certeza de que vamos encontrá-los, mesmo se formos a cada um deles.

Gemi, frustrada, e olhei a casa de novo. Então prestei mais atenção.

Ali, na janela da sala de visitas, pude ver uma luz muito fraca passando entre as frestas da veneziana.

— Gaby, na verdade acho que tem alguém em casa — sussurrei. Sem esperar pela resposta dela, caminhei até a janela da frente. Estava pronta para me ajoelhar e espiar entre as frestas quando meus pés fizeram um som estranho e estalado contra o concreto. Olhei para baixo e dei um passo involuntário para trás, para longe da substância que havia feito aquele barulho.

Poeira cinzenta vodu.

Grandes torrões dela, parecendo que alguém a havia espalhado sem ter tempo de despedaçá-la direito. Uma trilha de poeira corria ao longo da base da janela e então se estendia de maneira irregular diante da porta da frente e pela base da janela da sala de jantar.

A linha não estava ali na noite passada enquanto eu esperava que Joshua saísse de fininho da reunião familiar. Então alguém deve ter espalhado a poeira recentemente. A julgar por seu padrão tremido e pelos intervalos na trilha, alguém com mãos trêmulas.

Talvez alguém que estivesse drogado.

Não importa quem havia colocado o pó no chão, seu poder já não me afetava. Meus pés haviam passado por cima dele sem esforço quando abaixei para me ajoelhar. Tirando vantagem dessa nova habilidade, coloquei minhas mãos contra as venezianas e me inclinei para perto da janela.

— Ruth? — chamei em voz alta, lutando contra a vontade de sussurrar. — Você está aí? Se estiver, sei que você está doente. Estou aqui para ajudar, prometo.

— Amélia, olhe — Gaby sussurrou, apontando para a porta da frente.

Aparentemente, o pó vodu também não a afetava, pois ela também cruzara a linha. De cara para a porta, Gaby pressionou um dedo contra a madeira, e a porta se moveu um pouco para dentro. Eu me levantei e fui até ela.

— Alguém a deixou aberta — ela murmurou.

Trocamos olhares relutantes e então, juntas, empurramos ainda mais a porta.

Lá dentro, o *hall* estava quase que completamente escuro, com exceção da luz de uma vela em uma mesinha de canto. Mas, mesmo no escuro, pude ver a silhueta da figura espalhada sobre o tapete de entrada. Quando ela gemeu, soltei um enorme suspiro de alívio.

— Ela ainda está viva — respirei, abaixando-me ao lado da figura caída de Ruth.

— Essa não é a noite dos idosos — Gaby constatou. — Eu devo chamar uma ambulância ou o quê?

— Ambulância. Sem dúvida — eu disse, assentindo com a cabeça. — Acho que vi um telefone no canto da sala de visitas.

Gaby passou por trás de mim, e logo ouvi sua voz abafada enquanto falava com o serviço de emergência. Ao ouvi-la falar, tive outra ideia.

— Ei, Gaby — chamei. — Tem papel e caneta aí perto?

— Hum, talvez. Por quê?

— Preciso que você anote o número do celular de Joshua e ligue para ele depois. Diga a ele que a família precisa voltar para casa depressa.

Gaby hesitou antes de responder.

— Você tem certeza de que quer que eu faça isso?

Mordi meu lábio, vacilante. Então respondi:

— Sim.

Ditei o número de Joshua em voz alta, tendo um pouco de dificuldade com a sequência, já que não tive uma razão — ou a habilidade — de ligar para ele antes de hoje. Então, com uma forte sensação de *déjà vu*, fiquei visível e me inclinei sobre Ruth.

— Sra. Mayhew. Ruth — sussurrei. — A senhora pode me ouvir?

Ela devia estar em melhores condições do que Marie, pois seus olhos se abriram. Então, enquanto tentava respirar, ela falou.

— Você... veio terminar isso?

— Não! — gritei baixinho. Eu me senti ofendida imediatamente, mas me obriguei a continuar. — Não, Sra. Mayhew, estou tentando ajudá-la. Achamos que a senhora foi envenenada... estamos chamando uma ambulância agora mesmo.

— Nós?

— Minha amiga Gaby e eu.

— Fantasmas — ela murmurou.

— Sim — eu disse de maneira defensiva. — Fantasmas bons, que não iriam envenenar a senhora. Na verdade, somos tão boas que vamos esperar até a ambulância chegar. E vamos esperar até que sua família chegue em casa para que possamos dizer a eles o que aconteceu. E depois vou acabar com a sua neta por ela ter complicado minha vida após a morte sem necessidade.

Ruth balançou a cabeça, obviamente confusa com o meu ataque. Ela esticou uma das mãos trêmulas e tentou segurar o meu braço. Mas claro que sua mão me atravessou sem me tocar.

— Não ela. Ele.

Apesar de sua voz estar falhando, seus olhos ficaram repentinamente claros. Pela primeira vez em dias, ela parecia lúcida. Afiada, como a Ruth Mayhew que eu conhecia e temia.

— Ele — ela repetiu com dificuldade. — Ele tem... me dado... ervas. Para... minha... dor de cabeça.

Por alguma razão, meus ouvidos começaram a zunir. De pavor, talvez. Ou por me dar conta.

— Alex? — sussurrei.

Ruth balançou a cabeça e então caiu de novo no chão por causa do esforço.

Então Alex *estava* envolvido.

Seja lá o que eles tinham planejado para mim naquela noite, Alex e Annabel claramente queriam tanto os videntes quanto os vodus enfraquecidos, tanto que tiveram que drogar seus líderes além do ponto do entorpecimento e beirando o perigo. Isso não era uma ameaça apenas para Marie e Ruth — era um mau sinal para *mim*.

Sem pensar, estendi uma mão para Ruth, tentando confortá-la de alguma maneira sem ser capaz de tocá-la. Então olhei para Gaby, que agora se inclinava na porta da sala de estar, depois de terminar suas ligações. Sua expressão me dizia que ela também não tinha ideia do que fazer a seguir.

— Talvez devêssemos sair daqui — ela sugeriu. — Ou pelo menos ficar invisíveis antes que os paramédicos cheguem?

— Talvez — esquivei-me, lançando outro olhar preocupado para Ruth, que parecia ter ficado inconsciente novamente.

Ainda sentindo uma necessidade inexplicável de confortá-la, estendi outra mão e deixei-a flutuar sobre ela. Eu estava insegura. Perdida.

Desde o primeiro momento em que me vira, Ruth me odiara — e provavelmente ainda odiava naquele instante. Apesar de tudo, eu não podia deixá-la ali sozinha. Pelo menos Marie tinha alguém esperando com ela até a ambulância chegar...

Tinha acabado de me virar para Gaby, pronta para sugerir que esperássemos por mais alguns minutos, quando algo me atingiu em cheio.

Fui empurrada para trás, em direção à porta, bem no momento em que minha visão começou a ficar turva. Balancei a cabeça, tentando lutar contra isso, mas fui jogada com tanta força que quase não conseguia ficar de pé, e minha visão embaçou completamente, causando uma repentina onda de dor nas minhas têmporas.

— Amélia?

A voz assustada de Gaby parecia muito distante, abafada. O que não fazia nenhum sentido já que ela estava apenas a alguns centímetros de mim.

— Amélia, o que está acontecendo com você? Você está... desaparecendo — ela sussurrava.

— Eu o quê?

Mal conseguia falar ou me concentrar por causa da dor de cabeça. Forcei meu pescoço a fazer um arco e tentei um contato visual com Gaby. Mas antes que eu conseguisse, tudo escureceu. Pisquei rapidamente contra a escuridão e, estranhamente, isso funcionou.

Minha visão começou a focar novamente — turva no começo e depois cada vez mais clara, até que finalmente passei a ver tão bem quanto antes da dor de cabeça.

Mas naquele breve intervalo, algumas coisas haviam mudado.

Antes, os corredores estreitos e os tetos baixos do sobrado dos Mayhew me cercavam. Agora eu estava do lado de fora, olhando para uma estrutura parcialmente fechada que parecia muito com o cais da Rua Toulouse.

E havia a questão da minha companhia. Gaby havia desaparecido, assim como Ruth Mayhew. Em seus lugares, um pequeno grupo de pessoas me encarava: Hayley, Drew, Jillian, Annabel e... Alex.

Com um sorriso largo, ele deu um passo adiante.

— Feliz Natal, Amélia. E bem-vinda à sessão.

Capítulo
VINTE E SETE

Antes mesmo de eu processar o que ele dissera, fiquei de pé e dei pequenos passos para trás na pequena passarela que levava à Toulouse. Alex imitou meus movimentos, caminhando para a frente enquanto eu recuava.

Atrás dele, os jovens videntes permaneciam imóveis. Exceto...

Os quatro equilibravam-se sobre seus pés, como se tentassem permanecer na vertical durante um terremoto. Mantendo grande parte da minha atenção em Alex, tentei estudá-los mais de perto com o canto dos olhos.

Todos eles — Hayley, Drew, Annabel, Jillian — pareciam aturdidos; com os olhos inchados e perdidos. No chão, bem ao lado de Drew, pude ver uma garrafa de vinho caída. Mas só uma garrafa, o que me incomodou. Afinal de contas, os jovens videntes pareciam bêbados demais para apenas uma garrafa de vinho compartilhada entre os quatro.

Alex me pegou os observando, e seu sorriso se abriu ainda mais. Em um tom de voz muito mais calmo do que eu realmente me sentia, disse:

— Você os drogou também, não foi?

Ele acenou levemente com a cabeça, ainda se aproximando de mim.

— Essa foi a última parte do ritual de conjuração... a parte sobre a qual eles não sabiam. Bem, *uma* das partes sobre a qual eles não sabiam.

Um canto da minha boca se contorceu, confuso.

— Por que drogar quem faz parte do seu plano... seja lá qual ele for?

— Eles me ajudaram — Alex explicou em um tom amigável. — Mas nenhum deles sabia realmente por quê, ou para quê. Jillian espiou você em Wilburton, especialmente quando você ia visitar o rio. Ela também disse aos fantasmas do Bairro Francês onde te encontrar na primeira noite aqui, enquanto eu fiz alguns feitiços para sabotar as suas materializações. Mas *Jillian* achou que estava te ajudando a encontrar novos amigos para deixar o irmão dela em paz. Quando você não se juntou aos fantasmas imediatamente, passei para Annabel, que mandou Joshua para o Café Conjuro seguindo a minha sugestão. Annabel só queria ajudar também. Depois disso, Hayley negociou sua captura com os fantasmas do Bairro Francês, mas ela foi boba e achou que aquilo era um exercício do seu treinamento de vidente — apenas uma maneira de praticar como falar com fantasmas, não uma tentativa verdadeira de te pegar. E Drew — bom, ele é relativamente inútil. Mas eu precisava da força dele para o feitiço de conjuração de hoje.

— Foi isso... que me arrastou até aqui hoje? — perguntei, hesitante. — Não foi?

Ele balançou a cabeça, rindo.

— Eles achavam que estavam te chamando de volta, pelo Joshua. Porque ele está *tão triste* desde que você partiu.

Ele disse as palavras "tão triste" em um tom melódico, zombando de Joshua. Talvez eu devesse ter respondido com algo mordaz, mas tinha ficado muda temporariamente.

Um calafrio desceu pelos meus braços. Obviamente, eu suspeitava do envolvimento de Annabel. Mas *todos* eles? Jillian guiando os apagados para a Praça Jackson, para onde Alex deve ter me mandado; Hayley agindo como intermediária com os apagados mesmo sem saber; Annabel me mandando para a Marie para... não tinha certeza ainda do porquê.

Se nenhum dos jovens videntes queria me fazer mal, então o que estava acontecendo exatamente? Quando exigi que Alex me dissesse tudo isso, ele gargalhou de novo.

— Jillian a seguiu hoje, Amélia, até aqui. Apesar de você ter aprendido a se esconder de nós, Jillian também aprendeu a *ouvir*, assim como os outros. E você sabe o que ela ouviu sem querer? Seus planos de abrir um lugar no qual eu também quero muito entrar.

Franzi a testa, balançando a cabeça com força.

— O... o submundo? Eu nem sei como entrar lá, e estou tentando há meses. Além disso, acho que você precisa estar *morto* para fazer isso.

Alex estava olhando perdido para os videntes que balançavam desorientados. Mas quando ele ouviu minha ultima afirmação, sua cabeça girou na minha direção. A escassa luz da lua caiu sobre o rosto dele e fez com que ele parecesse pálido e esquálido, como uma caveira.

— Esse é um pequeno preço a se pagar — ele sussurrou —, para o que eu quero.

Não pude deixar de engasgar.

— Você *quer* morrer?

Ele simplesmente sorriu para mim como resposta.

Foi uma expressão fantasmagórica e esquisita, sem humor ou calor. Sorrindo assim, ele *realmente* parecia um esqueleto.

Um som estranho saiu dos meus lábios.

— Você é *maluco* — sibilei.

Ele soltou uma risada que parecia deslizar.

— Também sou descendente de Delphine LaLaurie, e essas duas características passam de geração em geração há mais de um século.

— Quem você acabou de dizer que é?

Algo a respeito do nome de sua ancestral me incomodou. Soava familiar...

Alex caminhou casualmente para perto dos outros videntes, que continuavam zonzos. Enquanto andava, ele pressionou sua mão sobre os ombros deles, empurrando-os para a frente. Um a um, eles caíram sentados de maneira desajeitada no concreto, e eu pude ver que estava forrado de pó vodu. Parte do ritual da sessão deles, provavelmente.

Enquanto o observava, Alex começou a falar de maneira monótona, como se estivesse contando a parte chata de uma história.

— No século dezenove — ele disse —, uma mulher rica do Bairro Francês chamada Delphine LaLaurie torturou e matou muitos de seus escravos. Mas antes disso acontecer, ela teve várias filhas. Sou descendente de uma delas.

— E? — disse, lutando para manter minha voz num tom normal. Quanto mais calmo ele parecia, mais nervosa eu ficava.

— *E* — ele enfatizou —, há certas coisas que ela passou para seus herdeiros. A maioria dos historiadores não sabe disso, mas Delphine ouvia vozes. Vozes que lhe diziam coisas terríveis e a deixaram maluca. Hoje em dia os médicos chamariam de esquizofrenia; mas eu sei do que estou falando, especialmente porque também as ouço. Sempre ouvi, desde que era criança. É por isso que foi tão fácil ensinar a esses pequenos videntes como ouvi-las também.

— As vozes dos mortos — eu disse sem me alterar. — Delphine as ouvia, assim como você.

Alex estalou os dedos, rindo.

— Você é uma garota esperta, Amélia. Junte isso aos seus talentos especiais e não me surpreende que eles queiram você.

— Eles? — perguntei, apesar de já saber a resposta.

— Aqueles a quem quero servir. Aqueles que falam comigo, às vezes, quando os fantasmas ficam quietos.

— Demônios? — soltei. — Eles... falam com você? E você quer *servi*-los?

— Claro que quero. Eles são a única família que tenho.

— Mas achei que você disse...

— Eu disse. — ele disparou, sério. — Eu tive uma família. E no *minuto* em que demonstrei minha herança genética, eles me diagnosticaram como esquizofrênico e me mandaram para um "lar". Assim como meu avô, minha bisavó e todos os outros, por gerações, em uma longa linha de traição familiar.

Quando ele terminou, matou-se de rir, como se tivesse acabado de contar uma piada.

Se eu não tivesse compreendido antes o perigo da situação, certamente teria feito isso naquele momento. Alex não tinha apenas enganado e drogado os outros videntes — ele não só queria trabalhar para os seres mais malévolos que eu já vira — mas ele também era demente. Eu tinha de mantê-lo distraído enquanto tentava pensar em uma maneira de ajudar os videntes drogados.

— Isso deve ter te deixado fulo da vida — murmurei, aproximando-me um centímetro dele sobre a passarela. — A sua família te trair assim.

Seu sorriso voltou irônico.

— Essa descrição não chega nem aos pés, Amélia. A única razão para eu ficar focado, e determinado, foi o incentivo que recebi das vozes. Elas eram meu único conforto... minha única família... por anos. Elas me prometeram que as coisas seriam melhores um dia; contaram-me histórias sobre o que eu estava destinado a fazer. Por causa delas, sou o primeiro LaLaurie a enganar os médicos e a fazer eles acharem que eu estava tomando meus remédios e que tinha melhorado. Consegui até que o lar me liberasse a tempo de entrar na faculdade. Seguindo as ordens das vozes, voltei para Nova Orleans, onde me matriculei na Tulane. Usei um nome falso por um tempo, tentando voltar à minha origem, enquanto fazia alguns sacrifícios para a escuridão. Até tentei *me* matar por eles, mas eles ainda não estavam prontos para mim. Mas isso mudou quando conheci a senhorita Comeaux.

Alex parou para puxar a cabeça de Annabel para trás pelo cabelo e depois deixá-la cair para a frente. Apesar de ela não ter reagido, o movimento parecia tê-la machucado, e estremeci por ela.

— E por que Annabel é tão especial? — perguntei.

— Ela? Não é — ele riu. — A não ser por ter um dom que pensei que podia me ajudar a abrir o mundo sombrio sem precisar me matar.

Eu desdenhei.

— O quê, sua *família* não te ensinou o aperto de mão secreto para entrar?

Alex deu de ombros, obviamente sem se importar com o meu tom.

— Aqueles a quem quero servir exigem sacrifício. Esforço. É por isso que deixei meu orgulho de lado e tentei entrar nessa assembleia de videntes. Claro que cada um deles ficou apavorado no segundo em que começou a perceber o que eu queria. Então tive de tentar outro caminho. Apresentei-me para o membro mais novo — Ruth Mayhew — e consegui chegar a um grupo de videntes jovens e inexperientes para que eu pudesse montar minha própria assembleia.

— E você os convenceu do fato que estavam *ajudando* fantasmas — eu disse. — Para que *eles* abrissem o submundo para você sem querer.

Alex fez um pequeno estalo com a língua e piscou para mim.

— Você entendeu. Nada como dizer a um grupo de videntes inativos e insatisfeitos que os chatos dos pais deles são os malvados e que eles podem ser os mocinhos. Funcionou como mágica. A não ser por um pequeno detalhe: esses idiotas inúteis não conseguiam abrir sequer a porta de um celeiro, o que dirá do submundo.

— Então por que você está torturando eles assim? — apontei para a linha de videntes aos pés dele. — Por que mantê-los perto de você?

Alex sorriu sombriamente e apontou um dedo longo e fino para mim. Ele não disse nada, mas entendi muito bem o que ele queria dizer.

— Eu — conclui. — Você queria a ajuda deles para me pegar.

— Exatamente. Quando Jillian revelou para Annabel sobre o que você fez na noite em que a salvou, Annabel veio me contar. Então eu transmiti essa notícia para as vozes. Acho que nem preciso dizer o quanto elas ficaram empolgadas com isso. Parece que você já as tinha evitado antes; e elas querem você ainda mais agora.

Senti uma onda muito real de náusea me invadir, mas lutei contra ela. Engoli, mandando todos os meus gritos de aviso e medo de volta para o fundo do meu cérebro para que pudesse manter Alex falando.

Mas enquanto eu tentava pensar em um assunto para distraí-lo, minha mente ficou em branco. Como se eu estivesse fazendo uma espécie de prova para a qual tinha estudado muito a ponto de esquecer as respostas. Finalmente, decidi perguntar algo insignificante.

— Então... você disse que mudou de nome por um tempo. Alexander Etienne é o quê? Um nome de verdade? É falso?

— Esse é o nome com que eu nasci... e que tenho usado com todos vocês. Mas na faculdade comecei a usar meu nome do meio, e o sobrenome dos meus ancestrais. Na faculdade, eu era conhecido como...

— Kade LaLaurie.

O gemido com o nome me assustou, e girei para ver que tinha falado. Para minha surpresa, vi Gaby de pé atrás de mim. Não fazia ideia de como ela tinha me encontrado, mas senti um grande alívio por isso.

Mas Gaby não parecia tranquila ao me ver. Ela nem olhou para mim. Ao invés disso, encarou Alex através de mim. Seus olhos estavam esbugalhados, sua boca fechada e seus pulsos cerrados.

— Gaby ? — sussurrei. — Você o conhece?

Ainda sem me olhar, ela fez que sim com a cabeça.

— Ah, eu o conheço. É meu ex-namorado. Aquele que matou meus pais e eu. Aquele que devia estar morto.

Capítulo VINTE E OITO

Quando Alex — Kade? — riu alto, meu olhar se voltou para ele. Mas ele também não estava se dirigindo a mim. Ao invés disso, ele mantinha os olhos grudados em Gaby. Enquanto ele olhava para ela, seu sorriso ficou ainda mais cruel, se é que isso era possível.

— Também estava com saudades, amor — ele provocou. Pelo canto dos olhos, vi Gaby tremer.

— Como diabos você está vivo? — ela gritou. — E por que você está aqui?

Alex riu de novo e começou a andar de um lado para o outro atrás dos jovens videntes, que permaneciam sentados e aturdidos no concreto. Enquanto caminhava, ele batia na cabeça de cada um deles como se estivesse jogando algum jogo bizarro de corre cotia.

— Estou vivo — ele explicou —, do mesmo jeito que Félix ainda está; apesar da minha tentativa de morrer e levar todos vocês comigo, eu sobrevivi. Esse é o "como". E o "por quê" é porque você e seus pais não eram um sacrifício bom o suficiente para satisfazer a escuridão.

De repente, a expressão fria de Gaby se desmanchou. Antes que eu pudesse impedi-la, ela pulou para a frente, correndo sobre a passarela na direção de Alex como se pretendesse atacá-lo e arrancar seus olhos.

A expressão divertida de Alex não mudou. Quando só faltavam alguns centímetros para Gaby cruzar, ele colocou calmamente a mão no bolso, tirou alguma coisa e apontou para ela.

No segundo em que vi a luz da lua refletida no objeto prateado, gritei.

— Pare! Gaby, pare!

Ainda bem que ela me ouviu. Estancou a alguns centímetros de Alex, com seus olhos colados na arma que estava nas mãos dele.

Levantei as duas mãos em um gesto de rendição e me apressei para ficar ao lado de Gaby. Tinha acabado de segurar o braço dela para evitar que ela fizesse algo impensado quando ela balançou a cabeça e sorriu, parecendo estar saindo de um transe.

— Você não pode me matar duas vezes, Kade — ela ronronou para Alex. — Então pra que a arma?

Apesar de Gaby ter acabado de criar um enorme buraco no plano de defesa dele, Alex sorriu para ela sereno.

— É para ela — ele sussurrou.

Então, segurando a arma firmemente, ele a trouxe na minha direção, por apenas um segundo, antes de apontá-la para o chão.

Para Jillian.

Todo meu corpo ficou gelado. Antes mesmo de formar as palavras na minha cabeça, eu as ouvi saindo da minha boca.

— Aponte essa arma para outro lugar ou eu juro que vou dar um jeito de realizar seu desejo e matar você eu mesma.

Alex olhou diretamente nos meus olhos. Com sua mão livre, ele engatilhou a arma. Então a usou para apontar para Jillian.

— Corrija-me se estiver errado — ele disse —, mas acho que estou em vantagem aqui. Você poderia *tentar* tirar a arma da minha mão e atirar em mim. Mas você não consegue mais encostar nos vivos, então isso vai ser um pouco difícil.

Rangi os dentes.

— Como você sabe disso?

Mantendo Jillian na mira, ele parou de olhar para mim e virou-se para Gaby.

— Ah — ele murmurou —, eu me mantenho informado sobre a minha querida ex-namorada. E você vai dizer que estou errado? Olhe para ela.

— Seu idiota — Gaby xingou. — Você nunca me amou, não foi?

Alex fingiu fazer uma cara triste.

— Não, amor. Não amei. Mas eu *amo* sua história: neta de uma das Raisers vodu mais poderosas da história. Bom demais para ser verdade, mesmo. Aposto que você não sabia que seus dons eram herdados assim como os meus.

— Os meus o quê? — Gaby sussurrou, parecendo ao mesmo tempo confusa e aterrorizada.

Ao ver sua expressão, Alex riu.

— Ah, Gabrielle, sério? Você não acha mesmo que criou esse feitiço de ressurreição sozinha, né? O vodu está no seu sangue. Os feitiços que você encontrou no Conjuro não eram da Marie; eles foram criados pelo seu avô. Você tem direito herdado de ressuscitar os mortos. Por que você acha que eu escolhi *você* para sacrificar para a escuridão? Os espíritos sombrios queriam seus poderes, mesmo que eles ainda estivessem latentes quando você morreu.

— Então... você realmente estava tentando me matar?

Pela primeira vez desde que eu a conhecera, os lábios de Gaby tremeram. Alex, no entanto, permaneceu impassível diante dessa demonstração de emoção.

— Claro que eu estava tentando te matar... e consegui. Mas Félix acordou você da neblina dos mortos antes que eu pudesse terminar o que começara. Voltei a usar meu nome antigo para me proteger e entrei de novo na faculdade. Mas ainda te persegui por dois anos, tentando fazer você ficar sozinha para que quando eu me matasse ou conseguisse que os videntes reabrissem o submundo, eu pudesse te levar para a escuridão comigo. Até mandei os fantasmas do Bairro Francês atrás de você certa vez; mas eles falharam, claro. Ainda assim, preciso te agradecer... você realmente me ajudou tornando-se uma rediviva. Sem a habilidade de se desmaterializar quando quer, você é um alvo muito mais fácil.

— Então por que simplesmente não fez isso? — Gaby cuspiu. — Por que não me capturou você mesmo e acabou com essa história?

Alex suspirou, fazendo parecer que Gaby havia tocado em um assunto delicado.

— Como eu disse, não foi tão fácil quanto pensei. Os espíritos estavam ficando inquietos. Então, mais ou menos na época em que você se transformou, Jillian começou a ligar para a Annabel para reclamar sobre Amélia. Depois disso, as vozes exigiram que trouxesse vocês *duas*. O que daria muito trabalho. Primeiro, tentei fazer a Amélia se juntar aos fantasmas do Bairro Francês para que eles pudessem entregá-la diretamente para a escuridão. Então tentei fazer com que ela confiasse em mim, o que obviamente não ia dar certo. Então resolvi juntar vocês duas. Eu sei que você não resistiria à ideia de ter uma parceira, Gabrielle, depois daquele encontro fracassado que teve com os fantasmas do Bairro Francês. E agora, aqui estão vocês — dois coelhos numa cajadada só!

Enquanto ele terminava de falar, olhei longamente para Gaby. Agora ela parecia muito abalada para falar. Então respirei fundo e dirigi-me a Alex em nome de nós duas.

— Bem, obrigada por confirmar o que seus pais já sabiam; você é um doido de pedra demoníaco.

Finalmente, minhas palavras tocaram em um ponto sensível. Fulminando-me com os olhos, Alex esticou os braços para baixo e pegou Jillian no colo. Segurando-a com seu braço armado, ele usou sua mão livre para tirar algo do bolso do casaco.

Vi um líquido brilhante dentro de uma seringa, um pouco antes de ele enfiar a agulha no braço dela.

— Não! — eu gritei, mas obviamente era tarde demais.

— Ah, não se preocupe — Alex cantarolou, jogando a seringa vazia no chão. — Não vou machucá-la, estou apenas aumentando a aposta.

A parte de cima do corpo de Jillian caiu para a frente amolecido. Enquanto Alex a levantava e a apoiava sobre seu braço livre, a cabeça dela rolou por cima de seu ombro. Ela gemeu baixinho, e suas pálpebras se agitaram.

— O que você fez com ela?

— Eu a acordei — ele afirmou simplesmente.

— Ela não parece muito acordada.

O sorriso desagradável de Alex retornou.

— Dê um tempo a ela.

Como se para ilustrar, ele tirou o braço e deixou Jillian cair. Mas assim que ela começou a ir em direção ao chão, ele a agarrou pelos cabelos e a fez ficar de pé. A dor deve ter feito com que ela despertasse mais depressa, porque seus olhos — agora muito mais límpidos — olhavam ao redor de maneira frenética. Enquanto ela recuperava o equilíbrio, seu olhar parou no sorriso maluco de Alex.

E no brilho de sua arma.

No segundo em que viu isso, Jillian ficou quieta — imóvel a não ser pelo movimento apavorado do seu peito. Eu queria correr até ela, empurrá-la para longe dele, mas a arma estava pendurada no ar como se fosse uma barreira intransponível.

Alex a elogiou rapidamente.

— Bem-vinda à festa, Jillian. Acabei de contar para as meninas aqui como você as ouviu, sem querer, discutindo sobre como abrir o submundo diminuindo seu ritmo cardíaco. Então... Amélia, Gabrielle, vão em frente.

— Nem sabemos se isso vai dar certo — eu disse. — Era algo que iríamos tentar fazer para ajudar nossos pais.

Gaby devia ter se recuperado, porque ela finalmente começou a se mexer ao meu lado.

— Você se lembra dos meus pais, não, Kade? — ela disparou. — Aquelas pessoas muito legais que você matou?

Quando Alex sorriu, eu também disparei.

— Pensando bem — eu grunhi —, não me importo se vai funcionar ou não. Porque não vamos te ajudar.

Alex riu e puxou Jillian mais para perto. Sem tirar os olhos dos meus, ele encostou o cano da arma no peito de Jillian.

— Uma de vocês duas precisa diminuir seu ritmo cardíaco agora. Senão, terei que fazer isso com Jillian.

Por um breve momento pensei em testar para ver se ele estava blefando. Pedir a ele que atirasse em mim para ver se a arma estava carregada. Mas quando um gritinho escapou dos lábios de Jillian, não acreditei que tinha chegado a pensar nisso.

Claro que a arma estava carregada. Esse garoto estava planejando esse momento há anos; ele não se esqueceria de um pequeno detalhe como esse.

— Não — sussurrei, derrotada. — Não a machuque. Eu... eu faço.

Gaby me olhou surpresa.

— Amélia, não podemos dar a ele o que ele quer.

— *Temos* que, Gaby. Eu tenho que. Não posso deixar ele feri-la.

Ainda pressionando a arma contra o peito de Jillian, Alex parecia inflar-se de orgulho. Mantive meus olhos nos dele e estiquei uma mão para Gaby.

— O suco de zumbi — disse baixinho. — Sei que está com você.

Por um longo segundo, ela não se mexeu. Então, com uma lentidão dolorosa, ela colocou a mão no bolso da sua capa e tirou uma garrafinha. Esperei ela colocá-la na minha mão. Quando Gaby fez isso, virei-me para ela.

Seus olhos estavam se alternando entre Alex e eu. Seu olhar ficou mais tempo sobre ele, e eu já sabia por quê. Afinal de contas, ela já o amara. Devia doer demais descobrir quem ele realmente era. Ver a coisa terrível na qual ele havia se transformado.

E agora ele estava diante dela novamente, ameaçando não só nossas vidas após a morte, mas também a vida de uma garota.

Os olhos de Gaby se encontraram com os meus novamente, e de maneira inexplicável, ela acenou com a cabeça.

Arrepiei-me novamente, pulando para a frente para poder *arrancar* o líquido das mãos dela, mas ela já havia engolido todo o suco de zumbi. Ela jogou no chão a garrafa vazia, que se espatifou contra o concreto.

— Por que você fez isso? — gritei, ainda sacudindo violentamente seus ombros, apesar de o estrago já estar feito.

Gaby manteve uma expressão impassível e tirou minhas mãos de cima dela.

— Não vou estragar as coisas para você de novo, Amélia. Além disso, essa briga é minha.

— Não, essa briga é minha. Os demônios me querem. Sempre quiseram.

— Acho que eles querem nós duas — ela disse baixinho. — Agora fica quieta para a gente ouvir o que acontece.

Abri minha boca para protestar, mas ao invés disso fechei-a novamente. O que eu *podia* dizer? Como poderia agradecer pelo que ela acabara de fazer? Devagar e com delicadeza, peguei uma de suas mãos e apertei levemente.

Então ficamos em silêncio. Ouvindo.

Por algum tempo, nada aconteceu. Só escutava o som da minha respiração resfolegante e um soluço ocasional de Jillian.

Então, de repente, começou: um fraco *tum, tum, tum* que ecoava do tórax de Gaby. Ela também ouviu, porque seus olhos se abriram e voltaram-se para o seu peito.

Aparentemente, Alex não podia ouvir. Atrás de mim, ele fez um pequeno som impaciente.

— E aí? — ele exigiu saber. — O que está acontecendo?

Simplesmente não respondi. Não podia.

Agora Gaby parecia aterrorizada, e com razão. A cada segundo que passava, os batimentos em seu peito tornavam-se mais altos. Mas apesar do volume das batidas, o silêncio e os espaços vazios entre elas se tornaram mais longos.

Se aqueles silêncios continuassem a aumentar, então logo seus batimentos cardíacos parariam completamente. E nenhuma de nós fazia ideia do que aconteceria então. Afinal, como os mortos morrem?

Apesar de não ter uma resposta para isso, sabia muito bem o que estava acontecendo ao nosso redor. Apesar de já ser uma noite fria no Bairro Francês, o ar ficou ainda mais gelado. De maneira quase insuportável, a ponto de os meus dentes começarem a bater a cada grau que caía. As sombras começaram a se tornar mais longas e a mudar, perdendo o tom de cinza normal e assumindo uma cor roxa mais lívida e sinistra.

— A escuridão está se abrindo — Gaby sussurrou —, não está?

Simplesmente fiz que sim com a cabeça e tentei não tremer com o vento gélido. Inspirei novamente, em pânico; mas antes de ter tempo de soltar o ar, ouvi gritos aterrorizantes vindos de trás de mim.

Girei em torno de mim mesma e vi os jovens videntes parecendo estar mais alertas do que há alguns segundos. Annabel tinha se encolhido, gemendo de dor, enquanto Hayley e Drew tentavam se aproximar.

Chocada, olhei para Alex. Ele não havia saído do lugar, nem tirado a arma do peito de Jillian.

— Como você os acordou? — exigi saber.

Para minha surpresa, Alex balançou a cabeça.

— Não acordei. Só trouxe uma seringa. Não sei o que os acordou... talvez o frio.

Fazia sentido de uma maneira terrível: o frio sobrenatural do mundo sombrio os forçaria a acordar, os forçaria a ver aquele lugar horrível. Essa explicação, no entanto, não me deixou completamente tranquila.

— Deixe-os ir antes que a mudança termine — exigi. — Os demônios só querem Gaby e eu... isso não tem a ver com Jillian nem com os outros.

Alex balançou a cabeça novamente.

— Não tenho nenhum poder sobre isso, Amélia. As vozes disseram que se eu encontrasse uma maneira de abrir o mundo delas e trazer vocês comigo, eles me recompensariam me deixando entrar. Eles devem estar deixando entrar qualquer vivo que esteja por perto.

Sentindo outra onda de terror, olhei de novo para os jovens videntes. Apesar de estarem acordados, nenhum deles parecia estar em condições para fugir. Não antes de descer até o submundo completamente.

Ainda assim, eu precisava tentar. Soltei a mão de Gaby e deitei do lado de Annabel.

— Corre — sussurrei com pressa. — Annabel, você precisa fugir.

Ela virou a cabeça, encarando-me com os olhos turvos.

— Amélia? — ela disse, rouca.

Percebi, perturbada, que aquela era a primeira vez que ela me via. Hayley e Drew também devem ter me visto, porque repetiram meu nome em um coro de vozes confusas.

E naquele momento, outra voz confusa também repetiu meu nome.

— Amélia?

Minha cabeça virou-se para cima, e no intervalo de um segundo horripilante, meus olhos encontraram os de Joshua.

Capítulo VINTE E NOVE

Joshua estava de pé no ponto mais alto da passarela, olhando para baixo sem acreditar na cena diante dele.

— Corra! — gritei, sentando-me. — Joshua, você precisa...

Mas era tarde demais. Antes que eu pudesse terminar a frase, o mundo cintilou e modificou-se.

De uma vez, o gelo se espalhou em uma camada escorregadia sobre a paisagem. A estrutura de metal sobre o cais gemeu em protesto e sua cobertura se dissolveu. Suas vigas assumiram incríveis tons de vermelho e roxo. Até a passarela derreteu sob os pés de Joshua até desaparecer... engolida por uma duna de areia molhada e fria.

— Corra! — berrei, terminando o aviso inútil que havia dado para Joshua antes da escuridão nos cercar.

Não sabia se Joshua havia me escutado. Mas quando seus olhos cruzaram os meus, vi um brilho de compreensão neles. Apesar de nunca tê-

-lo visto, Joshua tinha me ouvido descrever esse lugar vezes o suficiente para saber onde estávamos.

Alex obviamente também sabia.

— Sim — ele se gabou, rindo vertiginosamente. — Estou em casa! Estou em casa.

Inclinei meu corpo para poder vê-lo melhor. Mas o brilho maníaco em seus olhos me encolheu. A felicidade de estar ali fazia com que Alex tremesse de maneira incontrolável. Se ele não parecia insano antes, agora não havia dúvidas de que era um louco.

E não fui a única a entender.

Jillian também observava a demonstração de excitação de Alex de perto. Aproveitando um momento de distração, ela escapou de suas garras. Infelizmente, ela cometeu um erro crucial assim que se viu livre de Alex.

— Joshua! — ela gritou, esticando um braço para o irmão, que estava mais longe do que isso.

Em um instante, Alex agarrou os cabelos dela e a puxou de volta para perto dele. Então, por garantia, ele levantou a arma para cima e desceu a coronha da arma com força contra a sua têmpora direita. Quando ela caiu com o golpe, Joshua gritou na passarela.

Nunca tinha ouvido falar uma palavra tão ofensiva. O estranho é que gritei a mesma palavra.

Joshua e eu nos movemos ao mesmo tempo, correndo para salvar Jillian. Mas Alex previu essa reação. Segurando a arma firmemente com as duas mãos, ele a apontou diretamente para Joshua e olhou para mim.

— Fale para ele ficar longe ou ele vai morrer — Alex ameaçou. — Você não quer que sua vida termine nesse lugar, quer?

Congelei.

— Joshua — murmurei, espalmando minha mão diante dele. — Joshua, meu amor, afaste-se.

Ele também parou, apesar da sua boca se contorcer de raiva e frustração. Tentei não olhar para ele, mantendo quase toda minha atenção em Alex.

Movendo-me devagar para que ele não fizesse nada em retaliação, dei a volta, colocando-me entre Alex e Joshua. Meus olhos observaram Jillian — deitada no chão, sangrando, mas ainda consciente —; então olhei de novo para Alex.

— Isso foi desnecessário — eu disse.

— Confie em mim, não foi. Acho que todos vocês estão subestimando o fato de eu estar no controle.

— Sei que você está. E Gaby e eu vamos ficar, prometo. Mas pelo menos deixe Joshua pegar Jillian — implorei. — Pelo menos deixe ele levar a irmã e os primos para longe daqui.

Alex franziu a testa, estudando-me. Então, repentinamente, ele assentiu.

— Tudo bem. Joshua pode arrastá-los por alguns metros. Mas não prometo que os seres sombrios não vão pegá-los de volta. E... Jillian vai ficar bem aqui. Como garantia.

— Não é justo.

Alex me fulminou com os olhos.

— A vida não é justa, Amélia. Eu sei disso melhor do que ninguém.

— Então demonstre um pouco de compaixão, pelo amor de Deus.

Enquanto Alex e eu discutíamos, Joshua se engatinhou até os videntes e ajudou cada um deles a se arrastar ou sair tropeçando e atravessar a areia. Apesar de Alex não ter tentado impedi-los, podia ver que os observava atentamente.

Outra pessoa — alguém de quem Alex tinha se esquecido temporariamente — também começara a se mexer.

Aparentemente, Gaby começara a se recuperar, porque ela agora se movia com cuidado, para fora da linha de visão de Alex. Enquanto eu enfatizava o quanto aquela situação era injusta, vi Gaby se agachar ao lado de Jillian, sussurrar no ouvido dela, e então deixar algo cair na palma de sua mão.

Enquanto falava, Alex percebeu a troca aos seus pés. Fazendo uma careta, ele afastou a arma de Joshua e a apontou novamente para Jillian.

— Afaste-se Gabrielle. Ou *vou* atirar na garota.

Gaby fez o que ele disse, fazendo uma cara de desprezo enquanto engatinhava para longe de Jillian. Assim que Gaby havia se afastado o suficiente, Alex balançou a arma na direção de Jillian.

— Levante-se — ordenou.

Ainda sangrando, Jillian levantou tremendo. Ela encarou Alex, mas acabou olhando para o chão, como se não aguentasse encará-lo. Ignorando o medo dela — ou encantado com ele —, Alex esticou o braço para afastar o cabelo dela da confusão cheia de sangue em sua têmpora. Quando ela se encolheu, ele riu.

— Por quê? — ela perguntou em voz baixa, finalmente encarando-o.

— Porque você é quem mais a odiava — ele sussurrou —, então você era a que me questionava menos.

— Mas... eu gostava de você.

Alex tinha acabado de abrir a boca para responder quando a expressão de Jillian mudou repentinamente.

Com um grito feroz, ela esticou sua mão para cima, enfiou alguma coisa na boca aberta dele, então selou seus lábios com as palmas de suas mãos. Ela enfiou os dedos em suas bochechas e ele se agitou, segurando-

-a com uma mão e balançando a arma com a outra. Vi ele engolir por um reflexo, um pouco antes de a arma disparar.

Depois disso, parecia que tudo estava acontecendo ao mesmo tempo.

Alex, que achei que iria se recuperar e atirar novamente, cambaleou para trás. Por um momento, ele simplesmente parecia furioso. Então, sem avisar, seus olhos se reviraram e ele começou a espumar pela boca.

Enquanto sons abafados saíam de sua boca, Jillian escalou com dificuldade para perto de sua família amontoada. Gaby, no entanto, não se moveu. O que era estranho, considerando o fato de que sangue havia começado a ensopar sua camiseta cor de creme.

Ela havia levado um tiro.

Engasguei, agachando-me ao seu lado no chão do pavilhão.

— Achei que você disse que não podíamos nos machucar — gritei, com a voz ríspida de medo por ela.

— Não se preocupe comigo agora — ela disse, mas não dei ouvidos. Apertei seu abdômen, tentando impedir o fluxo de sangue com as minhas mãos. Ainda assim, Gaby conseguiu manter-se perfeitamente calma, afastando minhas mãos sem tirar os olhos de Alex.

— Sério, Amélia, para. Não está doendo. Além disso, você não quer perder o espetáculo. — Ela indicou o pavilhão com a cabeça e os cantos dos seus lábios se ergueram em um sorriso assustador.

De maneira quase involuntária, segui seu olhar até o lugar para o qual Alex havia cambaleado.

Apesar de ele continuar reto, tinha caído de joelhos enquanto tinha uma convulsão. Nos momentos quietos entre as convulsões, seu olhar frio encontrava o de Gaby. Ele devia estar consciente o suficiente para ver o sorriso dela, porque seus olhos se esbugalharam antes que girassem para dentro e ele entrasse em colapso.

De repente, podia ouvir outro batimento cardíaco, alto e intenso: o de Alex, com certeza. Mas seu coração não teve a oportunidade de diminuir de velocidade até morrer, como o meu. Ao invés disso, pulsava de maneira mais frenética e tornou-se impossível distinguir as batidas individuais até que elas se tornaram uma só.

Então, abruptamente, pararam.

O silêncio que se seguiu era quase palpável se comparado ao frenesi anterior. Alex não se contorceu ou tentou respirar. Ele não se moveu.

Estava morto, pelo que eu podia ver.

Todos — os videntes vivos e os redivivos mortos — seguraram a respiração enquanto observávamos aquele corpo imóvel. Então respiramos fundo todos juntos quando Alex se sentou.

Devagar, apavorado, ele abriu os olhos e virou-se para Gaby. Ele tentou pegar a arma, que havia caído no chão.

Mas ele não conseguia. Alex franziu a testa, olhando fixamente para a arma. Ele passou sua mão sobre ela uma vez, então soltou um gemido frustrado.

Gaby soltou uma risada.

— Está difícil, Kade?

Os olhos cinzas e frios dele miraram os dela novamente.

— Você... me matou?

O sorriso de Gaby se abriu. Ela levantou a mão e começou a brincar com outra garrafinha entre seus dedos.

— Tecnicamente — ela disse —, a Jillian te matou. Mas fui eu quem deu a ela as sementes moídas da flor-de-são-josé; então acho que a culpa é minha.

Alex gritou e tentou pegar a arma novamente, sem sucesso.

Observando-o, Gaby estalou a língua várias vezes.

— Essa arma não vai te ajudar muito, Kade. Além disso, você já me matou duas vezes. — Ela fez uma pausa, olhando para sua camiseta ensanguentada. — Bom, meio que me matou.

— Gaby? — sussurrei, esticando o braço para ela, hesitante. Agora, não ouvia os batimentos de nenhum dos dois. — Gaby, o que aconteceu com você?

Com os olhos grudados em Kade, Gaby levantou um ombro de maneira casual.

— Quem sabe? Estou me sentindo entorpecida novamente, então talvez eu não seja mais uma rediviva. Mas esse seria um pequeno preço a pagar para condenar Kade ao inferno.

— Você quer me castigar, Gabrielle — ele ameaçou. — Então vem me castigar.

— Com prazer — ela soltou.

De repente, ela saiu de debaixo das minhas mãos e correu para Alex. Ele também veio na direção dela e eles se encontraram no meio do caminho. Em segundos, os dois tinham se agarrado, apertando a garganta um do outro.

Também me levantei, pronta para intervir na briga. Mas então hesitei.

Olhei para os jovens videntes, que estavam reunidos em torno de Joshua como se ele fosse o seu protetor. O que, levando em conta o estado mental perturbado deles, deveria mesmo ser.

Apesar de ainda parecer desorientada, olhei para Annabel.

— Formem um círculo — instruí — e exorcizem Alex. *Agora.*

— Não sei como... — Annabel gaguejou, mas a interrompi.

— Não importa. Você é a mais velha, e sei que você viu sua avó fazer exorcismos antes. Então tente.

Quando ela franziu a testa, de maneira relutante, dei um passo ameaçador na direção dela.

Quase que imediatamente, Annabel acenou com a cabeça, concordando. Ela começou a pegar os outros videntes e a organizá-los em um círculo na areia. Enquanto Gaby e Alex gritavam obscenidades atrás de mim, observei os videntes — incluindo Joshua e Jillian — darem as mãos e começarem a imitar o canto de Annabel.

Satisfeita, virei-me para os fantasmas briguentos. Para o meu horror, Alex estava estrangulando Gaby, com suas mãos apertadas em torno da garganta dela.

— Solta ela! — gritei.

Mas um barulho esganiçado vindo de algum lugar acima de nós sobrepôs-se à minha voz. Olhei para cima e senti meu coração ficar gelado.

Uma centena de formas pretas parecidas com pássaros enchia o céu. E eles tinham começado a mergulhar em nossa direção.

Capítulo TRINTA

Não tive tempo de avisar ninguém antes que as formas negras descessem, algumas caindo na areia molhada e outras pousando ruidosamente no pavilhão.

Segundos depois, elas se transformaram, passando de formas indeterminadas para figuras humanas com cabelos loiros muito claros, roupas pretas e rostos pálidos.

Eles eram lindos. Horrorosos. E cada um deles virou suas pupilas negras na minha direção.

Um deles — um homem com um queixo dividido ao meio e um maxilar grande — tomou a dianteira e foi até Gaby e Alex. O homem colocou delicadamente uma mão nos ombros de Alex e quando Alex olhou para ele, deu um sorriso largo para o garoto.

Ao invés de ficar apavorado, como qualquer pessoa sã ficaria, Alex soltou Gaby imediatamente e jogou-se aos pés da criatura.

— Obrigado — ele murmurou, tocando a barra das calças da criatura. — Obrigado por me deixar entrar. Obrigado.

A criatura sorriu de maneira benevolente para a demonstração de gratidão de Alex. E então franziu o rosto, preocupado.

— Oh, menino. Parece que você foi morto.

Alex balançou a cabeça com força.

— Mas não antes de trazê-las até aqui. As duas, senhor. Para vocês.

— Ah, excelente — a criatura murmurou. Ele olhou para Gaby, que ainda estava sem ar e esfregando o pescoço, e então para mim. Quando seus olhos negros sem pupila encontraram os meus, ele sorriu novamente.

— Realmente excelente — ele olhou para seus companheiros. — Acho que um de vocês está aqui por causa de uma delas?

Outro demônio deu um passo para a frente e se aproximou de nós casualmente, caminhando como se tivesse todo o tempo do mundo para pegar seu prêmio. Quando chegou perto de mim o suficiente para que eu visse seu rosto — os cabelos longos e loiros, sua estrutura óssea angular — sibilei ao reconhecê-la.

Era um dos demônios da Ponte Alta. A mulher que mergulhara como uma harpia e tinha arrastado Eli com ela para a escuridão debaixo da ponte.

E agora ela estava aqui atrás de mim.

— Bom, oi de novo — ela disse agradavelmente. — Finalmente você está em casa com a gente.

— Essa não é a minha casa. — Minha voz soava muito mais forte do que eu percebia.

O demônio mulher riu, e primeiro sua risada soou linda, cristalina. Mas fez minhas orelhas doerem. Quando coloquei as mãos sobre elas, ela riu ainda mais.

— Pare, por favor — implorei, quase incapaz de ouvir minha própria voz.

Para minha surpresa, ela obedeceu.

Na verdade, ela estava no maior silêncio quando voou para ficar ao meu lado. A apenas alguns centímetros de mim, ela sorriu de maneira afiada e assustadora. Então ela me *tocou* — envolvendo meu pulso com seus dedos gelados e esqueléticos.

Tentei gritar. Mas novamente não tive tempo, não tinha nem aberto a boca quando um brilho feroz correu pela minha pele como uma chama.

Era *isso* que os demônios queriam; *esse* era o motivo pelo qual eles tinham vindo atrás de mim.

Mas quando o brilho alaranjado começou, a mulher gritou, soltou meu braço e se afastou como se eu fosse uma barata. Ela se escondeu atrás de seu companheiro, olhando para mim por detrás dele apenas para me vaiar de maneira nervosa.

Eu deveria ter ficado aliviada quando ela me soltou. E fiquei.

E também fiquei muito, muito confusa.

Afinal de contas, seu companheiro da Ponte Alta não havia temido meu brilho; ele o cobiçara. Então por que ela de repente estava com medo de mim?

Com a testa franzida, olhei para o meu braço. Ali, onde ela me pegara, estava a marca fumegante de uma mão. Como se ela tivesse me queimado, o que não fazia nenhum sentido porque não doía.

Então me dei conta: *eu a* machuquei. A marca no meu braço não era uma queimadura — era o lugar onde algo gelado havia tocado algo extremamente quente.

Olhei de novo para o demônio mulher e vi que ela esfregava a mão queimada na outra que não havia sido ferida. Seu companheiro lançou um olhar na direção dela e suspirou.

— Não seja covarde e pegue-a — ele mandou.

— Pegue você — ela devolveu —, se você acha que é tão fácil.

Ele suspirou novamente e afastou Alex dos seus pés. O movimento fez com que Alex se erguesse dos agradecimentos que ainda estava murmurando, e olhasse de maneira reverente para seu novo mestre.

— Imagino que você possa tocá-la agora, menino? — o demônio perguntou a ele. Quando Alex fez que sim com a cabeça, o demônio olhou para ele seriamente. — Então se você quer mesmo nos servir, deve pegá-la.

Alex olhou por cima do ombro e abriu um sorriso ansioso para mim. Em resposta, meu brilho ficou ainda mais intenso. Apesar de Alex ter piscado, seu sorriso não se abalou.

Ao contrário da mulher — e ao contrário de Eli —, Alex obviamente não tinha medo de mim. Ele me encarou como se eu fosse uma presa, erguendo-se dos joelhos e vindo na minha direção com os punhos cerrados.

Fechei meus punhos também, tentando pensar em como lutaria contra ele. Minha pulsação começou a se acelerar conforme minha mente ficava em branco. Eu conseguiria queimá-lo como fizera com a mulher? Poderia feri-lo como já tinha feito com Eli? Eu ainda podia agir como uma assombração e fazer aquele lugar tremer?

Alex estava se aproximando, e eu ainda não tinha chegado a uma conclusão razoável. Levantei meus pulsos do lado da cabeça e gemi, frustrada. Abruptamente, Alex congelou no lugar e me imitou, colocando as mãos na cabeça e gemendo ainda mais alto.

Primeiro achei que ele estava tentando tirar um sarro da minha cara, mas quanto mais eu gemia, mais duvidava disso. Seus gemidos se transformaram em urros, e seu rosto se contorcia de dor. Algo ou alguém estava machucando Alexander Etienne.

Olhei por cima dos ombros dele, para seus futuros mestres, que olhavam para nós confusos e sem acreditar. Alguns deles até começaram a sibilar de maneira defensiva. Sobre os sons que faziam e os urros de Alex, no entanto, ouvi outro ruído. Algo que tinha esquecido de acompanhar desde que os demônios chegaram.

Girei em torno de mim mesma para ver que os videntes ainda estavam de mãos dadas, cantando. Seus murmúrios haviam perdido aquele primeiro tom relutante e agora cruzavam o ar com urgência. Com força.

Melhor do que isso, a escuridão em torno deles tinha diminuído. Entre as sombras roxas do submundo, podia ver a silhueta fraca e fantasmagórica da passarela. E na areia sob os videntes, podia ver traços de concreto, movendo-se como algas no fundo do mar.

Seja lá qual o feitiço que os videntes estivessem fazendo, ele não tinha apenas feito Alex se ajoelhar — também havia tirado o véu do submundo. Talvez até enfraquecido a mágica que sustentava aquele lugar.

Minha cabeça voltou-se para Alex e seus mestres, e sorri, triunfante. Apesar de Alex continuar a gemer e soluçar, infelizmente os demônios pareciam muito tranquilos. Eles ainda sibilavam e cuspiam na minha direção, mas um a um retomou seu sorriso brilhante. Observando-me atentamente, eles começaram a se juntar. Reunindo-se... para algo.

— Gaby — murmurei, apesar de estar sob a atenção deles — Você precisa vir até aqui. *Agora.*

Ainda deitada de costas, onde Alex a havia deixado, Gaby rolou para um dos lados, tossindo, e então começou a se arrastar lentamente na minha direção. Sem tirar meus olhos dos demônios reunidos, abaixei-me e estiquei uma mão para ela.

— Só mais um pouquinho — incentivei. — Vamos...

Ela se arrastou por vários metros, e quando só faltavam alguns, os demônios começaram a guinchar novamente. Num instante, eles se transformaram novamente em formas indeterminadas e se lançaram aos ares como se fossem corvos assustados. Mas enquanto eles subiam aos céus, percebi que estavam apenas assustados: estavam fazendo um arco, fazendo uma curva para uma última descida.

— Gaby! — gritei, com muito mais urgência. — Depressa, por favor!

Tirei os olhos dela por um instante, lançando um olhar apavorado para os videntes. Eles ainda cantavam em círculo, ignorando o exército histérico sobre eles. Felizmente, mais elementos do mundo dos vivos tinham se tornado mais fortes em torno deles. Agora, a passarela estava completamente visível, e eu podia ver a vaga silhueta de vários prédios do Bairro Francês.

O submundo estava encolhendo em volta dos videntes.

Mas não em volta de mim. Aqui ele estava escuro e inóspito como sempre.

Virei para Gaby e então me inclinei para a frente para diminuir a distância entre nós. Ela esticou o braço e eu agarrei sua mão, puxando-a para perto de mim. Agachamo-nos a alguns metros de Alex — que ainda tentava respirar e gemia — e olhamos amedrontadas para o céu ferido.

Depois de um silêncio pesado, Gaby limpou a garganta.

— Ei, Amélia — ela sussurrou roucamente. — Você sabia que está pegando fogo?

Apesar de tudo, eu ri.

— É. Mas acho que não vai ajudar muito agora.

Com o canto dos olhos, vi o seu sorriso. Ela passou um braço em torno de mim e apertou meus ombros com força. Entendi bem o gesto: se seríamos arrastadas para a escuridão, pelo menos iríamos juntas.

— Amigas até o fim — sussurrei.

Gaby bufou.

— Meu Deus, que brega.

Eu ri de novo e a abracei da mesma maneira. Mas de repente, ela escorregou do meu braço e começou a engatinhar para trás pela areia escura como se fosse um caranguejo.

Mas... ela não estava engatinhando. Estava sendo *puxada*.

Alex deve ter lutado contra a dor do seu exorcismo, pois agora tinha o braço em volta dos ombros de Gaby enquanto a arrastava pela areia. Cambaleei para agarrar as pernas dela, mas ela estava se debatendo com tanta força contra Alex que não pude segurá-la.

Nós três éramos um amontoado de braços e pernas agitados e gritos de ameaça, mas não importava o quanto eu lutasse, Alex parecia estar ganhando. Talvez ele se sentisse encorajado por seus mestres já que estavam prestes a atacar.

Tudo parecia perdido: Gaby, Joshua, os jovens videntes e minha própria vida após a morte.

A injustiça disso tudo — a injustiça eterna dessa existência — queimava o meu peito. Joguei a cabeça para trás e gritei para o alto.

E naquele momento meu brilho incandescente literalmente *explodiu*.

O fogo era incontrolável. Inevitável.

Fechei meus olhos com força, evitando a luz extremamente brilhante, até conseguir perceber pelas minhas pálpebras que ela havia diminuído — pelo menos o suficiente para que eu pudesse abrir meus olhos novamente.

Era como se a praia escura tivesse sido atingida por uma bomba atômica. A areia voava em ondas contra o pavilhão, que tremia com o choque da explosão. Em um instante, a noite pareceu virar dia, brilhando como uma praia ensolarada.

A explosão havia feito outra coisa incrível. Algo do que senti o cheiro antes de ver sua fonte; era um cheiro químico desagradável, como alcatrão queimado e cabelo chamuscado.

Ou penas tostadas.

Era isso que os pedacinhos de cinza pareciam conforme caíam ao meu redor: penas queimadas, crepitando e espalhando-se pela areia. Olhei para cima para ver de onde vinham e engasguei.

Onde antes havia centenas de demônios em forma de pássaro, agora havia menos de vinte... e a maioria deles havia voado bem para o alto, para longe da praia.

Para longe de *mim*.

Seus guinchos eram diferentes agora, mais chorosos e feridos. Os demônios restantes se reuniram no céu e então mudaram de curso, e foram em direção às águas negras do rio.

Para casa?

Será que isso era possível? Eles estavam mesmo batendo em retirada?

Outra olhada ao meu redor sugeriu que a resposta era sim. Por toda a praia e no pavilhão, imagens do mundo dos vivos surgiam entre os tons de vermelho e roxo. Apesar do meu brilho estar diminuindo, ainda podia ver o verdadeiro cais da rua Toulouse tentando aparecer através da imagem do pavilhão do submundo. Pude ver o concreto debaixo de mim e as luzes do calçadão do rio Mississípi brilhando entre a escuridão.

Gaby também viu. Ela sorriu para mim entre os braços de Alex, seus olhos azuis radiantes com o brilho que ainda a cercava.

— Está se fechando novamente — ela suspirou feliz.

— É — concordei, enquanto o calçadão se tornava mais sólido ao meu redor. — E você está no que parece ser o último pedaço do submundo. Então...

— Vamos acelerar as coisas — ela completou, antes de enfiar o cotovelo nas costelas de Alex. Ele se encolheu com o golpe e a soltou imediatamente. Gaby aproveitou o momento de fraqueza para se livrar dele e cambalear até mim.

Ela esticou uma mão, pronta para que eu a puxasse para um lugar seguro, quando um grito fez com que nós duas parássemos.

— Gabrielle!

Nós duas giramos a cabeça em direção à voz. Com o canto dos olhos, vi o sorriso de Gaby crescer quando seu irmão surgiu na ponta da passarela, que agora estava completamente visível.

De maneira quase involuntária, ela balançou seu braço, esticando-o para Félix e não para mim.

E naquele momento, Alex atacou.

Ele passou um dos braços em torno dos ombros dela e puxou seus cabelos com a outra mão. Com muita força, ele a tragou de volta para uma sombra que diminuía, que estava dobrando-se sobre si mesma tão rapidamente que eles quase não cabiam nela.

Félix e eu gritamos ao mesmo tempo, e pude ouvir seus pés pisando sobre o asfalto enquanto eu mergulhava para a frente.

Mas nós dois chegamos tarde demais.

Conforme o tenebroso portal encolhia, vi pela última vez o sorriso retorcido de Alex e os olhos brilhantes e aterrorizados de Gaby. Então o trecho escuro se fechou completamente, permanecendo como uma sombra por apenas um segundo antes de desaparecer no vento.

Depois disso, tudo ficou em silêncio.

Apenas um som perturbava o cais: o sino de uma igreja próxima, batendo doze vezes e depois ecoando pela água.

Mesmo quando o sino parou de tocar, minha mão ainda estava pendurada no ar, tentando segurar o nada.

Depois de sabe-se lá quanto tempo, virei lentamente a cabeça. Félix estava agachado ao meu lado, sua mão também ainda tentando segurar alguma coisa. Ele deixou seu braço cair primeiro, batendo a palma da mão ruidosamente contra o concreto. Quando abaixei minha mão e coloquei-a perto da dele, ele manteve seus olhos baixos.

— O quanto você viu? — sussurrei.

Félix balançou a cabeça um pouco como se estivesse tentando clarear os pensamentos.

— Só o final. Só a parte em que ela...

Ele não completou a frase e eu assenti com a cabeça.

— Então... você *sabe*.

— Sei.

Ficamos em silêncio novamente. Como ele, olhei para o chão, onde fiquei estudando as rachaduras e imperfeições no concreto sem pensar. Finalmente, virei para ele.

— Como você soube? — perguntei. — Quero dizer, onde nos encontrar?

— Joshua — ele disse sem expressão.

Aquela resposta me surpreendeu. Franzi a testa e olhei de novo para Félix. Ele também olhou para cima; e quando seus olhos azuis elétricos encontraram com os meus, senti uma pancada no estômago. Seus olhos eram tão parecidos com os da Gaby.

— Joshua? — repeti.

Félix suspirou e passou a mão pelo rosto antes de explicar.

— A família dele estava jantando no Antoine's quando Gaby ligou para ele para falar da... avó dele, acho? Depois que ele recebeu a ligação, Joshua pirou. Ele levantou para ir embora e, sem querer, encontrou comigo enquanto saía. Acho que pareço... *parecia*... muito com a Gaby para chamar a atenção dele, porque ele me questionou. Convenci-o de que Gaby e eu não havíamos te exorcizado, e quando decidimos sair para encontrar os primos dele — aparentemente eles tinham tido permissão para ir a uma "festa" e não ao jantar, o que na verdade era... isso. Acho que tivemos sorte por a irmã dele ter dito para onde estavam indo, apesar de não revelar a ele o que realmente iriam *fazer*. De qualquer modo, vimos os primos dele primeiro, do outro lado da passarela. Joshua tinha acabado de atravessá-la quando desapareceu nessa sombra estranha. E então... bom, vocês sabem o resto.

Ele terminou sem forças, deixando a cabeça cair novamente. Não o pressionei a falar mais, e ele não me pediu para detalhar o que ele havia perdido enquanto esperava que reaparecêssemos.

E é por isso que a pergunta seguinte me surpreendeu tanto.

— Era o Kade, não era?

Mordendo o lábio, eu fiz quem sim com a cabeça novamente, apesar que de maneira mais hesitante dessa vez.

— O nome verdadeiro dele era Alexander Etienne. Ele era um vidente. E um maluco.

— O que não me surpreende — Félix murmurou.

Os cantos da minha boca viraram para cima no que provavelmente foi um sorriso seco.

— Bom, você vai ficar feliz em saber que ela o matou. Apesar de ele ter levado-a consigo, pelo menos ela teve a chance de se vingar *um pouco*.

Félix continuou encarando o chão.

— Foi uma... morte dolorosa? Para o Kade?

— Parece que sim.

— Que bom — Félix gemeu.

Aquela era a primeira emoção verdadeira que ele demonstrava. Mas sua expressão cruel desapareceu quase tão rapidamente quanto surgira — substituída mais uma vez por uma máscara sem expressão. Enquanto o observava se recompor, ouvi murmúrios atrás de nós vindo da direção dos videntes. Estiquei meu pescoço, olhando por cima do ombro de Félix para a base da passarela.

O primeiro par de olhos que vi foi o de Joshua. Antes que pudesse ler seus pensamentos, eles se afastaram na direção de Jillian. Segui seu olhar e a vi tendo dificuldades para ajudar Annabel a se levantar. Apesar de Annabel parecer acabada, Jillian estava pior — suja, exausta e ensanguentada. Ao lado delas, Hayley e Drew também se ajudavam. Assim que estavam todos de pé, viraram-se vacilantes para me encarar.

Olhei para eles sem expressão até perceber: estavam olhando para mim à espera de instruções. Queriam orientações.

Balancei a cabeça, confusa. Essas pessoas podiam tomar *qualquer* decisão sem um líder?

— Vão para casa — disse a eles baixinho, sabendo que provavelmente podiam me ouvir naquela pequena distância. — Vão para casa agora.

Aceitando meu comando sem questionar, Annabel fez que sim com a cabeça. Então ela se afastou de Jillian para se juntar a Hayley e Drew. Sem olhar novamente para mim, Annabel passou os braços em volta dos outros dois videntes e eles saíram mancando, desaparecendo sobre a passarela em direção ao Bairro Francês.

Jillian esperou até que eles desaparecessem para cambalear até o irmão. Ela manteve a cabeça baixa — por estar exausta ou arrependida, não sabia dizer.

Primeiro Joshua lançou um olhar frio enquanto ela se aproximava. Mas assim que ela chegou ao alcance dos braços dele, ele a puxou para um abraço curto, porém intenso. Depois disso, os dois se viraram para Félix e eu.

— O que você quer fazer, Amélia? — Joshua perguntou calmamente.

Olhei para Félix, então para Jillian e finalmente para Joshua. Tão baixinho que quase não consegui ouvir minha voz, respondi:

— Quero ir para casa.

Capítulo TRINTA E UM

Nós quatro caminhamos rapidamente pela Decatur, tentando evitar as multidões que saíam da missa da meia-noite na catedral da Jackson Square. Assim que chegamos ao Lower Pontalba, Joshua e Jillian esperaram do lado de fora enquanto Félix me levava para dentro do prédio.

Juntos, Félix e eu caminhamos em silêncio na escadaria escura, pelo corredor estreito que levava até o apartamento. Na sala, ele acendeu algumas lâmpadas e sem falar nada fez um sinal para que eu o seguisse.

Quando passamos pelo sofá coberto com um lençol — o lugar no qual Gaby me dissera o que eu havia me tornado — fiquei com um nó na garganta. Tentei engolir enquanto íamos até o quarto dela.

Lá dentro, o quarto parecia frio. Mais vazio. Acendi a luz do teto e encostei-me a uma das colunas da cama enquanto Félix caminhava até o *closet*. Ele abriu as portas e, mesmo de onde eu estava, pude ver o topo da pilha de roupas no chão. Era desnorteante. Pensar que eu estivera ali com Gaby naquela manhã — parecia que fazia milênios.

Depois de alguns minutos a luz do *closet* se apagou e Félix saiu de lá, carregando uma mala de mão xadrez, dourada e marrom.

— Aqui está — ele disse roucamente, estendendo-a para mim. — Gaby iria querer que você ficasse na moda. Além disso, não acho que algumas peças de roupa e sapatos vão fazer muita diferença.

Peguei a mala sem protestar, mas nos poucos segundos em que nossas mãos se tocaram, hesitei.

— Eu posso ficar — disse baixinho —, se você quiser.

Por um instante, emoções brilharam nos olhos de Félix; tristeza, arrependimento, consentimento, incerteza. Coisas demais para uma pessoa lidar de uma vez só. Ele fechou os olhos, afastando aqueles pensamentos de mim, e balançou a cabeça.

— Eu também não vou ficar aqui. Só morava aqui para fazer Gaby feliz. Agora que ela realmente... Acho que vou aceitar o convite dos meus amigos e ir morar com eles. Aliás, é mais seguro sair desse apartamento, certo?

— Certo — respondi com uma risada sem humor. — Ser preso por invadir seria...

— O final perfeito para dois anos incríveis — ele finalizou, sorrindo de maneira mais triste do que amarga. Ficamos em silêncio novamente, sem saber o que dizer depois daquela frase.

Finalmente, indiquei o *closet* bagunçado com a cabeça.

— A gente deveria arrumar esse lugar?

— Não se preocupe com isso. Vou colocar tudo em ordem antes de sair. Você devia ir e se juntar aos Mayhew.

— Mas, Félix, é muita coisa para uma pessoa só arrumar...

— Não se preocupe — ele me interrompeu rapidamente, balançando a cabeça. — Além disso, acho que preciso de um... tempo. Sozinho.

Não imaginei o tremor em sua voz quando ele disse "sozinho". Não queria pensar que aquela palavra tinha um significado particular para ele agora. Segurei meu lábio inferior entre os dentes, assenti com a cabeça e então disse:

— Entendo.

Intuitivamente, estiquei o braço para apertar a mão de Félix e reconfortá-lo. Mas desisti antes que fizéssemos aquele não contato entorpecido novamente. Afinal, ele não precisava de um lembrete sobre a barreira entre nós — uma barreira criada pela magia de sua irmã.

Magia que não existia mais. Não nesse mundo.

Colocando a mala no ombro, dei um passo para o lado para que Félix pudesse me guiar pelo corredor. Dei uma última olhada no quarto antes de apagar a luz, lançando-o na escuridão e para fora da minha vida para sempre.

Novamente, Félix e eu permanecemos em silêncio enquanto ele caminhava comigo até a entrada do apartamento; mas quando chegamos à porta de entrada, parei.

Ele olhou para o outro lado, enfiou as mãos nos bolsos do casaco e começou a fuçar algo. Tirou um recibo de restaurante amassado e uma caneta enfeitada com a palavra "Antoine's". Usando a mão como apoio, Félix escreveu alguma coisa nas costas do recibo e me entregou.

— O número do meu celular — explicou. — Se um dia você precisar falar comigo.

— Obrigada — eu disse, enfiando o papel no meu bolso. Então abaixei a cabeça, franzindo a testa enquanto estudava as pontas das minhas botas. Finalmente, olhei para cima, para Félix.

— Só para você saber — sussurrei —, no final, ela era minha amiga.

Félix acenou com a cabeça, respondendo com uma voz rouca e pesada.

— Só para você saber, você também era amiga dela.

Depois disso, não havia mais nada a dizer.

Félix abriu a porta para mim, mantendo-a assim para que houvesse um pouco de luz enquanto eu descia as escadas. Ao pé dos degraus, olhei mais uma vez para ele. Mas não consegui ver nada a não ser uma réstia de luz lá em cima.

Suspirei baixinho e então abri a porta para sair do prédio. Juntei-me aos Mayhew e, sem trocar uma palavra, caminhamos juntos pela Decatur.

Enquanto passávamos pela Ursulines, Joshua ficou do meu lado direito. Tentei não olhar para ele, pois não tinha ideia do que iria dizer ou fazer. Jillian estava à minha esquerda, e desse lugar eu conseguia ver o corte horrível que Alex tinha feito com a arma. Parecia doloroso, abrindo caminho desde a têmpora até a linha dos cabelos. Uma crosta de sangue cobria sua bochecha. Jillian não a havia limpado, provavelmente porque ela não conseguia parar de me pedir desculpas.

A maioria de nossas conversas começava com ela proclamando:

— Não queria que ninguém se machucasse.

Então eu respondia com um "eu sei", baixinho.

Ou ela tentava de outra forma:

— Eu só queria que meu irmão ficasse mais feliz. Que ele tivesse a vida de um cara normal.

A isso, eu novamente respondia "eu sei".

Durante essas breves conversas, Joshua permanecia em silêncio, mesmo quando expliquei rapidamente o meu novo estado. De vez em quando ele apontava um caminho menos tumultuado na calçada, onde os festeiros da madrugada cambaleavam cantando músicas natalinas e faziam brindes com copos de plástico. Fora isso, Joshua ficou completamente quieto. Só falou quando dobramos na Avenida Ursulines, mais tranquila.

— Precisamos pensar numa desculpa para levar Amélia para casa com a gente — ele murmurou. — *Antes* de partir para Oklahoma.

— Eu posso simplesmente ficar invisível de novo. E fora do caminho...

— Acho que sei o que fazer — Jillian disse. — Me deixem falar.

Ela se apressou para percorrer os últimos metros até a casa dos Mayhew; mas antes que ela pudesse bater na porta, eu a chamei.

— Jillian, espera.

Corri até ela, abrindo minha mala com uma das mãos. Enfiando a mão pela abertura, puxei o primeiro pedaço de tecido que encontrei. Então estiquei o braço para oferecer a ela um pedaço de seda cor-de-rosa.

— A menos que faça parte do seu plano — eu disse —, é melhor você limpar esse sangue.

Ela tocou cuidadosamente o corte em sua têmpora e afastou os dedos cobertos de sangue.

— Nojento — reclamou. Com a mão limpa, pegou o tecido. Ela quase o encostou em sua cabeça quando parou e olhou espantada para a seda.

— Estou louca — ela perguntou — ou a etiqueta diz *Dior*?

Dei de ombros.

— Pense nisso como a compressa mais cara do mundo.

Jillian se encolheu, mas depois de mais um momento de hesitação, pressionou o tecido contra a têmpora. Ela segurou-o ali por algum tempo, para ter certeza de que o fluxo de sangue havia estancado, e então começou a limpar a sujeira. Enquanto fazia isso, sorriu para mim.

Foi uma imagem macabra: uma garota bonita segurando uma camisa ensanguentada contra a cabeça e sorrindo. Apesar de esquisito, também foi uma das poucas vezes em que vira Jillian sorrindo de verdade. E para *mim*. Mesmo naquele momento estranho, não pude deixar de sentir que ela e eu havíamos chegado a alguma fase diferente.

— Obrigada — ela disse, limpando os últimos traços de sangue. Acho que não imaginei as diversas camadas daquela palavra: um agradecimento pela compressa, claro, mas também por salvar a vida dela. De novo.

Ela enrolou o tecido e então olhou para mim.

— Acho que você não quer isso de volta, quer?

Levantei as duas mãos.

— É todo seu, Jillian. Mas talvez você devesse esconder isso em algum lugar por enquanto.

— Boa ideia.

Ela limpou as mãos e então jogou a seda estragada na passagem ao lado da casa. Muito mais apresentável, ela caminhou até a porta da frente e bateu. Enquanto esperávamos que alguém atendesse, permiti a mim mesma olhar disfarçadamente para Joshua.

Na escuridão, não podia ver seus olhos. Mas podia dizer que ele também tinha me olhado longamente. Vi sua mão se dobrar na minha direção, apenas uma vez, antes de a porta da frente ser aberta e ouvirmos o barulho de dentro da casa.

Rebecca Mayhew estava na entrada, parecendo quase tão enlouquecida quanto a multidão de pessoas que se movia para todas as direções atrás dela. Por um segundo, ela pareceu surpresa com a nossa presença — especialmente a minha. Mas então ela chacoalhou a cabeça e puxou Jillian para um enorme abraço.

— Sua avó está no hospital — Rebecca murmurou entre os longos cabelos da filha.

— Eu sei — Jillian disse, com a voz abafada contra o ombro da mãe. — Joshua me contou.

Rebecca soltou Jillian para que ela pudesse respirar, mas então passou um braço firmemente em volta da filha. Com Jillian presa, Rebecca passou a mão livre pelos seus cabelos negros e olhou de volta para dentro da casa. Agora que seus filhos estavam em segurança, ela estava obviamente dividida a respeito do que fazer ou a quem ajudar a seguir.

— Mãe — Jillian disse, tentando chamar a atenção da mãe. — O que aconteceu exatamente com a vó Ruth?

Rebecca olhou de volta para a filha e suspirou profundamente.

— Bom, aparentemente sua avó tomou alguns suplementos à base de ervas para se livrar da dor de cabeça. Mas acho que ela só piorou as coisas, pois seja lá o que ela ingeriu, era algo bem tóxico. Graças a Deus ela estava consciente o suficiente para perceber que havia alguma coisa de errado e que precisava chamar uma ambulância. Ela deve ter dado o número do celular de Joshua para aquela paramédica. Foi assim que soubemos que tínhamos que vir para casa enquanto Joshua foi buscar todos vocês naquela festa.

Ao meu lado, Joshua se contorcia, desconfortável. *Gaby* tinha ligado para ele, não uma paramédica. E seus primos não haviam ido a uma festa — eles realizaram uma sessão sob a direção do garoto que havia envenenado sua avó. Conhecia Joshua o suficiente para perceber como ele se sentia em conflito: ele estava aliviado por sua mãe não conhecer a história verdadeira, tanto quanto ele provavelmente se arrependia da complexa rede de mentiras que estávamos tecendo.

Ignorando o dilema de seu filho, Rebecca continuou explicando a versão oficial dos eventos da noite.

— Seu pai está na emergência agora. O médico disse a ele que Ruth vai ficar bem daqui algumas horas... ela só precisa de muito líquido e descanso, pois passou por uma lavagem estomacal.

Pelo canto do olho, vi Joshua estremecer. Naquele instante senti um grande golpe de arrependimento por não ter empurrado Alex — ou Kade, ou seja lá quem ele fosse — para a escuridão eu mesma. Agora minha mão estava indo na direção da de Joshua. Mas claro que a trouxe de volta para perto de mim antes que pudéssemos nos tocar. Antes de ele perceber o que eu fizera.

— Então, qual é o plano? — ele perguntou para a mãe.

— Seu pai vai trazer a Ruth para casa assim que eles a liberarem amanhã à tarde. — Rebecca olhou para o relógio e suspirou novamente. — Na verdade, em algum momento hoje. Quando Ruth chegar, vamos festejar o Natal. Depois, toda a família concordou que iremos para casa mais cedo, na manhã depois do Natal, para deixar Ruth descansar.

Joshua e Jillian acenaram com a cabeça, aliviados — acho — de ir para casa. A expressão de Jillian mudou, no entanto, quando seus olhos encontraram os meus.

— Mãe — ela disse, ainda olhando para mim —, essa é minha grande amiga Amélia. Você lembra de eu falar sobre ela?

Rebecca me olhou vagamente com uma mistura de sorriso de boas-vindas e uma expressão de incerteza.

— Amélia... seu nome soa familiar.

Ao meu lado, Joshua tossiu para interromper. Ele sabia muito bem porque meu nome soava familiar — ele estava sussurrando-o pela casa há meses. Felizmente, Jillian manteve a cabeça fria e continuou com suas invenções.

— Aquela festa que fomos hoje, mãe? Foi na casa do namorado da Amélia. Ela estava em casa em Wilburton, e conheceu o namorado pela internet. Ele mora aqui, então os pais dela deixaram que ela viesse para cá com alguns amigos. Mas ela descobriu que ele é um idiota, e a festa... não terminou muito bem...

Rebecca não esperou a filha terminar. Ela soltou Jillian e veio até mim, parando a menos de trinta centímetros e estudando meu rosto mais de perto. Só quando ela cruzou os braços é que pensei como eu devia estar: pálida, com bochechas magras, descabelada e com roupas chiques e sujas.

— Alguém tentou te machucar, querida? — Rebecca perguntou, baixo o suficiente para apenas eu e Joshua ouvirmos. Pude ver o maxilar de Joshua travar, provavelmente porque ele sabia quem tinha tentado me ferir. Eu era fraca o suficiente para esperar que as ações de Alex contra mim tivessem feito Joshua querer machucá-lo também.

Balancei a cabeça devagar, lutando para manter meus olhos para a frente, olhando para Rebecca e não para seu filho.

— Sim, senhora — sussurrei. — Eu não precisei mentir e estava agradecida por isso.

Pareceu que Rebecca estava esticando a mão para me tocar, e estremeci. Essa seria a cereja desse bolo que já estava estranho: a primeira vez que eu conversava com a mãe do garoto que amo, justamente quando estava toda cortada e ela não podia me tocar. Não era a primeira impressão que eu esperava passar.

Felizmente, Rebecca deve ter percebido minha reação como uma reação compreensível de defesa. Ela me deu um sorriso compreensivo.

— Você quer uma carona para voltar para casa com a gente, querida? — ela perguntou baixinho.

— Sim, senhora — repeti. — Eu agradeceria muito.

Rebecca virou a cabeça para a porta.

— Jillian, por que você não leva sua amiga lá para cima e a ajuda a se limpar? Amélia, querida, por favor não repare na bagunça... estamos em meio a uma pequena crise familiar.

— Eu entendo de crises, senhora.

Seus olhos afiados estudaram minhas roupas mais uma vez.

— Sim, parece que sim.

Com isso resolvido, Rebecca assentiu levemente e então entrou, dando um pequeno apertão no ombro de Jillian quando passou por ela.

Assim que sua mãe desapareceu de vista, Jillian olhou para mim.

— Você pode... ficar no meu quarto esta noite. Se quiser.

Ela estava começando a me aceitar, mas ainda percebi um resto de relutância em seu tom.

Antes que eu pudesse dizer que encontraria um canto vazio e ficaria invisível, Joshua — que havia ficado em silêncio todo o tempo — finalmente falou.

— A Amélia pode ficar na minha cama. Eu durmo no chão.

Os olhos de Jillian se alternaram entre Joshua e eu, como se ela estivesse assistindo a um jogo de tênis. O que na verdade era irônico, pois nem Joshua nem eu parecíamos respirar, e muito menos nos mover.

— Bom — Jillian disse, depois de uma longa pausa —, divirtam-se com *aquela* conversa, crianças. Vou tomar conta do chuveiro do segundo andar porque ele é o maior. Então... boa noite.

Ela me deu um olhar significativo antes de mergulhar pela porta aberta para dentro de casa.

Depois que ela se foi, o silêncio era cortante como uma faca. Joshua e eu ficamos tensos, imóveis sob a luz crepitante do lampião a gás. O ar entre nós dois parecia carregado, mas não tinha certeza pelo quê. Raiva? Desejo? Incerteza?

Joshua acabou falando.

— A Jillian caiu na pegadinha... a água quente acabou essa manhã no segundo andar, e *só* no segundo andar.

— A gente devia avisar? — perguntei. Olhei-o de lado, e vi os cantos da sua boca se levantarem.

— E estragar a diversão? — ele disse. — Que feio, Amélia. Achei que conhecia bem você.

— Não conhece?

Quando Joshua não respondeu, virei-me e encontrei-o olhando atentamente para mim. Prendendo meu lábio inferior entre os dentes, finalmente permiti que meu olhar encontrasse o dele.

No segundo em que nossos olhos se cruzaram, meu pobre e confuso coração deu um pequeno salto. Fazia apenas um dia — apesar de incrivelmente longo e de muitas mudanças —, mas não podia acreditar o quanto sentira falta do olhar dele.

Ficamos nos fitando por um longo e silencioso instante até que Joshua apontou com um braço para a porta.

— O chuveiro do terceiro andar realmente é o melhor da casa. *E* funciona. Prometo.

Não pude deixar de soltar um gemido de felicidade.

— Tomar um banho parece ótimo. Você não faz ideia de como senti falta disso.

Joshua abriu um sorriso e balançou uma das mãos diante do nariz.

— Você não faz ideia do quanto precisa de um depois dessa noite.

— Ei! — eu ri, então lutei contra a vontade de empurrá-lo de brincadeira.

Afinal de contas, eu não podia empurrá-lo, mesmo se tentasse. Além disso, por causa dos eventos dos últimos dias, parecia estranho rir novamente com ele. Não necessariamente errado. Apenas estranho.

— Então — eu disse baixinho, enrolando a ponta da minha camiseta. Alisando a barra contra a minha perna apesar de essa talvez ser a única parte da peça que havia sobrevivido incólume a essa noite.

Joshua percebeu meus movimentos ansiosos, e seu sorriso se abriu ainda mais.

— Então... vamos subir?

— Com certeza — eu disse, balançando a cabeça com uma confiança que não sentia de verdade.

Enquanto eu o seguia pela casa, não sabia se devia me sentir aliviada ou arrependida por como estávamos nos comportando agora: calmos, normais; sem nenhuma discussão como as dos últimos dias. Isso era bom? Ruim? Minha boca se contorcia, frustrada, enquanto eu caminhava atrás dele pelo *hall*. Estava tão perdida em pensamentos que quase não olhei para a sala de jantar cheia de gente.

Mas no último segundo me virei e vi Annabel sentada na ponta da mesa de jantar, com Drew e Hayley ao seu lado. Annabel estava com a cabeça entre as mãos, massageando as têmporas numa tentativa de se livrar do que deveria ser uma enorme ressaca de *serpentwood*. Assim que nossos olhos se encontraram, ela fez uma cara péssima. Drew e Hayley seguiram seu olhar; e quando me viram, suas expressões imitaram a de Annabel.

Por um segundo, pensei em correr até eles e sussurrar uma bronca, dizendo como eles tinham sido bobos de confiar em Alex. Mas não conseguia culpá-los. E eu não tinha energia de ir até eles e dar um abraço de perdão. Ao invés disso, acenei levemente com a cabeça para o grupo e segui em frente pelo *hall*, em direção às escadas que Joshua já havia começado a subir.

Quando chegamos ao segundo andar, minhas coxas estavam doloridas pelo esforço de subir as escadas. Muita adrenalina havia sido queimada naquela noite, toda aquela correria e lutas haviam me deixado completamente esgotada. Praticamente sem uma gota de energia.

Quando finalmente alcançamos o terceiro andar, apoiei-me na parede do lado de fora da porta do banheiro. Joshua passou ao meu redor e virou a maçaneta, mas coloquei minha mão na madeira logo acima da dele.

— Tudo bem. Eu cuido disso.

Ele parou e ergueu uma sobrancelha, encarando-me.

— Então... é verdade?

Soltei um suspiro entrecortado. Estava esperando por essa conversa — na verdade, *queria* tê-la —, mas não tinha certeza de que tinha forças para discutir sobre tudo naquele momento.

— É verdade. Eu te conto tudo, se você quiser.

Felizmente, Joshua balançou a cabeça dizendo não.

— Mais tarde — ele sugeriu. — Depois que você descansar.

— Obrigada — eu disse, suspirando aliviada. — Me deixa tomar um banho e trocar de roupa. Daí a gente conversa.

Ele assentiu com a cabeça, afastando-se da porta e indo para as escadas. Antes de descer, Joshua olhou de novo para mim.

— Amélia — ele chamou, tão baixo que quase não o ouvi. Apesar do tom sussurrado e da minha exaustão, o som do meu nome nos lábios dele ainda fez meu coração ficar apertado.

— Sim? — respondi.

Joshua abriu a boca, prestes a dizer alguma coisa, então a fechou e balançou a cabeça.

— Deixa para lá — ele sussurrou. — Bom banho.

Sem olhar para trás, ele desceu a escada, dois degraus de cada vez, como se precisasse se afastar de mim. Rápido.

Observando-o, franzi a testa.

Normalmente, eu não teria deixado ele ir. Teria ido atrás dele, confessado tudo de maneira apressada, e então esperado sem ar pela resposta dele.

Mas naqùela noite, precisei de cada grama de energia para ficar de pé tempo o suficiente para girar a maçaneta e empurrar a porta com o ombro. Deixei minha mala de mão no corredor, fechei a porta atrás de mim e me virei para o pequeno ambiente com azulejos brancos.

Lá dentro, o banheiro tinha um agradável cheiro de sabonete e lavanda. Inspirei fundo o aroma e senti meus músculos relaxarem pela primeira vez em horas. Então abri a cortina do banheiro e gemi. Olhando perdida para as torneiras, não conseguia me lembrar qual era de água quente ou fria, e elas não tinham nenhuma indicação. Desisti e comecei a virar as torneiras desajeitadamente até a combinação de água mais quente começar a sair do chuveiro. Depois mudei a água para a torneira da banheira e dei um passo para trás quando o vapor começou a invadir o ambiente.

Por alguns instantes, simplesmente fiquei de pé em meio ao vapor, deixando-me envolver. No pequeno espelho sobre a pia, observei meu reflexo — o rosto sujo, os cabelos lambidos, os enormes olhos verdes — desaparecer lentamente. Assim que a fumaça úmida tinha apagado minha imagem completamente, tirei a roupa, livrando-me das botas de salto alto (que ainda estavam inteiras, graças a Deus) e do *jeans skinny*. Tirei a camiseta branca por último, colocando-a gentilmente sobre a pilha de roupas. Observando seus bordados e o tecido delicado, senti um aperto; e me virei rapidamente para o outro lado, de volta para o chuveiro fumegante.

Afastei a cortina e entrei na banheira, onde a água escaldante me esperava. Quando me mexi sob a água que caía, o calor queimou minha pele, que começou a ficar vermelha quase que imediatamente. Mesmo assim, curti a água, passando as mãos pelo rosto e pelos cabelos. Livrando-me daquele dia, daquela semana.

Daquela década.

Sob o barulho do chuveiro, quase não conseguia ouvir meus pensamentos. Se me concentrasse o bastante na pressão da água — em seu calor — quase podia bloquear as palavras agonizantes de culpa e pesar que meu cérebro começava a suspirar. Mantive os olhos bem fechados, na esperança de que a força e a alta temperatura da água pudessem me proteger dos meus próprios pensamentos.

Um tempo depois, abri a cortina e me preparei para sair da banheira. Mas mesmo entre a névoa, vi a camiseta branca, jogada e suja, de relance. A coisa que tinha me apertado por dentro antes voltou com força total, contorcendo-se até eu cair no chão da banheira, sem ar.

Fiquei sentada ali sabe-se lá por quanto tempo, soluçando de maneira incontrolável na água quente.

De luto por Gabrielle Callioux.

De luto pela minha amiga.

Capítulo TRINTA E DOIS

Muito tempo depois, quando a água já havia esfriado e o vapor ido embora, enrolei-me em um dos robes limpos e saí do banheiro, carregando uma pilha de roupas sujas em uma mão e minha mala na outra. Coloquei tudo em um braço só para que pudesse abrir a porta, onde a escada para o quarto de Joshua no sótão me esperava.

Achei que encontraria o quarto vazio. Mas depois de escalar as escadas e entrar no sótão, me deparei com Joshua deitado na cama, lendo um livro grosso sob a luz fraca do abajur da mesa de cabeceira. Seus olhos encontraram os meus, e ele colocou o livro de lado.

— Está melhor?

— Mais um menos — disse, com a voz embargada de tanto chorar.

A julgar pelo brilho de preocupação nos olhos de Joshua, ele compreendeu o significado do meu tom de voz. Mas ao invés de insistir, ele me deu um sorriso intencionalmente casual.

— Você sabe — ele ponderou —, ainda é estranho ver você vestindo qualquer coisa que não o seu vestido.

Olhei para o robe e então forcei um sorriso fraco.

— Na verdade, o vestido... desintegrou. Tenho certeza de que sobraram alguns pedaços, se você quiser que eu procure.

Ainda sorrindo, Joshua se ergueu e fez um gesto para que eu me juntasse a ele. Depois de deixar a mala e as roupas num canto, segurei o robe fechado com uma mão e sentei na beirada da cama, perto dos pés dele.

Assim que me acomodei, a expressão de Joshua ficou séria novamente. Por um segundo, ele apenas me estudou, observando meus olhos inchados e avermelhados e meu rosto desanimado. Então ele se virou para a mesinha de cabeceira e pegou alguma coisa que eu não havia notado antes: um prato cheio de comida.

Foi amor à primeira vista: tomates, pimentões e cebolas nadando em um espesso molho sobre lagostim e arroz. O aroma saboroso e picante da comida chegou até mim, e minha mão se esticou automaticamente para agarrar o prato. Joshua riu do meu entusiasmo e se apressou para me passar também uma colher.

— O *étouffée* do meu pai, que sobrou da noite passada. Achei que você ia gostar.

Levando uma colherada da mistura até minha boca, tentei não gemer.

— Acho que nunca precisei tanto de alguma coisa.

Joshua riu de novo e se encostou aos travesseiros, observando enquanto eu tentava comer como um ser humano e não engolir tudo direto do prato.

Depois de ter devorado mais da metade, ele esticou novamente o braço para a mesinha de cabeceira, onde havia um pequeno embrulho, que ele colocou do meu lado na cama. Deixei o prato de lado e peguei aquilo ansiosamente, tirando as camadas de papel toalha que estavam ao seu redor. Quando vi o que estava lá dentro, no entanto, deixei cair no meu colo.

Ali, entre os papeis, estava um sonho coberto de açúcar.

Eu devo ter olhado para ele por muito tempo, pois Joshua acabou limpando a garganta.

— Não está mais com fome? — ele perguntou.

Joguei minha cabeça para trás. Achei que tinha chorado tudo o que precisava no chuveiro, sozinha. Mas para minha vergonha, meus olhos se encheram de lágrimas assim que se encontram com os de Joshua.

Imediatamente, ele pareceu aflito.

— Ei, tudo bem — ele murmurou gentilmente.

Joshua se moveu para a frente, para me confortar; mas me afastei do seu toque. Ao ver essa reação, ele franziu a testa.

— Você não quer mais que eu a toque, quer?

— Não. Sim. Não é isso. É que...

— Você está dizendo que a gente não deveria por causa de tudo o que aconteceu? — ele me interrompeu.

— Não — repeti, sentindo-me frustrada pela súbita inabilidade de me expressar. — Não é nada disso. É só que... eu não... você não...

— Eu não posso mais te tocar? — ele terminou.

Uma lágrima escorreu pela minha bochecha, e a limpei com as costas da mão.

— Bingo — disse, acabada. — Você não pode. Nenhuma pessoa viva pode. Isso é parte do que me tornei. Posso fazer todo o tipo de coisas agora: comer, dormir, mudar de roupa. Até mesmo tocar as coisas. Só não os vivos. É como se eu tivesse regredido.

As sobrancelhas de Joshua se ergueram.

— Mas e o fogo? — ele perguntou. — As faíscas, quando nos tocávamos?

— Não mais.

Joshua se deixou cair sobre a cama. Passou uma mão pelos cabelos e então a soltou sobre a colcha, onde ficou traçando círculos com um dos dedos.

Depois de alguns segundos em silêncio, ele olhou de novo para mim e perguntou:

— Tem a ver com o que aconteceu com você no cemitério, não? É por isso que você terminou comigo?

Fiz uma careta.

— Sim e não. No cemitério, Gaby me transformou sem minha permissão. Mas eu não fiquei sabendo disso até... depois que a gente...

Parei de falar, sem saber como terminar a frase. Quando Joshua percebeu o que eu queria dizer, seus olhos se encheram de dor.

— Então se você não sabia que tinha mudado, por que você terminou comigo, Amélia?

Abaixei a cabeça, envergonhada.

— Eu queria te proteger daquilo que acabou acontecendo mesmo assim.

— O que isso significa, Amélia?

— Quer dizer que eu falhei. Quis proteger você, Jillian e todos de quem gosto dos demônios. Achei que se eu ficasse longe de *você*, então *você* ficaria longe do radar dos demônios quando eles viessem atrás de mim.

Joshua se mexeu inquieto ao meu lado.

— Por que você acha que eles estavam atrás de você? Achei que eles tinham deixado você em paz desde o desaparecimento de Eli.

Suspirei fundo e comecei a esfregar meus olhos, principalmente para evitar olhar para ele.

— Não quis te contar na época porque achei que seria arriscado demais. Mas Eli reapareceu na noite da fogueira. Ele me avisou que os demônios tinham decidido me caçar e que eles estavam dispostos a machucar meus entes queridos, se fosse preciso. Eu não sabia se ele estava falando a verdade até eu ver os demônios na boate do Bairro Francês. Eu esperava que a Gaby pudesse me ajudar a lutar contra eles, mas depois do ritual no St. Louis, percebi que eu estava apenas retardando o inevitável e colocando você em um perigo ainda maior no processo. Então eu... terminei. E estraguei tudo essa noite.

Fiquei chocada quando Joshua respondeu com uma risada alta. Meus olhos se esbugalharam e se encontraram com os deles, que era muito mais suave do que eu esperava depois de uma confissão como aquela. Sorrindo novamente, ele se aproximou de mim na cama.

— Amélia Elizabeth Ashley, eu digo isso com o maior carinho, mas você é completamente maluca.

Eu ri também, apesar de soar mais tensa do que Joshua.

— Claro que sou maluca. Mas gostaria de saber por que você acha isso.

Joshua sorriu satisfeito.

— Você terminou comigo porque achou que nosso relacionamento iria me colocar em perigo? Amélia, sou um vidente descendente de exorcistas que por acaso está apaixonado por — o quê? — uma desmorta? Minha vida deixou de ser normal e segura há muito tempo.

Apesar de eu estar incrivelmente agitada, talvez eu tivesse rido. Mas ao invés disso, não pude me concentrar em outra coisa a não ser em uma palavra de dez letras. Apesar de todo o medo, a culpa e o arrependimento, um sorriso de verdade surgiu no meu rosto.

— O termo apropriado é rediviva... não desmorta. Mas você está? Quero dizer, ainda está...?

O sorriso de Joshua se abriu ainda mais.

— Você está me perguntando se ainda estou apaixonado por você? Apesar de você ter terminado comigo por estar sendo perseguida por demônios, fantasmas e videntes do mal?

— É — disparei, surpresa com sua franqueza. — Acho que estou.

De repente, Joshua abaixou a cabeça, olhando para a colcha mais uma vez. Por muito tempo ele não disse nada, e meu pulso começou a ficar muito acelerado. Ele estava quase explodindo quando ele olhou novamente para mim.

— Amélia — ele disse, rouco —, eu não vou dizer que te amo mais uma vez. Não sem receber alguma coisa em troca.

De repente, o mundo inteiro parou e ficou azul como os olhos dele. Antes de ter tempo de pensar, sussurrei as quatro palavras que estava louca para dizer para ele nos últimos três meses:

— Eu te amo, Joshua.

No momento em que aquelas palavras saíram da minha boca, senti um alívio enorme. A ponto de pensar por que não tinha dito aquilo há muito tempo. O sorriso que Joshua me deu como resposta revelou que ele compartilhava dos meus pensamentos.

— Pronto, foi tão difícil assim? — ele perguntou.

Sorri de volta, tão largamente que minhas bochechas doeram. Não que eu me importasse.

— Sim — provoquei. — Foi horroroso. Foi por isso que esperei tanto tempo.

Com uma risada baixa e sensual, Joshua chegou tão perto que conseguia sentir seu perfume; podia sentir o calor do seu hálito na minha pele. Cada uma das minhas terminações nervosas começaram a zunir alegremente.

— Você sabe — ele sussurrou —, esse seria o momento perfeito para te beijar.

— Se você pudesse.

A expressão de Joshua mudou de sedutora para ardente.

— Ah, não se preocupe, eu vou dar um jeito. Prometo.

Virei meus olhos, divertindo-me, e inclinei-me para trás, colocando algum espaço entre nós antes que eu começasse a ficar sem ar.

— Só porque te amo — avisei —, não quer dizer que estou pronta para participar de mais um dos seus esquemas otimistas. Ainda não.

Ele inclinou a cabeça para um lado.

— Que tal isso: o único esquema do qual eu quero que a gente participe é um que nos mantenha longe dos demônios. Especialmente desde que *todos* nós estamos no radar deles agora.

Eu me encolhi.

— Como eu disse: porque eu falhei e não consegui proteger vocês.

— Você não falhou em nada — ele disse. — Mesmo que eu não concorde com você, você tentou fazer o que era certo. Mas acontece que os Mayhew e seus amigos tendem a estragar seus planos com certa regularidade.

— E melhoram as coisas para mim — completei. — Pelo menos *você* melhora. Acho que como falhei oficialmente, posso admitir isso, certo?

— Certo. — Ele riu. — Mas você está percebendo que está fugindo do verdadeiro problema? Você ainda não me disse se concorda em me deixar lutar contra os demônios junto com você.

Levantei os ombros e lancei um olhar cético e de soslaio para ele.

— Vamos ver. Talvez.

Joshua parecia querer discutir. Mas depois de um tempo, pensou melhor. Sem falar, ele esticou o braço atrás de mim e pegou o livro que deixara na mesinha de cabeceira. Ele o colocou ao meu lado, pegou meu prato e saiu da cama.

Olhando para mim, abriu um sorrisinho confiante. E eu derreti um pouco por dento.

— Você vai acabar concordando — ele disse.

— Veremos — repeti.

Joshua gargalhou e então apontou a cabeça para a cama.

— O livro é para você.

Meus olhos passaram pela capa. *O Código Comercial*?

— A edição de 2004. Era da minha mãe, de quando ela era advogada. Acho que ela esqueceu aqui. Não é exatamente alta literatura, mas pode ser útil se você tiver dificuldades para dormir. Agora, espero que você não se importe se eu descer para ter uma boa conversa com os meus primos.

Coloquei o sonho intacto na mesinha de cabeceira e balancei a cabeça.

— Não pegue muito pesado com eles. O Alex enganou todo mundo, incluindo... a Gaby.

Joshua obviamente percebeu minha hesitação, mas preferiu não falar dela.

— Veremos — ele disse, usando minhas palavras. — Você vai ficar bem sozinha aqui?

Um sorrisinho surgiu no canto da minha boca.

— Aposto que não vou ficar acordada por mais de dez minutos.

E estava certa.

Alguns segundos depois que Joshua se despediu e desceu as escadas do sótão, caí de lado sobre a colcha. Depois *disso*, não me lembrava de nada, a não ser por dois momentos em que acordei rapidamente.

O primeiro foi quando rolei sobre o *Código Comercial*, que empurrei para o chão antes de voltar a dormir. O segundo só aconteceu quando um barulho abafado de risadas me tirou do sono.

Primeiro, achei que estava sonhando. Mas outra rodada de risadas estridentes fez meus olhos se abrirem. Virando para um lado, fiquei olhando para a luz dourada e avermelhada que entrava pela pequena janela do sótão. Parecia uma luz muito forte para ser o nascer do sol, então lentamente me sentei. Na ponta da cama, só conseguia ver um travesseiro e cobertores amontoados no chão.

Aparentemente, Joshua havia cumprido sua promessa de dormir longe de mim.

Deslizei da cama com um gemido de velha e manquei até a janela com as pernas endurecidas. Ali, fiquei na ponta dos pés para olhar para fora.

A visão me surpreendeu: sobre os telhados e entre os espaços estreitos dos prédios, pude ver os tons de vermelho e laranja do pôr do sol. O que não parecia certo.

Naquele momento, mais risadas e gritos abafados subiram pela escada. Parecia que todo o clã Mayhew tinha se reunido em algum lugar lá embaixo na casa.

Meus olhos vacilaram entre as escadas e a janela até eu me dar conta: eu tinha dormido durante todo o dia de Natal, quase até a noite.

Franzi a testa e coloquei os calcanhares no chão. Sabia que era besteira, mas não conseguia deixar de me sentir decepcionada por ter passado o primeiro Natal em que tinha despertado da névoa dos mortos — meu primeiro Natal com Joshua — praticamente em coma. Suspirando, arrastei-me de volta para a cama e despenquei perto do travesseiro.

Foi quando olhei para a mesinha de cabeceira.

Em cima do *Código Comercial* (que alguém deve ter tirado do chão e colocado na mesa) estava um objeto retangular, embrulhado em papel metalizado verde. Não tinha etiqueta nem nome, mas logo o reconheci como um presente de Natal.

Para mim?

Peguei e passei os dedos por sua embalagem escorregadia. Por um segundo, fiquei preocupada pensando se o presente não pertencia à outra pessoa; talvez eu estivesse mexendo em um presente que Joshua se esquecera de levar lá para baixo. A preocupação passou, principalmente porque não pude resistir ao impulso infantil de descobrir por mim mesma.

Enfiei o dedo em uma abertura no papel verde e puxei com delicadeza para que não rasgasse. Depois de alguns minutos de manobras cuidadosas, consegui remover o papel e colocá-lo ao meu lado sobre a colcha.

Girei o presente desembrulhado entre as mãos, momentaneamente chocada.

Era uma cópia encadernada em couro de um dos meus livros favoritos: *Razão e Sensibilidade,* de Jane Austen. Por acaso, também era um dos livros que estava no alto da pilha de livros no meu antigo quarto, na única vez em que Joshua e eu entramos na minha casa da infância.

Quando viva, eu li e reli minha cópia usada tantas vezes que a capa tinha começado a soltar. Essa encadernação, no entanto, era linda: couro azul enfeitado com flores douradas e letras cursivas. Também parecia velho, mas como se fosse uma cara edição de colecionador.

Abri a livro e achei um cartão branco com a letra de Joshua enfiado lá dentro. Dizia simplesmente:

Esse devia ser seu presente de Natal.

Enquanto eu passava os dedos pelas grossas letras, um sorriso vagaroso surgiu no meu rosto. Apesar das palavras no cartão, não conseguia me arrepender da primeira tentativa de presente de Natal de Joshua. Afinal de contas, ela me levou até Gaby e Félix; também era a razão pela qual eu conseguia segurar aquele livro agora, sentir seus relevos sob os meus dedos e o cheiro do couro.

Mas com *este* presente, de repente me senti ligada a Joshua novamente. Ainda conseguia tocar um objeto que significava algo para nós dois.

Enquanto eu continuava a acariciar o relevo do título do livro, fiquei pensando se deveria me vestir e descer para me juntar aos Mayhew para o Natal. Além de ver Joshua de novo, havia algumas poucas coisas que adoraria fazer: perdoar formalmente os primos dele; conhecer oficialmente seu pai; ver se Ruth iria me agradecer por tê-la ajudado, ou pelo menos se ela não iria tentar me exorcizar...

Quase me levantei da cama quando hesitei e me enfiei novamente debaixo das cobertas. Depois de tudo o que acontecera ontem com a família Mayhew, eu não me sentia confortável em me intrometer. Especialmente no dia de Natal, quando parecia que todos tinham deixado suas preocupações de lado para desfrutarem do tempo juntos.

Eu ainda não fazia parte deles.

E ainda achava que nunca faria, apesar das minhas declarações e das de Joshua na noite passada. Mas sendo aquela suspeita infundada ou não, eu certamente não fazia parte da família naquela noite.

Com um suspiro de arrependimento, estiquei-me na cama e me mexi até o travesseiro ficar confortável novamente. Então peguei meu presente de Natal, levantei-o diante de mim e abri na primeira página.

Lenta e deliberadamente, folheei as páginas. Deixei cada uma delas escorregar pelos meus dedos, ouvindo o leve som enrugado que elas faziam ao meu toque. Enquanto isso, meu sorriso começou a voltar.

Eu podia tocar páginas novamente. Eu podia *ler*. Pela primeira vez em mais de uma década, eu podia fazer algo que amava por causa de Joshua.

Por causa de Gaby.

O dia anterior havia sido um pesadelo, assim como tantos outros antes dele. E mais tarde eu iria encarar Ruth e os jovens videntes. Iria passar dez horas em um carro tentando fingir para os pais de Joshua não só que eu praticamente não o conhecia, mas que também não o amava; iria voltar para Oklahoma — para casa.

Mas e hoje à noite?

Hoje à noite eu iria apenas descansar.

AGRADECIMENTOS

À minha editora, Barbara Lalicki — alguém uma vez disse que um bom editor deve ver para onde o escritor quer ir, entender qual é o motivo de ele não estar chegando lá, e explicar o problema de uma maneira que permita que o escritor descubra o caminho por si mesmo. Você fez tudo isso, e mais. Tenho um orgulho incrível deste livro, e tenho ainda mais orgulho de te chamar de amiga.

Para Katie McGee, Caroline Sun, Lindsey Blechman, Suzanne Daghlian, Kimberly VandeWater, Erin Fitzsimmons, e muitas outras pessoas da HarperTeen — vocês são meus cavaleiros de armaduras brilhantes. Desde *trailers* empolgantes a lindas capas e recomendações de compra, vocês são incansáveis e graciosas. Eu não poderia pedir por uma equipe melhor para me apoiar nessa jornada.

Para a minha agente, Catherine Drayton — você é a minha voz da razão (e do humor) nessa viagem maluca. Agradeço a Deus por você estar a apenas um *e-mail* ou a uma ligação de Skype de distância. Obrigada, obrigada, por ainda acreditar e lutar por mim.

Obrigada a Lyndsey Blessing — sua habilidade de negociar direitos internacionais é realmente uma lição de humildade.

Para a equipe da InkWell Management — obrigada por seu trabalho duro em meu nome. Por causa de vocês, posso me considerar uma sortuda!

A Phil Bacharach — obrigada por me apresentar ao mundo das entrevistas de televisão, e por não rir de mim quando as dei.

Aos meus pais, Karen e Dennis Stine — não apenas por darem um exemplo extraordinário de como criar os filhos, mas por me ajudarem a sobreviver quando tive o meu.

A Jinx Hudson — avó extraordinária, babá por excelência e propagandista incansável. Você não é apenas a família do meu marido e do meu filho, mas também é minha.

A Melissa Peters Allgood — você me manteve sã. O que não é uma tarefa fácil. Eu não preciso te dizer que você é minha irmã em espírito, sempre.

A Kristen Buttram Beery — o que você fez por mim, e por este livro, nunca vai poder ser recompensado. Eu te amo muito.

A Melissa Thompson e Mandy Haskins — vocês são minhas primeiras e melhores leitoras.

Aos meus queridos amigos Beth Prykryl, Krissy Carlson, Andi Newby, Tony Andre, Jason Brown, a YLD, e a tantos outros — vocês me ajudam a continuar fazendo isso, a ser uma pessoa melhor. Por que vocês são tão incríveis assim?

Finalmente, ao meu marido, Robert, e ao meu filho, Wyatt — vocês são o motivo. Vocês são o meu coração.